U0488363

大方
sight

被猜死的人

田耳

中信出版集团 · 北京

图书在版编目(CIP)数据

被猜死的人 / 田耳著. —北京：中信出版社，2018. 8 （2019.10重印）
ISBN 978-7-5086-8976-0

Ⅰ. ①被… Ⅱ. ①田… Ⅲ. ①中篇小说—小说集—中国—当代②短篇小说—小说集—中国—当代 Ⅳ. ①I247. 7

中国版本图书馆CIP数据核字(2018)第101907号

被猜死的人

著　　者：田　耳
出版发行：中信出版集团股份有限公司
(北京市朝阳区惠新东街甲4号富盛大厦2座　邮编　100029)
(CITIC Publishing Group)
承 印 者：浙江新华数码印务有限公司

开　　本：787 mm×1092 mm　1/32　印　　张：12　字　　数：210千字
版　　次：2018年8月第1版　印　　次：2019年10月第2次印刷
广告经营许可证：京朝工商广字第8087号
书　　号：ISBN 978-7-5086-8976-0
定　　价：49.00元

目录

CONTENTS

被猜死的人

0

这家养老院和大多数养老院一样，坐落郊区，不同的是，它占据一座小山头。开车从下面马路经过，仰望山头，但见环着一圈房舍，很多人当是一处寺庙。

以前不在这里，在城里一片居民区当中。院方向上级打报告，声称养老院建于居民区不便管理。外面熙熙攘攘热热闹闹，老人们听着动静，总想着出去走动。老头老太太一多，老年痴呆相应也多，转几条胡同就找不到回来的路，若叫护理员一对一盯防，人手又远远不够。曾有两次老头老太太离院走失，过几天找回来一个。幸好，找回的老太太是子女出钱托管的，走失的是一名孤老头，下无子嗣，旁无亲戚。若两人换一换，走失的是那老太太，她的儿女就有福了，会哭丧着脸悲痛万分找院方索要赔偿，几十万，上百万也不一定。院方也不好反驳说："摸摸良心，你妈在你心里头到底值几个钱？"

搬到郊区以后，养老院旧址上，插笋似的长起两幢商品房。

到新的养老院以后，墙外墙内一个样，没了人声喧哗，只有高高低低的虫鸣。一入夜，周围静得出奇，黑得像掉进窟窿——城里根本寻不到这么黢黑的夜晚。老人们安静了，不再嚷着出去，也就不再发生老人走失的情况。院方只在规定时间，用中巴车载着老头老太太到城区逛一逛。

在新养老院，生活里头如果还能谈得上有高潮，大都是喝出来的。一帮老头老太太都能起早，搬椅子在院子里抢地方晒太阳。虽然院子四四方方，阳光看似均匀地洒布下来，但老头老太太们心里有谱，椅子挪几尺，晒在身上的阳光予人的感觉就不一样了。

下午打打牌，或者干别的事，晚上那一餐饭照例是有酒的，打来的散酒，有米酒、苞谷酒，偶尔也有红薯酒，价钱都不贵，一喝一口农药味。大家早喝得顺口，不挑。喝了几口以后脑袋里会有晕乎乎的感觉，心情都好了起来，觉得自己血脉活了，脸上热了，话也多了，大家扎成几堆把话说开。有时候喝得过劲，个别老头老太太会忘掉自己的年纪。挤在人堆里说话，忽然心不在焉起来，有时一不愣神，两股麻绳粗的眼光便撞在一起。撞头遍还似不经意，撞二遍时就打起结来，脸皮一抽搐再摆出笑容，彼此就全明白了。通常是老太太先行离开人群，不声不响地走回自己房间。老头稍后站起来，多少诌出个理由，趁了夜色，向先前走掉那老太太的房间里摸去。

身体都热了，心头也很有那么些意思，彼此把衣服脱掉到床上试试，凸出来的骨头撞得叭叭地响，骨架子每个关节都晃动，但老头裤裆下面的东西往往没有动静，看笑话似的缩在那里。瞎忙了一阵，老头无奈地看看老太太，黑暗里浅浅地叹一口气，坐起来拿手去找裤头。

但还有几个老头，年纪虽大，摸进老太太房里还能撒一阵欢，时间有长有短，身体的感觉未必比喝几两酒更好。重要的是，这几个老头还能撒欢！这就与众不同了，他们为此自鸣得意。别人把他们看作坏老头——几十个老头老太太堆一起，总要有几个坏老头，就像学校里每个班，总有几个坏学生。坏老头不比坏学生，他们坏得理直气壮。

养老院经常会死人，一年下来少不了有几个。每年，也有新的老头老太太加入里面，有的是被民政局验明正身的孤老，可以免费入住；有的是子女出钱请养老院代为照顾。老头老太太也乐得开玩笑，孤老是公费生，别的都是自费生。

坏老头就盼着养老院进人，他们会守在门口看新来的老太太，漂不漂亮。要是漂亮，他们心里就乐呵。院子里能够干坏事的老头还有那么几个。某次，老朱和老黄还为了抢院子里刚进来的一个漂亮老太太争风吃醋，差点打起架来。事情是这样：当天下午喝了酒，刚来的莫老太往外飞了几个眼神，就离位回了自己房间。可惜莫老太有点老眼昏花，眼神递得不够精准，老朱和老黄同时（认为是自己）接收到。老朱要往莫老太房间里去，老黄看着苗头不对，抢过去故意将老朱撞一下。老朱身体一歪，赶紧又捋直了。他是坏老头，身体还能挨这么一下。

然后，两老头脸挨着脸，嘴对着嘴骂骂咧咧，眼看就要升格为打架。老朱、老黄都是工人出身，下手狠，但旗鼓相当了，反而打不起来。两人进入一种僵持状态，都有些下不来台。

恰这时，独眼梁顺凑过来看热闹。

老黄好半天没想到怎么对付老朱，见梁顺靠近了，就故意把他撞一下。他还骂道，你个瞎子凑过来找死！梁顺不吭声，老黄还不放过他，揪住他的衣襟，将他一把推向老朱。老朱好大一堆肉，见风筝架架一样的梁顺朝自己撞来，故意不躲。梁顺只好撞在他身上。老朱一口恶气也朝梁顺发泄，揪着他又推向老黄。梁顺很轻，轻得像一个球，被老黄老朱推了个往返程。

梁顺自认倒霉，这次没敢再撞老黄身上，及时躲开。他说，算了算了，老黄老朱，你俩比比谁狠，别冲我，我这把老骨头经不起你们拆。

梁顺踉跄着离开。借助梁顺稍微活动一下身体，老朱、老黄身上被酒催发的那股骚劲已经消掉，此时仿佛忘了刚才为何事拌嘴来着。看着梁顺离去的背影，两人同流合污似的笑起来。

1

梁顺从不招惹老太太。他长得丑，身体老是冷冰冰的，没有热起来的时候。纵使脔心偶尔回光返照似的热一下，那只独眼盯上哪个老太太了，自己马上掐灭这点念想。这是很危险的，他心里明白，自己打架打不过那几个手黑身板大的坏老头。梁顺知道自己这辈子再也不会干那样的事了，但也没有遗憾，相反，他怀疑，那几个老骚驴子未必能在老太太身上找出什么乐子，无非想在别人面前逞逞强，炫耀自己的身板。在养老院里，这似乎兆示着他们能比一般的老头多挨一点时间。梁顺眼神不好，但他相信，自己看事看物有种奇怪的准。他一直相信自己这份能力，所以也曾到街头替人算命。

别人拿梁顺叫梁瞎子，不是绰号，他确实瞎一只眼。有人叫他独眼，他也应。院里虽然都是老人，日子也并非一团和气，招惹了谁，该动手还动手，颇有几个身板大手脚黑的老头，爱打架的毛病一辈子也改不了。那些坏老头也有算计，这个院里老太太不能动，自费生不能动，公费生里身坯大的不能动，会和人处关系的不敢动，算来算去只有这个梁瞎子，窝火了揪着他整一整，白捡的乐子。

他们都说梁瞎子是一脸讨打相。讨打相怎么定义？反正也由别人说了算。他一只眼瞎了，这并不讨打，按说还能惹人同情；问题在于，他没瞎的那只眼是斜的，这就有点讨人嫌。而且，当别人叫他，若是站在他瞎了的左眼一侧，他还要将身体转 180 度，再斜着眼看人……这不是讨打，又是什么？

他一辈子没结过婚，没孩子，在井坎街有过一套房子，打牌输掉了。如此一来，他成了彻头彻尾的光人。亲戚不理他，居委会也懒操这份心。以前好些年，他拎着一只会叼牌的竹鸡走乡串镇，到处游走替人算命，却被各地遣送站一再捉住，遣返回家多次。居委会、民政局不管都不行，只好帮他开好一系列证明，作为“公费生”塞进养老院里。

养老院和大学的情况恰好相反，在这里，“自费生”按月交足伙食和房租，享受待遇要比“公费生”好得多。“公费生”在院方看来，就是义务劳动，就是累赘，再加上梁瞎子又是一副讨打的相，所以他挨了坏老头欺负，院长也睁一只眼闭一只眼。院长老关看梁瞎子像只猫头鹰，有一回，当面也说，梁顺，你真像只猫头鹰。梁瞎子只得陪上笑脸，心说，你他娘的才是只猫头鹰。

好在梁瞎子早就习惯了青白眼或者拳脚相加，他这几十年差不多都是挨打过来的，挨多了，不怕打。对他来说，只要睁开眼仍在喘气，见天吃上饱饭，他也没什么不知足。他知道，这都是命。

梁瞎子在养老院里呆了三年，算是“老生”了，没交上朋友，时不时被人奚落，倒也罢。有一天他病了，只是感冒，但他浑身没有力气，吃了些药，药力又搞得他昏头昏脑，只好躺到床上去。说来也怪，平时没人理他，一旦病了，那些老头老太太就纷纷进到他这小间，坐在床头，冲着梁瞎子说各种各样安慰的话。梁瞎子都是躲着别人眼神过日子，现在一病，没想还有别人关心，心里不免得来些暖意。他想，这些老头老太太，虽然非亲非故，一个院里呆久了，毕竟有一份亲切。别的老头老太太探得频繁，梁瞎子心里暖了没多长时间，忽然怀疑起来，他们都来看我，都那么关心我，是不是院长查出我有什么病？他们知道了却不告诉我？他用意念在全身各个部位走一遍，纵是虚弱，倒没察觉哪里疼痛，身体应该还不错……但存着这份疑惑，次日再睁开眼，发现自已虚弱又加深了几分。他在床上多躺几天，这种虚弱累积几天，就觉得自己越来越不行。

某天早上，梁瞎子醒了不久又想睡，脑袋一片昏沉，忽然有个声音在耳畔响起：难道自己真不行了？难道这点感冒就弄死我了？

想到“死”这颗字，梁瞎子醒了。睁眼一看，这房间在近午时分也布满沉沉的阴暗，正是一种死的气息。这时，门外响起脚步声，看样子，又有谁要塞给他一堆安慰。

如果“死”是个长脚的东西，说不定哪个时间晄地一下就踅进养老院了，不定就蹿进哪间屋里了。有些老人懒得吭气就突然死去，第二天到了吃饭的点，护理员叫几声还听不见回应，拍一阵门也拍不开，晓得发生了什么事——无非是那事，叫院长拿钥匙来开门。一个院子几十个老人，每年总会走几个，快的时候，个把月就要走一个，然后新的一批老头老太太又被送进来，让这频率得以保持。

脚步声停止，有人砰砰地敲门。其实这两天，梁瞎子不比刚病的时候，已听厌了别人安慰的话，不想被人打搅。他本想装睡，让外面的人敲一阵就知趣离开。敲门的人还问了一句，老梁，睡不醒啊？

是个老太太。

梁瞎子脔心忽然一抽，想看看到底哪个老太太，便用孱弱的声音冲门外说，推一推，门没关。

进来的这个老太太，姓李或者是姓黎，也可能是姓雷，来养老院已有大半年时间，梁瞎子没搞清楚她的名字。这是个爱笑的老太太，皱纹褶子打得好，笑起来是一种老来俏，老黄老朱没少打她主意，但人家是“自费生”，子女又多，常来探望，坏老头才不敢造次。

梁瞎子记起来，这老太太热情着哩，前面来看过他两次，前两次都是搭帮别人一块来的。老太太见梁瞎子脸色比上次又灰了一层，不无担心地说，上次你不是说自己感觉好过来了吗？怎么还这副模样？老太太倒真是个心软的人，看着梁瞎子的模样她自己也难受，想拿手摸摸梁瞎子的额头，伸到一半又撤回去，紧张地往门边瞥去一眼。没人。

老太太脑袋扭过去的一刹那，梁瞎子身体袭来一阵难受。老太太慈蔼的眼光再次铺在他脸上时，他浑身一阵哆嗦，完全弄明白了，为什么一个人进了养老院，有人护理，反而更容易死掉。没准，大都不是病死的，而是被别人安慰死的。来探望的人千篇一律、毫无新意地安慰病人说，你不要想太多，你会很快好起来的……这样的话听多了，病人揣摩到完全相反的意思，顺着想下去，越想越出鬼。这是一种暗示。梁瞎子曾摆摊算过命，他比一般人清楚什么是暗示，这有多大的威力。想明白这一点，梁瞎子身上涌起一股遒劲的气力。

……把门关上，我怕风。梁瞎子抖抖索索地说。

老太太应一声，把门关上了。屋里浓灰，老太太再看看梁瞎子那张狭长的脸，更灰。老太太脔心一颤，这回手就搭上了梁瞎子的额头，一探凉热。

梁瞎子正需要这机会，不再犹豫，他一把就把老太太的手捉住。这老太太的手还有点丰润，温热的，稍微摸两把竟然发黏。梁瞎子来劲了，他想，这八成是整个养老院里最好摸的一双手。梁瞎子摸得放肆，一开始老太太也由着他，慢慢觉得这不行，想把手抽回来。

但这时候，梁瞎子已经很明白自己应该怎么做了，非但不放手，还借势用力一拉。他都奇怪，自己哪来这一把力气？一想到死啊活啊，人身上的力气总是难以估量。老太太厚实的身板，像被子一样，被梁瞎子拉过去盖在了身上。老太太不免惊惶。她刚来半年，即使知道坏老头也会偷鸡摸狗，仍然把好的名声保持住，从不曾有过晚节不保的念头。此刻，突然遇到这样的事情，老太太脑子一下子懵掉了。梁瞎子不懵，老太太不知所措的样子，让他感到一切进入自己掌控。接下来，他用自己一张瘪嘴往老太太脸上贴，手也不闲着，不但把老太太越搂越紧，还掀人家衣服。

老太太先是轻轻地喝斥说，老梁，你不要这样，你不要这样……梁瞎子更来劲了。他心里想，真好哇，你还能叫唤，我就怕别的几个老骚货不叫唤。要是不叫唤，我满肚皮的计划还打水漂了哩！

老太太轻声喝斥丝毫不起作用，反而促使这独眼丑鬼恶向胆边生。老太太一受惊吓，也顾不上脸面，只好用凄厉的声音大叫，见鬼了，我老天，瞎子不是人啊……快救命啊！接着就拖起哭腔。老太太年轻时不晓得干过什么行当，哭腔拖起来特别有韵律。

外面正晒着太阳的老人听见哭声，都抻长耳朵寻找声源，稍后便把梁瞎子的房门撞开。当时，两人正扭在一起，老太太的衣裳被扒得一片狼藉。一见这情形，扑哧一下全笑了，心里想，这遭瘟的梁瞎子，都快死了，竟然还想学学小日本咪细花姑娘……这么一把年纪的花姑娘，竟然也不放过！

一帮老头将那老太太从梁瞎子怀里往外扯，拔萝卜似的，喊了号子一二三，猛地一扯，这才脱。众人不得不暗自思忖，人一发骚，浑身来劲啊！

他们将那老太太带到屋外，另两个老太太帮她把衣角扯齐，把衣裤都理一下。老太太仍然在哭，停不下来。梁瞎子这时已经能站起来了。屋子里还站着几个老头，他们神情愠怒，是兴师问罪的样子。梁瞎子耳畔仍听见老太太越来越远的哭声，他忽然有些得意，朝那几个老头翻了翻白眼。梁瞎子那只斜眼，眼仁子小，因此眼白很辽阔，所以他只轻轻一翻眼皮，就很白很白。以前他可不敢故意翻白眼，那是讨打；但此刻刚跟老太太耍流氓，紧接着再跟老头们翻白眼，就顺理成章了。

那几个老头憋足了怒气，七嘴八舌冲着梁瞎子发飙。换是以前，他们肯定会辅以动作。院里的老头，谁都不把梁瞎子放眼里，梁瞎子单薄的身子，谁的拳脚都挨不住。梁瞎子意识到，事情已发生细微的变化，那些老头竟有些怕着自己。梁瞎子胆又大了一圈，面对那几个老头，支起耳朵摆出悉心接受的表情，几个老头又嘀咕几句，竟往外撤。

梁瞎子朝地上啐一口，脑子蹭出毛爷爷一句名言：一切反动派都是纸老虎！

接下来有好几天，全院老头老太太的话题都放在梁瞎子身上。大家都很奇怪，说这人憋着力气还要干坏事，这狗日的看样子还远没到时候。别人讨论得越多，梁瞎子就越是得意，像是从别人唾沫星子里汲取了养分，身体一天一天好转过来，人看着比以前更有精神。

那个黎太太（搭帮这次事件，她姓什么被彻底搞清了）受了这番惊吓，没多久自个躺床上起不来了，再过得一阵就被子女带去医院治疗。黎太太绝口不提原因，知情的老头老太太当然也闭口不说。院方还不知道这事，知道的话，更不敢跟黎太太的子女通报真实情况。

过不久就传来消息，那黎太太死在医院了。院方用中巴车拖着老头老太太们去瞻仰黎太太的遗容。大家围着遗体绕圈，黎太太死得倒还安详。看着老太太的遗容，梁瞎子有些愧疚。但他马上跟自己说，有什么好愧疚？她要是不死，就轮到我躺进棺材了，这不都一样嘛。我要是死，场面还没有这么热闹哩。想到这一层，他就释然了。

那以后，梁瞎子突然开了窍，晓得怎么在养老院里混了。

2

有天，梁瞎子靠着柚子树，一边晒太阳，一边蹭背上痒皮，隐隐觉得对面有人正跟自己打招呼。他要用点力气，让独眼聚一会光，才看得远。是坐苦楝树底下打牌的老周朝他招手，脸上还挂着笑。以前，他几乎没看过老周的笑脸，老周即便笑，也只针对长相稍好的老太太。

梁瞎子不敢不走过去。老周和蔼地说，打牌么？

没待他回答，一旁的老黄说，哪有不打的？瞎子你坐下来，一起打。

梁瞎子就坐下来。他确实会打，但以往坏老头懒得叫他，似乎他不具备和他们同桌打牌的资格。梁瞎子只能偶尔给老太太凑角。

梁瞎子手里摸起了牌，心里念叨：我什么时候有资格和他们打牌了？是不是莫老太的事？

黎太太刚死那会，梁瞎子还稍有担心，此后自己日子会越发不好过，周围的老头老太太要防着他躲着他。以前他是霉鬼，但只霉了自己；现在升格成灾星，霉头要传染给别人！事实却相反，黎太太死后，院里大多数人开始拿正眼看梁瞎子了，甚至，还有意无意冲他微笑。这不，这几个坏老头也觉得是时候拉梁瞎子入伙了。

梁瞎子虽然只有一只眼，打牌倒是够用。他们打的纸牌，俗称“点点红”，类似于麻将的玩法，有十几种花色。手上牌全部配好了就胡，摆下来数红点算番，红点越多赚钱越多。

牌一打，几个老头嘴当然也不闲着，问梁瞎子那天是怎么搞的？明明是感冒，怎么发起骚来？梁瞎子脸上佯作惶恐，说也是怪得很，一感冒，浑身发冷，但身体有些地方偏要越来越硬，自己管也管不住。另几个老头听得哈哈大笑，老周坐在梁瞎子左手边，就伸出手拍拍他左肩；同样，老黄也拍拍他右肩，很亲热的样子。在他们看来，梁瞎子做下这事，不但不丑，似乎还能让人脸面有光。

此后几个人就成了固定搭，见天坐苦楝树下打“点点红”。苦楝树也成了院子里坏老头们的据点，注重名声的老太太，走路绕开这一块。

牌一打，梁瞎子对这几个坏老头越来越有把握，晓得他们脑子不能跟自己比。他完全可以天天赢他们牌，但这样一来，用不了多久，这几个老头就不敢跟自己打了。于是他打得很放松，有时能赢，故意输一把。他心里盘算着，又要赢，又要让他们毫不觉察，小赢即可，细水长流。既然定下这样的方针，他打牌好似闲庭信步，别的老头咬牙切齿地算牌，他用独眼睨着他们，暗自好笑。每次散桌，几个老头都说今天手气不好，梁瞎子也跟着起哄，说今天我也手臭，肯定输了钱。老头们彩头小，打五角一块，手里一把把全是零钞碎票，谁输谁赢，永远都是一笔糊涂账。

彼此越来越熟悉，梁瞎子觉得这几个坏老头不可怕，甚至有些憨态可掬。看他们掏钱时脸憋得血红，梁瞎子就开心。慢慢地，他也用不着顾忌，该赢就放手赢，要下桌了，让他们各自赖点小钱。这么一搞，几个坏老头对梁瞎子慢慢有了几分恭敬。

几个坏老头礼让梁瞎子三分，别的老头老太太都看在眼里，隐约觉察到梁瞎子身上蓄着一股邪乎劲。

那天几个老头依然打牌，老黄、老周都在，平时一桌的老朱没来，换了老李。手气扯了平均，每个人果真不输不赢，却又最是不爽。梁瞎子本可以赢，却有点发懵，那天总也欠把劲。出错几把牌后，他就没心情了。

终于，老黄率先把手里的牌一扔，说不打了，打鸟啊。另外三人也附议，甩了牌像是放下了包袱，长吁一口气。

饭点却还没到，往食堂那边看看，烟囱里冒出的烟正稠，灶头还没撤火。几个老头彼此觑了几眼，要想吃饭，还得挨好一阵时间。

老黄说，不能老是打牌，我们几个熟人，知根知底，越打越没意思。

老周说，都分不出输赢，是没意思。

老李也说，是啊，我拉屎都不臭了，哪还有什么手气？没有手气，打牌能有什么意思？老李这么说的时候，神情竟是几分难过。

老黄又说，老都老了，不打牌还能干什么？

多的是事可以干……梁瞎子眼一翻白，就说，我们干脆干点一定能分出输赢的事。

老黄说，能有什么事情一定能分出输赢呢？打架吗？说到打架，老黄身上就来劲，看着梁瞎子一副小身板，嘿嘿嘿笑得恣肆。梁瞎子也跟着笑，说要打架的话，不如找两只公鸡，让它们吞食几条蜈蚣，碰碰头，就能打起来，大家站在旁边各押各的，何必自己打架打得五痨七伤？

老周又问，院里养的土鸡打架不好看，是拿来炖汤的。

还有别的什么玩法?

几个人的眼光都黏在梁瞎子脸上。梁瞎子那独眼忽闪几下，脸上诡谲一笑，显然有了主意，偏不说。别人问急了，他就说，哎，不好说，折寿。几个人把脑袋都凑向牌桌中间，老黄压低了声音催促说，梁瞎子，快点说，要不然拿你当油棰打。

梁瞎子害怕被打油棰。

所谓打油棰，就是四个人各拎他一只手脚，把整个人甩开了，叫他的脑袋往别人屁股上撞。乡下小孩喜欢玩打油棰的游戏，到冬天能打出一身汗，强筋健体，但是到梁瞎子这把年纪，若是被人拎起来打油棰，一身骨头很快松散。

梁瞎子这才说，你看你看，我们不如猜院子里谁先死。各猜一个，押五十块钱，赢的一手可以赚一百五，怎么样?

老黄老李老周默默想了十数秒钟，彼此看看，之后几乎异口同声地说，这个好，这个好。

四人继续围牌桌坐着，把院里的老头老太太细细地分析排查了一遍，挑出四个已经躺在床上的，各认一个。梁瞎子大气地跟另三个老头说，你们先挑，挑剩下的那一个算我认的。另三个老头也不客气，划了拳分秩序定先后，抢着猜看起来气色最不好的。

也是奇怪，那两个月养老院里死人忽然快起来，一共死了四个，也就是说，梁瞎子等四个老头打的赌一共进行了四轮。梁瞎子总是大度地让别人先猜，自己挑别人猜剩的那一个。按道理说梁瞎子赢不了，但居然也猜赢了一把，第四次猜人时他猜对了。第四次猜，老黄老周老李先猜，这事情走漏风声，老朱硬是要加入进来，梁瞎子仍然摆出大度的模样让他先。当时整个养老院有病躺床上的老人，只有四个，刚够别的老头猜。轮到梁瞎子，他只有从身体看着还不错的老人里头挑出一个。他就挑老马。

老马也躺床上，但老马原本活蹦乱跳，看上去离死很远，前两天受风寒感了小冒，躺床上稍作调整，转天又能站起来。梁瞎子再找不出别人，一想老马好歹还躺床上，就猜他了。没想，这回梁瞎子运气不错，老马闹得肺感染，拖到医院，护士一走神给他吊错了水，居然没几天就死掉了。梁瞎子赢了一把，不但把先前三次输的钱都赢回来，还多赚五十。

3

梁瞎子蘸着唾沫，将手里几枚绿色纸钞又点一遍，并问，还猜不猜?

老黄说，猜。

老周说，怎么不猜？那么多人等着去死，不猜白不猜。

老李说，听你们的。

老朱说，其实我们也可以互相猜。

老黄又说，那就没意思了，和为贵！

几人一合计，挑出候选人。前四个容易挑，上次猜五死一，本就剩四个。这四个身体都没康复，三个仍躺在自己房间，一个已经送去住了院。此外，又扯进一个老侯。老侯虽没躺床上，但这几天咳喘得厉害，有时咳猛了站不直身子，要靠墙或者蹲下。护理员让他躺床上，他不干。

圈定人选，就待各自猜一个，其他四个老头正要划拳排序，梁瞎子不干了。他说让你们先猜几圈，搞来搞去我就只能垫后，这也不行，不公平。别的老头想想也是，就说一齐划拳。通过划拳，梁瞎子排到第二猜。

排第一的老李猜已去住院的夏老太，然后就轮到梁瞎子。梁瞎子咳了几声，说我猜老侯！话音刚落，别的几个老头一齐喷笑了。老周说，那你挤进来划什么拳嘛？你排最后，老侯也是归你。

不！梁瞎子认真地说，我要的是公平。

好的，公平公平！几个老头打完了赌，约定晚上一定搞搞酒。

喝酒的第二天，老侯也躺在床上了。

那天喝酒，梁瞎子劝老侯喝，他不喝。老侯说，我咳嗽。梁瞎子说，喝喝酒，上下通气不咳嗽。老侯还是不喝，梁瞎子捉住他一味地劝。老黄老周老李见状就围过来帮忙，现在他们几个是一伙的，梁瞎子既然发扬风格猜了老侯，别的几个就有义务帮他灌老侯的酒。老黄说老侯你不喝，不喝我们灌你！老周就做出要灌酒的架势。老侯被逼无奈，敷衍似的喝了一杯，还没二两。第二天老侯爬起来，咳得更厉害，躺在床上等院长帮他请医生。医生查了一查，说没事，躺几天就好。医生开几样口服药丸叫老侯吞吃，水都不用吊。

老侯咳了好几天，但都坚持一早就起，不肯卧床。梁瞎子不难看出来，老侯怕死，他霸着蛮也要早起到院子里走，其实是给自己打气。只要在养老院里呆上一阵，就能知道，若是卧床不起，就离死神近了一步。梁瞎子暗自一喜。

这天老侯十点钟还没起来，护理员去叫早，他头一次请护理员将早餐端进自己房间里。护理员问要不要叫医生，他晃了晃几瓶药片，说不用不用，就是咳，没感染。护理员都掌握一些基本医护技术，听一听老侯的肺音，也确实没感染。老侯还笑一笑，说我这破喉咙……

梁瞎子十点过一刻，敲了老侯的房门，钻了进去。老侯看见梁瞎子提着一盒东西，还有些意外。在养老院，每人一间房，如关着房门，别人一般不来打扰。除非是谁病了，院长跟别的老头老太太摆明说，你们应该相互关心关心，都有个三病两痛，你们去说些宽心的话，心里一暖，精神也会好一点嘛。

老侯要坐起来，嘴上说，梁瞎子你你你这是干……话还没说完，又喘。梁瞎子就抢了两步上前去，说你快躺下快躺下。老侯挣扎着要坐起，梁瞎子扶着他手臂，用力一扳，老侯又躺下了。

安静在床上躺几天，你这是小毛病，小何（护理员）都跟我们说了。

小毛病？我没什么毛病，就是喘。

是是，谁说你有毛病？但要躺下来休息。

小何还跟你说什么了？

没有，别多想了，不要疑神疑鬼！

老侯眼睛盯着天花板，走起了神。梁瞎子还在耳畔叽叽呱呱说了一通，老侯也是充耳不闻。后来梁瞎子就走了，老侯还是没有回过神，一阵一阵地咳，平息的时候就盯着天花板。他觉得今天咳得更狠了，正这么想，喉头又开始新一轮的抽搐。

中午晚上，老侯都是按铃通知护理员送饭进房间。看他状况不对头，院方马上找来医生给他检查一下，医生就是上次来的医生，一检查就是咳嗽，没查出新问题。但医生一看老侯脸色，不敢轻易下结论，通知他明天到医院搞一次全身体检。老侯是“自费生”，院方通知他子女送他去医院。

又过三天，老侯被一辆面包车送回养老院，门一打开，他两个儿子挟着他下车，他满脸都是浑浊的老泪，嘴里还伊哩乌卢地说，我不要回这里，不要……儿子就劝他，听话听话，一把年纪了还调皮，不好的。老头老太太们看着老侯这个样子，感到好笑，有些憋不住就笑了出来。老侯的儿子又说，还哭，还哭！别的人都会笑你哩。

我不管，你们带我回去！

回哪去？我们到处跑生意，哪能照顾你？听话！老侯的一个儿子加重了语气，还帮老侯抹了一把脸。另一个儿子在老侯的太阳穴、人中和喉结处抹了一些风油精，大概想起到镇静作用。也怪，老侯果真安静了下来，他看看围过来的老头老太太们（他不好意思将他们称为伙伴），咬咬牙不哭了。

他的房间重新整理了一番，被褥上是洗衣液和阳光的味道，是比以前舒适。老侯躺在床上，关院长专门来看望他。他嚅嚅嘴皮，提出一个要求，能不能关着门，除了护理员，别的人不让进来？

不行。侯大爷，你这就不对了。互敬互爱，互帮互助，一直都是本院的优良作风，所以，我院每年都在市里评为先进单位，把老人送到我院的子女，都是相当放心。这话显然说给老侯两个儿子听，接下来，关院长严肃地冲老侯说，研究表明，人老了都孤独，别人串串门跟你说说话，对你身体康复有好处。侯大爷，医院帮你检查了一遍，你的病不重，别人探望不会影响你病情。真到那一步，我们自然会提高护理级别，现在还用不着，你心里不要有负担。

我……没有负担，只是……

那就好！关院长拍拍老侯的肩，又说，侯大爷，不是我说你，你这人什么都好，就是略微显得孤僻。你要克服这一点，融入我院的大家庭当中。

两个儿子站在床畔狂点头。

老侯想说什么，又咳起来，护理员小赵马上给他喝速效止咳糖浆，叮嘱他不要说话。

次日院长发了话，老头老太太们成群结对去到老侯的房间，提着糕点盒子（关于礼品，他们的理解永远都是糕点盒子），送去安慰的话。梁瞎子也去，每天都去看老侯，有别的人在说话，他就站一边安静地听，眼睛直勾勾看着床上老侯。别的人进来说话，老侯发现自己并不反感，但梁瞎子让他很不痛快。他很想让梁瞎子从自己房间里滚出去，又开不了口。关院长可能批评他，老侯，这就是你的不对了，老梁虽然瞎了一只眼，长得也丑，但他是好心来看你……

老侯在床上躺半个月，就死掉了。两个儿子找不出开追悼会的地方，索性出些钱请养老院办理。

追悼会上，梁瞎子又拿到两百块钱，听着道士班的锣鼓声，几个人又重开赌局，接着猜下一个谁死。

自后，梁瞎子每天又去看他猜中的人老徐，送去许多安慰话。前一阵，梁瞎子除了和几个坏老头打牌，很少跟人来往，更不要说去探望病友。再则，他还有过调戏妇女的劣迹，现在突然百八十度的大转弯，关院长都看在眼里。关院长找个时间，将老头老太太们聚起来开会，专门表扬了梁瞎子。这事在以前叫好人好事，现在用的词也新了，叫人道主义精神。为了夸起来更有效果，关院长还拎出白求恩和雷锋进行类比。关院长说了很多表扬的话，梁瞎子坐在人堆里还脸红，看着别人呵呵呵笑起来。

老侯死后，老黄老李老周被梁瞎子搞糊涂了，梁瞎子明明是捡剩下的猜，猜了老侯，梁瞎子还天天去探望人家。老黄头一个觉得蹊跷，梁瞎子进到老侯屋里，他也后脚跟去，想看看梁瞎子为了赌赢，会使怎么样的坏。但梁瞎子没有瞎来，面对老侯，宽心的话仿佛不要本钱，他每天都说出几箩筐。看上去，他真是十二分地不愿意老侯死，只想着把钱输给别人。晚饭喝酒时，老黄老李老周也问过梁瞎子，梁瞎子说，猜人家死，心里面内疚，每天跑去看看被我猜的人，说一些好听的话，心里面才稍稍地安稳下来。

新一轮的赌局已经开始，老黄老周老李老朱背着梁瞎子合计了半天，多少看出来梁瞎子玩的什么把戏：安慰躺在床上的病人，其实是给病人增添心理压力，安慰得越多，越起到反作用。他们几个悟出这一点，也不闲着，各自去安慰猜中的对象，把梁瞎子的做法普及开来。关院长自是大喜，以为自己前一阵那番说教，把几个坏老头都结结实实地影响住了，都被拽回来上正道了。

结果还是老徐先死。

老黄老周老李老朱又输了钱，几个人碰头再一合计，明白了：虽然都去给病倒的老人送安慰，但梁瞎子身上有一股衰气，可以传给被他看望的人。一样的做法，却得来不一样的效果。既然如此，几个老头只好自叹弗如，但又想，老梁衰是够衰，别人总不至于一而再、再而三地被猜死吧？赢的还想赢，输家更要扳本，赌局仍在继续。

4

梁瞎子和老李相邻而居，两人的小房间只隔一堵墙。

一个阴冷的清晨，老李起床起得晚，想起昨夜里怪梦连连，觉得不对，接着发现身底下有点冷，手一摸，尿床了。

尿床放在小朋友身上，是件可爱的事；放在老人身上，既难堪又悲哀，老李心情难免坏了起来。但他晓得控制情绪，悲哀一小会，就冷静下来，想这事情怎么解决。

这天恰逢周五，中午例行更换床单被单。老李忽然想到隔壁梁瞎子。对着镜子，老李看见自己的气色还不错，不像是小便失禁的样子，再想想梁瞎子，他那张要死不活的脸，那不停翻白的独眼，倒像随时会把尿撒在床上。说他尿床，没人不信。

老李扭开门出去，蹿到梁瞎子房里，梁瞎子不在，门是虚掩的。里面没有值得一偷的东西，梁瞎子懒得锁门——对于他来说，把钥匙插进锁眼是很费神的事，要用独眼瞄一瞄，就像打枪时瞄靶子。这样，老李撞上时机，从容地换了床单。

当天当值的小护理员姓陈。她拧开门走进梁瞎子的房里，闻见一股臊臭。她把梁瞎子不声不响地从老头堆里叫了回来，和颜悦色地说，老梁，这……这也不是犯错误，你应该一早就告诉我，湿了好洗，溽干了有尿渍，知道吗？

梁瞎子脸兀地一红，他说，不是我，我没拉在床上。

小陈护理就把脸拉下来了，说，这就不对了，明摆着的，还抵赖。我又没怪你。她一边说着，一边走过去把床单拆了下来，闻着臭也不捂鼻子，表现出一种大无畏的精神。

梁瞎子也走过去，把床单湿的那块拉到鼻头嗅了嗅，说，老李拉的。

小陈护理说，你这个人怎么这样?

本来就这样。梁瞎子翻着白眼说，我拉的尿没这么臊，我拉的尿基本上已经不臊了。小陈，难道你看不出来我身上已经没有焰火了吗?没有焰火的人尿都没有臊气，既然这样臊，就只能是老李的。那头老骚牯子。

小陈护理说，老梁，前不久院长才表扬你，要树你当榜样，我也不好怎么说你，但我要提醒你，别被表扬几句就得意忘形。

梁瞎子还要辩解几句，小陈护理懒得听，把床单和被单抱到洗衣房去了。

这一阵没人死，而且，先前被猜中的两个老头病体恢复了，又能在院里走动。老黄猜中那个老宋，现在跟他打牌，手气好得不得了。与此同时，前面好端端的一个老头一个老太太，现在又卧了床。

那天晚饭后，五个老头又聚在苦楝树下，老黄首先提议，病的好过来，好的病倒下，不如重新猜一遍。圈定人选时梁瞎子打起了哈欠，让他们四个商量着定。

老李朝梁瞎子瞥来一眼，说，你猜我们挑剩的那个是吧?

梁瞎子说，随便，我习惯了最后猜。

老周说，这样还是不好，我们要是选一个根本死不了的混进来让你猜，你就只有回回都输了。

梁瞎子看看老周，又看看老李，微笑地说，没关系，根本死不了的，就把他猜死好了。

五个人选定下来，老黄老李老周老朱划了一通拳，老黄先选，接着是老周。老李猜了第四个人选以后，就该梁瞎子了。四个老头也不再多说，既然他们已经把前四个选掉了，那么梁瞎子表不表态都无所谓。

老周冲梁瞎子说，老梁，就这么定了啊，你猜的是老马，207 房间的老马。

梁瞎子这时悠悠地说，我不猜老马。

另几个老头看看他，不悦了。他们说，老梁你次次都很痛快，今天怎么不认账？

我想猜谁就猜谁！梁瞎子说，看着要死的都让你们猜完了，剩下都是看着死不了的，我从中选一个，总不算占你们便宜吧？

那四个老头一想也在理，没理由不答应。老黄就问，那你到底猜谁？

梁瞎子睁着阴鸷的独眼，将四个老人扫视一遍，最终目光落在老李脸上。他手一指，说，我猜老李行不行？

老李左右看看，再指指自己鼻头问，我吗？

梁瞎子依然微笑地点点头。

为什么猜我？老李也用力让脸上挤出笑的纹路，并质问起来。别的老头当然成了和事佬，插言进来说，老梁，这就不对了，你和老李有什么矛盾，当面摆摆清楚，谁对谁错，我们帮着理论理论，是吧？总而言之不要当面猜人家死，这是要遭报应的。

猜都猜好几轮了，现在忽然良心发现，怕遭报应了？当面猜背后猜有什么区别？梁瞎子翻着白眼看看老李，又说，因为你就是院子里下一个去死的人，不是老马，只好猜你。

你凭什么说下一个死的是我？老李把脸都笑歪了，还用力保持笑容。

老李，你心里清楚，我也清楚，这话还是不要明说嘛。猜你就猜你了，你也可以反过来猜我。要是我俩对着猜，还可以多下点赌注，反正谁一死，留着钱也没办法接着赌，是吧？

我心里不清楚！

老李，你这是逼我。真要我摆明了说也行，我俩加点码……就我俩，一个人押一千块怎么样？

……五百，押五百，你可以开口了吧？

都是要死的人了，攒钱也没得用，真是拿你没办法。梁瞎子歪着嘴一笑，然后说，老李，你小便失禁拉在床上，看这情况是差不多了。

老李的脸微微一红，说，梁瞎子，是你自己小便失禁吧？

你敢不敢赌咒发誓：谁小便失禁谁死得快！

老李说，那我就猜你，不猜费太太。我现在看准了，下一个死的是你。

梁瞎子说，非常欢迎。我三岁以后没尿过床，七十以后屙尿难免打湿鞋，但从来没尿床。

五个老头重新统一了一下意见，老李猜的是梁瞎子，梁瞎子猜的是老李，就这样定下了。老黄老周老朱觉得很开心，他俩觉得梁瞎子和老李都不会死。如此一来，这一盘赌局他们三人的胜率就大大增加了。

当天晚上空气忽然潮了一阵，拧得出水的样子，仿佛是有雨骤然落下来。但过了那一阵空气又清爽了，没有雨。今晚天气有些反常。老李在心里这么嘀咕一下，旋即又想，自己这一辈子，碰到天气反常的情况难道还少么？老李睡得早，想一蹴而就地睡沉实，但他老听不见自己的鼾声，知道自己一直醒着。幽暗中，老李跟自己说，难道人听见自己的鼾声才算睡着了么，真是好笑。

又挨了一阵，老李还睡不着，忽然担心起来，他想今晚上我不会再尿床吧？

那一晚，老李提着裤子上了三趟厕所，淅淅沥沥，淅淅沥沥，自己稀软层叠的肚皮就像是海绵，只要愿意挤，总能榨出几滴。尿了三次以后，老李仿佛松了一口气，他想，上了三道保险，再怎么着，今晚不会尿床了吧？他缩到床上，蒙头大睡，果然进入梦乡。

又不知道过了多久，老李在梦里恍惚看见天上下雨，自己到处躲雨，摸进一扇门，进去一看竟是厕所，坐便器上坐着梁瞎子。梁瞎子一脸坏笑，仿佛是说，偏不让你，憋吧你……次日清晨，是院子里广播的声音把老李弄醒的。养老院也不是每天早上都放广播，这要看院长是否有心情。老李醒了以后觉得大腿根子有些溽凉，心尖一颤，拿手一摸，果然又湿了一块，而且湿得比上一次更宽了，扯到脚后跟都有凉意。老李来不及悲伤，他定了定神，马上想到再到哪个房间里把床单换过来。

老李穿好衣裤走出去，发现梁瞎子正坐在门外，正翻着招牌式的白眼，冲他诡秘地微笑。老李轻轻咳嗽两声，在院子里转上一圈，发现梁瞎子仍坐在那里，像个守门员。老李走进去，拿眼睛凑着窗玻璃往外看，梁瞎子始终坐在那里，始终面带微笑。床单带不出去，也找不到东西将它烘干或者是吹干。这天不是换床单的时间，但老李老没出来，护理员小陈按着规章必须查房，一走进老李的房间，就闻见那股熟悉的尿臊味。

老李尿床的消息不胫而走，是梁瞎子传出去的。

梁瞎子看见小陈推开了老李的门，后脚就跟了进去。其实，老李情急之中也想到对策的，小陈进来闻见臭味，就拉下脸向她恳求，要她别将这事传出去。小陈是个好心人，应该答应。没想梁瞎子也想钻进来。老李堵住门，不让梁瞎子进去。他身坯子大，梁瞎子不敢硬碰，就冲走进去的小陈说，闻见味道了不？你这个宝宝又尿了，他是惯犯！小陈当然闻见了，但还是撇撇嘴说，老梁你不要乱说坏话。话还没说完，她就摸见老李床单上的尿渍了。

真的是你啊！小陈还有点好笑。

梁瞎子就奔走相告，还用丝瓜老脸摹仿小陈说话语气和表情，前面几个字没学像，“啊”字拖腔却学得神像。院子里的老头老太太当天都知道这件事了。大家一个院里住着，都一把年纪，彼此心存怜悯，听见梁瞎子嚷嚷这事就嗯一声，没当回事。这样梁瞎子闹腾不起来，把老李的事说上几遍，就闭上了嘴。

到了吃饭的点，大师傅跑过来催了两次，老李才硬着头皮往食堂里走。坐下来以后，同一桌上吃饭的人约好似的，故意讲一些陈旧的事，故意要打消老李的尴尬劲。老李心里稍微暖了一些。吃过午饭，老李便想到，今晚怎么也不能尿床了！于是，他尽量不喝水，他想，有进有出，没喝水，我不至于尿血吧？那一晚，老李倒是没尿床，但整夜睡不着，天一亮又起不来。老李身体发烫，后背心不断地冒虚汗。

拖了二十来天，老李真就死了，也就是说，这一轮下赌梁瞎子又赢了。梁瞎子先是去找老周拿钱，老周叹一口气点了五张十元钞。接着梁瞎子又去找老黄老朱，两人乖乖地掏五十。

……算我倒霉，和老李互相猜的时候，就应该各自拿出五百块钱，你们当中间人，把钱扣着，这样，五百块我就到手了。梁瞎子又说，还猜不猜下一轮？要不然我们四个互相猜吧，这样好像更来劲一点。

老黄脸色有些变。他面皮焦黄，若有肤色变化不易察觉，但他骗不了自己，明显感到脸色变了。

老周老朱说也不急着猜，老李刚死，要把他送上山，活人总得喘喘气，再猜不迟。老周老朱离开以后，老黄把梁瞎子拖到僻静的地方，把兜里剩下的一百零几块掏出来，全给梁瞎子。

梁瞎子把几张零票子还了回去，说，我两兄弟在这里悄悄地说，我们四个人里头，老朱的气色明显是要差一截。

下一个你猜他？

也不是，他只是我们几个里气色最差的。下一个，也不定轮到他哟。

老李也是“公费生”，下无子女，灵堂就设在养老院里。停灵的夜晚，梁瞎子早早地睡去了，八点不到就去睡，这坏了院方的规矩。院方有规定，若碰上停灵，所有的老头老太太除非告病假，否则起码要坐到十点半，以体现互助友爱的精神，据说这项规定不是针对死人，而是让活着的老头老太太能更多地感受到关怀和温暖。梁瞎子睡得这么早，院长叫了一个护理员去拍他那间房的窗户，问他是不是病了。梁瞎子若是唔一声承认病了，也就算了。他可不愿意承认有病，躺在床上粗声大气地回答说，老李欠我五百块钱不还，我心痛哩！

5

老李一死，老黄老周老朱不愿跟梁瞎子再猜下去，躲他，当是躲瘟神。那帮坏老头开始怕自己了，梁瞎子心里得来翻身作主的快感，前不久，那些坏老头还把自己推来搡去当是好玩哩。一切反动派都是纸老虎，反动派都这样，几个坏老头又算哪盘子菜？

不赌就不赌。他和老李之间的事情，整个养老院的人都知道，只是瞒着院长和几个护理。

梁瞎子又想到，以前给人算命没赚钱，只是时机未到。现在，我要赚钱，怕是没人拦得住了。

去食堂吃晚饭，梁瞎子进去，老黄老周老朱就在外面等着，等他吃饱喝足拍屁股走人，再摸趸进去，纵是冷饭冷菜，也吃得安然。即使他们一再地躲，梁瞎子和别的老头喝酒时，照样放话说，下一个已经猜好了。

一桌的老头就扯着耳朵，紧张地问梁瞎子，下一个是谁？

梁瞎子喂他们老大一枚眼白，不肯说。

自后梁瞎子就不得清静。天一黑，他就回自己房间躺下，悠闲地等待。果然，稍后不久，就开始有敲门声响起。那些老头老太太或是三三两两，或是打单独，蹿到梁瞎子房间，都想打听他到底又猜了谁。

梁瞎子一遍又一遍跟他们解释，唉，我都害怕自己这张臭嘴了，一猜就神准，这怕是……怕是在泄露天机。我怕天上打雷会劈我脑壳，不敢说。

梁瞎子语调含混，一双眼睛却阴鸷地四处扫射，看得别人发毛。颇有几个老人被梁瞎子的眼神晃得睡不好觉，隔天就出门买来东西，偷偷地往梁瞎子房里送。如此一来，梁瞎子就很少出去晒太阳，成天躺屋里，门虚掩起来。听见门板有响动，梁瞎子就翻一个身看清来人，漫不经心地说一句，你来了啊，你看你看，我又没什么大病，就是骨头酥爬不起床，害得你来看我。

只两三天工夫，别人送的东西就堆满一处墙角，堆起尖来。梁瞎子拿小本子记着，哪一样东西是谁送的，以免张冠李戴。梁瞎子怕被院方发现，所有的东西都堆进床底下，还作了规划，水果放在床头这侧，保质期稍长的糕点都堆床脚。他躺在床上，想吃水果，伸手一掏，有苹果有梨，也有香蕉。水果他爱吃，糕点盒子令他烦躁。盒子往往很大，外包装壳挺硬，印着花花绿绿的图案，但梁瞎子知道，一旦打开里面并没有多少点心。水果都吃不完，糕点盒子他基本没动。很快，水果也吃腻了，最近一段时间，他感觉自已吃下的水果能顶以前三五十年总和。

他有些感慨，院子里的老头老太太都是疙瘩脑袋，一想到送礼，除了水果就是糕点盒子，几十年了还不晓得变通。外面的世界已经发生翻天覆地的变化了，水果和糕点盒子早就吃不开了。梁瞎子看了电视，晓得现在送礼的花样是日日翻新，不光是保健药按摩器，还有充气娃娃。据说，充气娃娃这东西最近推出了老年人专用型，还可预订，你想把它做成哪个明星的模样，时新款的梁冰冰，怀旧版的王晓庆，厂家都照做。价格可高可低，贵的全硅胶，那皮肤跟真人似的，手一触摸就细腻地弹开；便宜的用橡胶做皮肤，甚至是塑料。总之，能做大的生意，必须丰俭由君，富人穷人的钱统统搂进皮包。

以前，梁瞎子不关心这些消息，但最近，因为自身际遇的巨变，他也有心情关注到这些新生事物上面。他感觉自己变年轻了。

他还暗生埋怨，院里这帮老头老太太再送水果和糕点盒子，都塞床底下，是会把床板顶起来。活到这么大岁数，还没学会善解人意，这不就是找死么？

老朱这两天感到身体略微有点不舒适。其实到了他这种年纪，身体多少都会攒下些毛病，老朱一在意，不舒适感就一层层加重起来。

白日里，老朱找到老黄，问他最近身体怎么样。老黄就说，没怎么啊，还老样子。老朱说，我这几天身体反应有些大，一颗脔心有事无事会狂跳一阵。老朱说话时，明显感觉到老黄脸色乍地白了一阵，也就几秒钟的工夫，又回复到蜡黄蜡黄的状态。此时此刻，老朱忽然变得异常敏感，察觉到老黄脸色的变化。他问，老黄，你是不是有什么事没跟我说？

老黄也不瞒他，说，老李刚死那会儿，梁瞎子就说过了，我们剩下来的三个人里头，就你的气色要差一点。

老朱强自憋住气色，说，这狗日的，他果然猜到我头上来了。

你还是……给他打发点，多少打发一点。老黄蛮诚恳地告诉老朱，上次，也就是老李死的时候，我不但把输的五十块钱给了梁瞎子，还多打发了几十块钱，老周是鬼脑壳，肯定也晓得这么干。梁瞎子当时跟我说，几个人里头你的气色要差一点。

这话，老黄原不打算告诉老朱的，可是掐指算来，当时凑一起猜死人的五条老光棍，老李已死，要是老朱也后一脚死掉，就只剩下梁瞎子、老周和自己。老周一贯性情蛮好，以前没欺负过梁瞎子，瞎子没理由猜他先死。老朱一死，势必轮着他了。想到这一层，老黄的脚底板下就升起一股凉意。

老朱脸憋得有些红，好一阵说不上话。缓过气来，他稍带些埋怨地说，哎，老弟兄，这个你早该跟我说说。

老黄说，现在梁瞎子床底下满是水果还有点心，你别再送吃的东西了，东西一多，他都想找猪圈喂两头肥猪了。

老朱说，我知道的，我办事直截了当。

老朱去到梁瞎子房里，梁瞎子正盘腿坐在床头，一只眼睁着一只眼闭着，若有所思。看见老朱进屋了，他把嘴咧开一线，说，老朱，最近气色是有点不好。

老朱呃地一声，把一张红钱递了过去，说，年纪大了，吃得也不够营养，哪赶得上红钱上的毛大爹气色好。

你倒好，辈份蛮大。我在心里一直拿他老人家叫毛爷爷。你倒好，大爹一喊，转眼大了我一辈。

老朱嗓子眼泛出个嗝音，赶紧说，其实我在心里，一直管他叫毛太公。

那就好，该敬的人还是要敬，这才有个纲常，日子过起来才会稳当。梁瞎子又仔细地把老朱觑了几眼，像个医生一样肯定地说，唔，刚才没看仔细，今天你的气色明显比前一阵好嘛。

老朱得了这句话，心底一下子像被夯实了。下午有医生来养老院免费问诊，帮老朱看了看，还用一些仪器这里测测那里量量，说老朱内体很不错，稍微有些寒气，两碗姜汤一灌就差不多了。给梁瞎子测过了以后，医生觉得怪，说这人看似干巴拉唧，血脂竟然还有些偏高，心律也不太整齐。医生要给梁瞎子开几种药丸子，梁瞎子却口硬，说他自我感觉挺好的。他硬是不要医生开药方。

6

老头老太太们看到梁瞎子就像见了鬼，看他那独眼飙出来的一道冷光，背心就泛起鸡皮疙瘩。但他们上了年纪，不缺生活经验，纵是怕他，也不能向院长反映情况。他们不是小学生，打个小报告，就算关院长揪出梁瞎子批评一顿，又顶什么事？这事情拿不出证据，若告他不倒，反过来，他晓得谁告的状，就猜谁死，谁又拦得住？

有个老太太——就是前面出现过的莫老太，她想，我惹不起总躲得起，是吧？她跟儿子通了电话，说要回去住，就算一个人守在家里，也比呆在养老院强。

妈你怎么了？儿子疑惑，莫老太住进养老院，前一阵还说有伴，蛮开心。几个月下来，怎么突然改了口？

那么多要死的人挤在一起，日子能好过吗？

莫老太也不敢明说，只能找别的理由。莫老太的情况又和别人稍稍不一样，儿子倒还蛮孝顺，只是媳妇在家只手遮天。婆婆儿媳是天敌，莫老太顾及儿子，主动离开儿子来养老院。现在她要回去，儿子当然依她。莫老太心想，媳妇再凶，总不会猜我死吧？

养老院清静了三个月，没死人。这在养老院并不多见，有些失常，老头老太太们反而悬起一颗脔心。某天大家聚一起吃晚饭，关院长发下一条通知，莫老太去世，灵堂设在她自己家，若愿意去灵前送别，院里晚上有车接送。

终于听到有人死了，有些老头老太太，暗自放下一颗悬心。

次日午餐时间，大伙吃完不走，都坐食堂里等梁瞎子。梁瞎子猜到大家都等他（这都猜不到又如何猜死人呢），来得晚。他一进来，大家的耳朵都竖起来。莫老太一死，梁瞎子按惯例会发一发话。但那天，梁瞎子专心致志地将餐盘吃干净，又舀一碗清汤有滋有味地嘬，不像有话要说。

坐旁边的老纪忍不住问，老梁，莫大姐那边，你又算准了吧？

梁瞎子不吱声。

老纪有些尴尬，心里嘀咕，她要不是晓得你算上她了，怎么想到离开这里？

梁瞎子响亮地吸溜完碗里的汤，这才开了腔。……有些事情躲不过去。他说，你们想想，人要躲避一样东西，你必须晓得它在哪里，才可能躲开，是吧？有些东西根本不知道它在哪里，你怎么躲嘛？

梁瞎子说到这里顿一顿，环视一圈。他这辈子，以前哪曾有这么多人侧着耳朵听自己说话？当他眼光落在老纪脸上，老纪赶紧重重地点几下脑袋。但他看出来，很多老头老太太听的不是很明白，脸上发懵。

上了年纪容易糊涂，但也不能怪他们！梁瞎子提醒自己要耐心一点，然后像领导一样清一清嗓音，接着往下讲。这时他又发现，只要别人听得认真，谁说话都摆得出领导腔调。

……我年轻的时候出门干活，住工地。有一天晚上打雷闪电，专照人脑壳上劈，劈死的不晓得几个，吓死的肯定不少。当时我和另两个工友往工地赶，正好走在一截空荡荡无遮无拦的山路上。一个雷劈下来，就劈在我们身后，当然扯起腿就跑。他俩腿长，我腿短，他俩跑到一蔸树底下，还歇着气等我。猜我看到了什么？又劈下另一个雷，正好从树上劈下，树劈开，人劈死，浑身焦黑，死的那个丑样哟……你们说说，这种事情怎么躲得掉？你想躲开，你以为安全的地方，正好有雷等着劈你哟。

梁瞎子信口胡诌，这得益于他以前帮人算过命，胡诌个故事吓别人，只能算是基本功。现场肃静，他很满意。

院里有规定，餐盘必须摆放至食堂一角，以便护理员清理。梁瞎子伸一枚手指，朝老纪面门上一指，并说，老纪，我这只盘子，你帮着一齐收收！

你有事忙，只管走！老纪微笑着回应。

梁瞎子抹抹嘴就走，留下那帮老人还傻坐了一会，好生揣摩着他话里的意思。

院里继续风平浪静，直到了年前，天气骤冷，一下子病倒几个老人。一个姓喻的老太太终于挨不住在年前几天死掉了。灵堂又在养老院，丧堂鼓声声传来，有些老头老太太稍稍松下一口气。伴着鼓点有节律地敲，老头老太太三三两两扎堆说着小话。梁瞎子猜人，他们也猜梁瞎子这回又盯上了谁。当然毫无结果，梁瞎子现在不肯说，院里老头老太太都给他送钱送礼，但该死照死。

老纪就说，这就不对了，所有人都送了礼，还是要死，显然不是梁瞎子说了算的嘛。

……不作兴这样讲噢。老黄赶紧打断老纪，又说，你想，以前院里一年总要死七八个人吧？最近这半年，只死了几个？两个。梁瞎子虽然是猜人死，但有他一猜，死的人反倒减少一半，这总不是我瞎说吧？你又想，要是他有心赚钱，还不多猜死几个？

老纪晃着脑袋想捋一捋，老黄说的话，当然也自有逻辑。旁边的老头纷纷提醒老纪，不要瞎想，不要惹梁瞎子不高兴。老周也说，你和他没有仇怨，再说送礼送个百十块，也不是拿不出嘛。钱要紧命要紧？一把年纪了，千万要搞清楚！

别人七嘴八舌那么一教训，老纪心底一沉。人老三件宝，贪财怕死睡不着。现在有一件宝拽在了梁瞎子手上。在院里，谁敢背后说梁瞎子坏话，不光惹着他，也是招惹他的一帮信徒。

众怒难犯！老纪忽然想起来这几个字怎么写了，就不敢再吱声。

停灵都是三天，梁瞎子头一晚没来，躺在屋里睡，第二天。坐下来，他叹一口气，周围好多双耳朵就扯了过来。梁瞎子又轻咳一声，这才说，果然，果不其然……梁瞎子话说半截，拿眼睛到处看看，等着有人搭下茬，但场面上奇怪地静，平日里喜欢哼哼唧唧的一帮老人都不说话了。梁瞎子只好继续说，老喻是个好人呐，上回以为我病了，还来看我，还送来一盒子点心。她自己俭省惯了，点心舍不得吃，摆的时间稍微长了点。我眼神不好，那天饿了就拿出来吃，一口吃下去，发现里面……唉唉唉，长蛆了。这还是不好，不卫生，吓得我心子一阵细跳。

场面上更安静了。喻老太的遗像本来是笑的样子，现在看着也是有些别扭。

梁瞎子只坐了一小会，扯起腿回屋，走的时候似不经意地冲所有人说一句安慰的话：反正呆在养老院就是这么回事，用不着为别人操太多的心。大家节哀，保重自己。

别人都知道，梁瞎子又猜了一个。白日里除了吃饭，别人很少见得着梁瞎子。甚至，再过得一阵，吃饭时梁瞎子也不会去食堂了，会有别的老头或是老太太把饭菜装好，带到梁瞎子的房里。

梁瞎子的房门总是虚掩的，甚至整个晚上都不上锁，谁要进来，轻轻拧一下门把手就行了。他已经放话出去，自己房间吃的东西太多，一张嘴根本吃不过来。他把床底下的点心和水果一点点地抠出来，往别人屋子里送，口上还蛮客气，说，你们老是来看我，我也看看你们。人嘛，就是要相互走动。

别人都会意，直截了当地把钱给到梁瞎子的手上。一开始那拨邀好了似的，一人给五十块钱，梁瞎子也不嫌少。第二拨邀好了各给八十，梁瞎子也不嫌多。前面那拨听说后面这拨提了价码，不敢造次，回头又各自拿三十块钱添给梁瞎子。后面零零散散来到梁瞎子房子里的人，也不敢多给，都是八十。给少了自己窝心不落地，给多了，又是众怒难犯。一帮老头活到这把年纪，一般的事也不至于着急上火，若是关联到他一条命，也会挥起老拳打人。

这天晚上，有人把饭端进房里，菜还不错，有梁瞎子最喜欢吃的爆腌肉，于是就喝了点酒。梁瞎子不经常喝酒。酒是别的老头提过来的，酒色焦黄，是用药浸过。梁瞎子喝这酒不凶，不打脑门，多来了两杯。吃完饭又有三个老头和一个老太太拍门进来，各自孝敬八十块钱。梁瞎子把三个老头的钱收好，抬眼看看这个老太太，忽然觉得她长得挺有模样。于是他没有把老太太的钱接过来，而是冲另三人说，你们还有别的事吗?

三个老头缓一会才反应过来，谄媚地笑着，全都知趣往外走。最后出去的一个还把门拉紧。

老太太不是很老，刚进来的，但已知道梁瞎子是何等人物。

只要有新人（其实还是老人）进入养老院，就有人负责跟他（她）说起梁瞎子如何将曾经的鲜活的一些老人一个一个猜死。而且，奉劝新来的别想着跑，越跑越死得快。现在，老黄老周还有老朱，就专门负责向新来的人讲起这些，三个人围着一个，不把那人脸色讲变，三个人绝不罢休。

梁瞎子也不想每一次死了人之后，所有的老头老太太都来自己房间交钱。一个一个地收，也真是麻烦，有些人不懂事的，很晚了还敲他的门，虽然是交钱来的，梁瞎子还是隐隐地不悦，嫌他们扰了清静。他打算着让老黄老周还有老朱帮自己收钱，这会省很多事。但他一直决定不了，一旦让他们三个催收，免不了给他们几块提成。他还没想好给他们提多少合适。

眼下，梁瞎子注意到，不是很老的老太太脸色还微微泛着红光，跟自己喝酒以后泛起的酡色差不多。梁瞎子问了她姓名，她说姓何。梁瞎子拍床沿空处，说，小何，你坐过来。一声“小何”立时把老太太叫得年轻了，她抬腿往前迈的时候腰身仿佛还晃几晃，挪几挪。

梁瞎子和小何聊起天来，从哪年死了老伴开始聊起。两人越说挨得越近，过不了多久梁瞎子的手便搭在小何的肩头了。这时，梁瞎子吓了一跳，他发现自己搞出这样的动作，竟已熟练。

小何还在说她那个死男人的事，仿佛没有理会到一只手搭在肩上。梁瞎子听着有些扫兴，昂起鼻头嗅了嗅小何的脖颈，有股淡淡的伤湿膏气味，从小何每个毛孔里飘逸出来。

梁瞎子拿眼睛往下看，很有发现。他吞了一口唾沫，艰难地说，小何，你还是有蛮……丰满的嘛。

小何扑哧地一笑，说，都什么年纪了，你这不是说鬼话嘛。

梁瞎子说，真的真的，你看你看，明摆着的嘛。

小何无奈地说，唉，夸人也不是这么个夸法。

梁瞎子看得出小何似乎抛了个媚眼，酒劲又正在发作，胆子更大了。他说，让我揣揣，揣一把就知道了啊。小何也不加阻拦。梁瞎子虽然没什么经验，动作却还麻利，手唰地一下探进小何厚厚的衣服里，努力往上面探。这小何，皮肤都皱上起花了，竟然还挂得有乳褡子。梁瞎子嫌麻烦。他先是往左边摸，一插进去，一阵冷惊。这小何看似鼓鼓囊囊，拿手一摸竟然是平板一块，还略微地往里面凹。他的手摸着电门一样，忙不迭缩回来

怎么回事?

小何撇撇嘴有些不情愿地说，割掉了。

梁瞎子说，你有那病啊，那应该去医院呆着。

误诊，是良性的，也割了。小何澄清了误会，见梁瞎子

的手已缩了回去，便提醒说，右边，还在的。梁瞎子那点小兴头早被搞丢了，说，算了算了，今天天色不早了，我们还是少惹人讲闲话。

临走，小何还是把八十块钱递给了梁瞎子。她低着声音哀求说，梁大哥，你一定拿着，要不然今天晚上我睡不好觉。

梁瞎子暗呼一声倒霉，把钱接在手里。

7

翻过年头，又死了老申。老申死后梁瞎子就把价码提起来，每人一百。梁瞎子想，八十多麻烦，谁掏一百整，还要回找二十。于是每人一百，就这么定了！

照此一算，养老院四十多个老人，每死一个，梁瞎子赚上四千。钱装在鞋盒子里，零钱整钞都有，攒了大半盒。梁瞎子不认字，要能认字，他也想去银行办个卡，把钱存起来。这事也不好请别人去办，梁瞎子徒有无奈。钱多了他也想花一花。一辈子不怎么花过钱，现在忽然有了钱，能想到的无非是买衣服买酒，但他又怕张扬。再好的衣服穿在身上，也不好去泡女人，不是浪费么？

……女人！想到这东西，梁瞎子氽了氽嘴皮。他看着鞋盒子里的钱，想到街上有卖肉的女人。但他不知道去哪里找，找到了自己行不行，也是个问题。他将那玩艺荒废太久，对它没得把握。

钱越攒得多，梁瞎子越不想露财，日子还过得和过去一样，添置新衣裤仍是找便宜的。即使这样，护理员小陈还是嗅到一些气味。小陈来他房间打扫卫生，若不经意地讲，老梁，你好像比别的老头有钱。梁瞎子心里紧了一下，一想放床底的鞋盒子她肯定不知道，就没吭声。

小陈又若不经意提了一次，梁瞎子跟她说，小陈，别拿我老人家开玩笑。

没开玩笑。小陈一张胖脸摆出认真相。

那你怎么看得出来?

你现在气色就看出来，以前完全不是这个样。小陈觉得这理由靠不住，便照实说，你的垃圾桶都是我收拾，好东西都吃不完吧?

梁瞎子怪自己大意，只想到不露财，没想垃圾桶也会暴露很多秘密。他索性说，知道我怎么赚钱?

不知道。

我会算命！每次院里让我们外出自由活动，我都不闲的，就去干这事。一般人我还懒得算，有几个老板认我，每隔一段时间都要请我去帮看看运程。

哦，你准不准？我听说瞎子才能算命。

不准，那些老板长期请我看？再说你的理解完全错误，全瞎的人只能搞搞按摩，拉二胡也比一般人强。要算命，必须是我这种，只瞎一只眼的。

为什么啊？小陈也不小，三十老几，脸上还是很好奇的模样。

明眼看阳间，瞎眼看阴世，阴阳两通，人事自明，晓不晓得？我正好瞎了一只眼。梁瞎子说着把眼皮都张开，让她看那只黑洞洞的眼仁。黑洞之中隐约浮起些浊白的物质。小陈冷哼了一声，不敢仔细看，梁瞎子就得意地笑了。

接下来他就想着要堵住小陈的嘴。一个老头突然有了点钱，小陈可能并不在意，但这种三十老几，又离了婚的女人，嘴碎得很。梁瞎子一想这事存在隐患，头皮就略微地发麻，忽然明白了，我这不就是做贼心虚嘛。养老院成了自己发财的地方，他可不想因为一些意外，断了财路……要把任何隐患及时处理掉！

梁瞎子了解了一下小陈，基本上是小女人性格，和人相处不能吃亏。不能吃亏的人，必然乐意占小便宜，梁瞎子估计这个女人不难对付。此后几天，梁瞎子在院子里的活动，就有明确的目标，尽量贴近小陈。

某个傍晚，小陈在苦楝树下和人打电话，梁瞎子就悄无声息跟了过去。那莞树是绝佳的遮掩物，他可以离她很近。而她完全投入地打电话，根本没在意有人靠近。……是跟男人打电话！梁瞎子很容易做出这个判断，因为小陈三十老几离了婚的女人，竟然冲着手机一声声发嗲。嗲，嗲你娘个大头嗲呀！梁瞎子听得几多别扭。小陈跟一个男人说自己手机摔了几次，勉强用着，她要男人给她买一款新手机。她还提醒男人，她马上就要过生日了。

电话另一头，男人应是问她要什么样的手机。小陈说香蕉 G 系列最新一款。

男人又回了一句什么，小陈忽然发起小脾气，骂了句去你的，就挂了。

梁瞎子在心里默念，香蕉 G 系列最新一款，他念了好多遍才记下来。年纪大，脑子总有点不够用，但为了安稳地将钱赚到手，他舍得下这力气。他又暗骂，现在的东西怎么总要分好多型号？换是以前，买手表就说上海牌，买收音机就说红灯牌，一切都那么清清楚楚。

等到周五院里的车送大家到市区，梁瞎子躲开同行的老人，破天荒进了一家手机店。卖手机的妹子基本都长得有模有样，统一制服，见别人进去都笑着脸迎接，但梁瞎子走进去，没谁搭理他。他自己走到一个柜台前，问那妹子有没有“香蕉 G 系列最新一款”，那妹子见这老头直接冲着某款机子来的，眼睛有了光。她取出一款手机，说这就是。梁瞎子看看那手机，比一个烟匣子大不了多少，一问价，要两千四百八。

别漫天喊，你说一说实价。梁瞎子参照地摊上买衣买裤的搞法，反正要杀杀价，有时能杀下来一大半。

谁漫天喊？这就是实价，不讲价。

梁瞎子想一想，还是把那块手机还了回去。妹子摆出“我早知道这样”的模样，一句也不多劝，把手机放回原处。梁瞎子不甘心，用一只眼仔细地找，终于看到另一块，模样差不了多少，标价只是七百多。

这块也给我看看！

那妹子瞟他一眼，动都不动，只是问，你买不买？

买！梁瞎子把牙一咬，兜里一掏掏出一沓钱。

梁瞎子真的买下那只手机，标七百多，再一讲价，妹子也不厌烦，让了一百来块。梁瞎子问清楚了，这种手机牌子叫芭蕉，听着差不到哪去，两种手机的包装也几乎一模一样。

小陈进来打扫卫生，收了床单正要走，梁瞎子叫住她。他说，前天上街，又帮一个老板看了的，完了事他给我一个手机，但我根本不会用这东西。你看看能不能用，能用你拿去好了。

转眼间，小陈脸上浮出喜色，凑近一看，待看清手机牌子，便有点失望。她说，这是山寨机，模仿香蕉款的，怪不得老板不用给了你，人家出去都不好意思掏这种手机打电话，掉身份。

小陈走了，梁瞎子不免有点失望，小陈这种贪便宜的妹子都不要这手机，看来确实不是什么好货。梁瞎子先还心疼钱，现在小陈不要这手机，他头皮又开始发麻。舍不得孩子套不着狼！梁瞎子眼皮朝天花板翻一翻，狠狠地嘀咕一句。他还自我安慰，小陈要什么手机就帮她买什么……再说，两千块钱也没什么大不了，只要院里再死一个人，钱马上就能赚到手。

又是放风时间，梁瞎子再次踏进那家手机店，买正品香蕉机。幸好，手机店同意他退回那块山寨机，补足差价即可。

等到周五例行换床单，梁瞎子站到门后，看着小陈往这边来，就把这块香蕉手机摆在床头柜。门一推开，果然，她一眼就看见了。是香蕉手机，而且也正是她想要的款型。

那老板给你换机子了？

另一个老板给的。

……老梁你又不用手机，为什么老板都抢着给你这个？小陈刚想这么一问，话到嘴边，及时打住了。在这一刹，她意识到，这东西梁瞎子故意要给自己。

果然，接下来梁瞎子就说，我也不知道，老是给手机。是不是现在送礼时兴送手机？如果你用得着，一定拿去。

那怎么好意思？小陈其实是不好意思不说这句。

尽管拿去！我又不用，你帮我忙，用一用，摆我这里也是浪费。梁瞎子用力地挥挥手。

小陈的喜气拦不住，唰一下就更新了整张脸的颜色。换好了床单被套，小陈敏捷地把手机塞进脏被套，带了出去。

8

经过反复考虑，梁瞎子决定让昔日的赌友替自己收缴全院的“免猜费”——这笔钱每个人都交，时间一长，就有人给它立下名目。有了名目，仿佛就名正言顺。院里眼下四十七个老人，立夏以后死了老贺，价格涨到两百。若自己收，猜一次（其实是免猜一次）可赚九千。叫上他们三人，每人除了免交，每收一次还发每人三百，进项一减出项一加，梁瞎子要损失一千五。但梁瞎子认为这钱值了。如果将养老院比作一个公司，他就是董事长，老黄老周老朱可算分管经理；

但梁瞎子还不会这么想，他一脑袋思维差不多停留在四十年前。在他看来，这里像是收租院，自己是老爷，下面三条狗腿子，还有四十来个长工。

院长和护理员又算什么呢？梁瞎子觉得她们像管家，像帮佣，但又不蛮像。

此后，梁瞎子再在院里踱步，他真真切切感觉到这是自己的地盘。关院长和他打招呼，他就暗笑，心想你也就是表面上当个院长，你一年工资，还没院里死两次人让我赚的多。

小陈打扫卫生，在梁瞎子房间里呆的时间较长，除了干份内的事，她也乐意跟梁瞎子东拉西扯，或者叫他帮自己看看运程。梁瞎子说看不了，她就嗔怪是不是我也要掏钱给你？

我那都是骗人的。梁瞎子只好说，我不敢骗你。

小陈还是不肯走，坐下来讲一堆自己的事，说自己命苦，找到一个不错的男人却被妖精勾跑了。离了婚，自己也是三不值俩——甚至十不值一，等着处理。梁瞎子只好说，你还年轻，命有贵人，急不得。

也不要你算命，现在贵人成了最紧俏的东西，哪是空等能等来？都要主动出击，要拼，要抢，晓得啵？小陈说，老梁，你认识那么多老板，看有没有合适的？有没有刚死了老婆的？要有，你就把我推销推销。

梁瞎子没吭声。

我嘛还是有自知之明，真要跟年轻妹子去拼去抢，哪有机会？但你能看运程，老板们又那么信你，只要你帮这忙，编编理由撮合，我多少还有些机会不是？

梁瞎子暗自一笑，心想现在可真是，残次品都想扮成宝货出手。不过，听小陈的口气，倒是信了自己的鬼话，还真以为老板的钱好赚。

有次，小陈还摆明了问他讨东西。……最近那些老板又给你送了什么东西？用不着的，也让我看看嘛。梁瞎子就问，你觉得什么东西好？或许我可以跟他们提一提。小陈就说自己女儿现在正跟她闹，要一台笔记本电脑，国产的还不行，一定要进口，最好是 IBM 或者戴尔，还得是最新款的。

梁瞎子只说试试。

等到放风，梁瞎子也头一次走进电脑商城，小陈说的进口新款，都要大几千。梁瞎子吐吐舌头，心想小陈倒真敢开口要，这种女人，呆在养老院干活只是迫不得已，哪个老板被她黏上，那是蚂蟥上身扯不脱。

梁瞎子没舍得掏这笔钱，这次掏了，下次她还会变本加厉。等小陈再次走到他房间，他就给他一只红包。他说，笔记本没有老板肯送我。你女儿热爱学习，这是好事，值得表扬。别的帮不上，我要鼓励鼓励爱学习的小女孩。

小陈一看知道是钱，脸上就呈现紧张之色。钱比别的任何东西更让人紧张。她犹豫一会，嘴上仍说这怎么好意思，眼睛的余光却往门外、窗外瞟去。没有人，风吹得院里几棵树一阵阵响。

梁瞎子稍加坚持，小陈也就却之不恭了。梁瞎子看着小陈离去的背影，小陈走到苦楝树底下，就把手中的脏床单搁一搁，打开红包点点数目，里面有十张红色钞票。梁瞎子的独眼，此时就像架着单筒望远镜，竟将小陈看了个仔细。小陈脸上浮现的喜悦，不少于上次拿到香蕉手机。

梁瞎子明白了，还是钱管用!

但老这么白给也不是办法，梁瞎子算得明白，下次她还想要，就让他干点她不愿意干的事情，这样就可以堵住她嘴，摁住她手。

上半年只死了两个老头，梁瞎子本以为今年会是个“歉收”年份，没想一进入阴历七月，天气暴热，气温每一天都勇攀新高。养老院里很快就死两个人，一个是中暑，一个虽然是胰腺炎，但别的老人照样认为，因为中暑，胰腺炎才赶着脚发作起来。养老院没有空调，每个老人房间里有一台鸿运扇，纵然整日运转着，也不起太大作用。关院长想装上空调，报告打上去，她自己都不抱希望——按程序即使进展顺利，空调装进房也要到秋天。

梁瞎子轻轻松松赚了一万多，看这情形今夏必然还有赚头，心里就稳当了。捏着这么多钱又不能存起来，他也愁，跟自己说，要善待自己才是，当花就花。有一晚气温挨近四十度，别的一些老头老太太索性铺了席子坐在院子里聊天。梁瞎子躺在自己房间，直到下半夜也没有睡安稳。他知道有一种东西叫空调，挂在房里，要冷要暖，用一个遥控板摁一摁就灵光。但他不能掏钱给自己单独装一台，养老院毕竟还不是自家的收租院——总要到某些具体的情况里，他才悲哀地发现，自己这个老爷，只赚钱不能享福，简直是拿着活人当王八憋着！

小陈趁一早在院里晾晒衣服，稍过一会，气温又会涨上四十度。梁瞎子朝她招招手，她没反应过来。于是他只好冲她喊了一声。小陈赶紧跑进他房间。就在她跑来的几秒钟时间，梁瞎子发现有几个老头老太太正往这边看。他无所谓，小陈一进来他还故意关上门，让那些老人好奇地扯长脖颈。干得久的护理员，态度都不蛮好，而他能把护理员也呼来喝去，别的老人不免又要惊奇。

梁瞎子说自己身体有点不舒服，想要小陈送一送医院。小陈说这没事，我去跟院长说说。小陈很积极，摸了摸梁瞎子的脑门，转身要出去。梁瞎子抓住她的手，说不急不急。是不是要去民政局调那台车送我？

当然，院里没车，要车的话必须去民政局调。你病得不是很重，我们也不好去叫120，对吧?

不要调车，出了门下到马路，就能打个车。梁瞎子认真地看看小陈，说，而且，只要你送我去，行不?

小陈爽快作答，没问题!

那天，院里很多人都看见的，小陈打着一把大雨伞当阳伞用，扶着梁瞎子走出院门。哪个坏老头在背后吹了声冗长的唿哨。

打车还算顺利，梁瞎子一招手，一辆草绿的的士就停在眼前。小陈说往人民医院去。司机只开一小会，梁瞎子瞥见路边有家酒店。他不识字，但看那招牌应是酒店，每个窗子外分明挂着一台空调外机。梁瞎子叫司机就停这里，司机还咕嘟一句，不是说去医院嘛。梁瞎子递他十块钱，还说了句“不用找”。这也是梁瞎子嘴里头一回蹦出这几个字，又吓一跳，接下来才感觉蛮好。

因为钱，梁瞎子干了许多个生命中的第一次，他知道，接下去还会更多。

小陈跟出来问，怎么了?

不去医院，我没病。院里太热了，我要开间宾馆房吹吹冷气。一开车门，灼人的风就往人身上黏，梁瞎子往宾馆大厅里去，还指使小陈跟上。小陈一愣，稍后就跟了上去。

这路边小宾馆有标间和商务间，价格分别是八十、一百，梁瞎子甚至不问区别何在，就说要一百的。……钱是人的胆！他心里想，这话果然不假，以前哪敢进宾馆？现在进了宾馆，还要点最贵的房。梁瞎子不禁小有得意，冲着小陈，他也不省这区区二十块钱。

小陈却在旁边问，老梁，你会上网？

上网？梁瞎子搞不清楚小陈为什么这么问，只是点点头，含糊地说，呃，是会一点点。

呃，看不出来，老梁你真是深藏不露啊。

梁瞎子发现小陈说这话时，似乎朝自己飞来一个媚眼。他不敢确定。小陈搀着他往楼上去（没电梯），他也乐意显得颤巍巍。到了房间，小陈拧一下遥控，徐徐的凉风就扑在脸上。梁瞎子以前享受过这种凉风，那是有次打摆子打得厉害，养老院把他送到医院住几天。每个病房里都有空调，但知道这玩艺就是个放大的冰箱。冰箱只能冻吃的东西，这玩艺能冻人。

是啊，直到这把年纪，梁瞎子才有钱任意地花一花，享受一辈子都没享受过的事物。这当然是好事，梁瞎子突然痛恨一切来得太晚……所以，更要保重身体，在院里赚来的钱，死之前都要花光。

房间几分钟内就从夏天转变成春天，小陈也找一张椅子坐下来舍不得走。

帮我弄一瓶冰水！他拿了一百块钱递给小陈，虽然心尖尖有点发颤，但他提醒自己，尽量地花！自己一个孤老头，不能把钱白白留给谁。

小陈很听话，像他私人雇的保姆，赶紧跑下楼，买来几瓶冰水。小陈还把零钱找给梁瞎子。梁瞎子说你拿着吧。小陈把头坚决地一甩，说，这怎么行？买三块钱的东西拿九十七块钱跑腿费？没有道理嘛。

梁瞎子确定小陈会真心实意帮自己办事，就摆明了交代她，你回院里，就说我在一个亲戚家里住着，亲戚会草药，帮我弄一弄。

这么多年，也没听说你有亲戚。

同姓同宗的，总是死不完对不？梁瞎子说，反正，你脑壳活泛点，跟院长编编理由，把她搪过去就行。

小陈自是一口答应。

阳光一天一天炙烤一寸寸土皮，雨老是没落下，气象台逐日发布高温警报。梁瞎子在酒店一住十多天。院长那头，由小陈帮他对付过去。小陈频繁地来看他，和他说说话。小陈是个无牵无挂的女人，一个小孩由父母帮着带，她不操心。空调成天开着，小陈还可以打开电脑上上网。

有天小陈给他带来消息，说院里的夏老太刚死。梁瞎子心里就发急，要回去收钱了。

你是不是也去送送她？

那是当然，明天我就回养老院。

气温还没降下来。

没事没事。你想，夏老太走了呵，多好的一个妹子。梁瞎子挤出痛心的模样，小陈看着却想笑。

小陈一般顶多呆到七点，天黑之前就离开。那天她上网聊天聊到天完全黑透，梁瞎子不得不提醒她，要回去了。

不急！小陈又说，我家那边今天停水，借你这的卫生间洗洗。

没事，尽管用。

小陈在浴室里弄出窸窸窣窣的声响，梁瞎子有了某种预感，在床前坐直身体，感觉身体某个部分突然醒来。他吓了一跳，眼睛直瞪瞪盯着浴室的门。过不久小陈就走出来，身上裹着大白毛巾——他还不知道那叫浴巾。然后，小陈就这么坐到他身边，把毛巾解开。她浑身哪里都胖嘟嘟，还有一股黏稠的体味。他打了个寒战，就躺倒下去。小陈紧跟着躺下去，身上好多块肉晃了一阵，才停。

小陈用手轻轻抚摸梁瞎子的身体，但梁瞎子发现，刚才醒了的那个部位，现在又恢复了原状。他把小陈的手安放到她自己胯上，跟她说，你不要弄，你睡一睡，有事我叫你。

小陈很快就睡熟过去，身体摊开着像个男人，哪里都不向他隐瞒。梁瞎子将自己试了好多回，发现没用的。他难得地有了失眠，觉得小陈躺在身边简直是一种压力，是一份累赘。

天亮以后，小陈随意找了个借口，跟梁瞎子借一千二百块钱，然后扶着他回养老院。回去那一路，梁瞎子一颗窝心始终在疼。

9

老黄老周老朱分别进到梁瞎子的房间，将收缴来的钱上交。梁瞎子心里有数，那四十二个老头老太太，并不是平分给他们三人。按自己的授权，老黄老周老朱分别管理十八、十四和十人。每收一次钱，梁瞎子会给每人三百块钱基本提成，此外老黄有两百奖金，老周一百。三个人不能平均分配，要让他们彼此较着劲，才会对自己忠心，才便于管理。

虽然梁瞎子没读过书，但有些东西不用学，天生就会。

老周老朱都缴足了数目。那天，老黄一进梁瞎子的房间，就说，死的夏老太归我管，她没交。

梁瞎子说，用不着你讲，我清楚。

那是当然。老黄将钱拿出来。梁瞎子正点着数，老黄又说，这一阵又新来一个姓冼的——听着就不是好姓，姓显，容易显摆。我就想，既然夏老太归我管，她前脚一走后脚就来了老冼，这个老冼自然也归我管。

你说这个对的！梁瞎子抽出五百递给老黄。

呃，但这个老冼，我跟他讲得清清楚楚，你算谁谁就死，他不怕。他说老子偏不交，要猜就猜死我好了。

真这么说？

你要不要亲口跟他摆摆道理？

梁瞎子陷入沉思状态，没开口。

要不……老黄凑近梁瞎子，似乎有话推心置腹，却故意欲言又止。梁瞎子叫他直说。老黄便化掌为刀，做了个抹脖子的动作。他额头有拉起的青筋，眼里迸射出精光，仿佛作了一番艰难的决定，才把话说出来——要不，你猜死他算了！

梁瞎子当然知道老黄什么心思，看似替老大着想，实则将了一军。梁瞎子很长时间没发话。老黄还侍立一旁，梁瞎子只好下指示，你走，我有办法对付。

怎么对付？

你操这么多心干什么？我讲有办法，就有办法！

去食堂吃饭，梁瞎子得以看见新来的老冼，一个穿着洗白工装的红脸糟鼻老头。他正在啃卤鸭腿，啃光了一块，正啃第二块。食堂里有基本菜和加菜，想吃加菜，另外付钱。

卤鸭腿是加菜，很多老人都啃不动，老冼是算牙口好的，一餐买两块鸭腿，还有一段鸭脖。

梁瞎子就坐在老冼对面那张桌子上，老黄老周老朱三个人围在他身边。以前，新来的老头老太太，一旦听人讲述了梁瞎子以往的种种事迹，见到他面大都变得恭敬，主动点头打招呼，懂事的还会坐过来问声好，还想往他餐盘里添一份当日最贵的加菜。这老冼，果然和别的老头不一样，他神情自若地吃，除了吃还是吃，镇定得就像打进敌营的共产党。直到啃完两块鸭腿、一条鸭脖离开食堂，老冼也不往这边瞥一眼。

老黄又将嘴凑到梁瞎子耳畔（他越来越喜欢玩这个动作，仿佛他是梁瞎子最贴心最可倚重的心腹），再一次地说，猜死他，就猜死他！

梁瞎子不耐烦地睃他一眼，发话说，你猜还是我猜？

这半年多时间，梁瞎子的眼神、语气都练出了一种威严，足够老黄这货服服帖帖。老黄只好闭嘴。

老冼对自己视若无睹，是此前从未遇到的情况，虽然不算大事，但让梁瞎子心神不宁。梁瞎子脑子漫漶着想开了：不断有旧人走，不断有新人来，要保持自己在一个院子里的威望，并不是件容易事。

随后那一星期，梁瞎子都在观察老冼的反应。老冼从来都是对梁瞎子视若无睹。某天黄昏，梁瞎子正往食堂里走，碰见老冼走出来。两人擦身而过时，老冼嘴里呜噜了一下。梁瞎子稍后才反应过来，那是在和自己打招呼。梁瞎子马上“嗡”一声，算是回应，老冼已走出去好几步。

老冼虽然不理梁瞎子，也没惹他麻烦，没想，这老黄却不得清静。梁瞎子本是想拿他当狗腿子用，一碰上院里死人就收钱。但现在，老黄这人不晓得个轻重，把梁瞎子当成生意合作伙伴一样，老爱问问题，还爱提建议。他已不下三次，当着梁瞎子的面问，这次，你是不是猜老冼死?

梁瞎子总是用同一句话打发，天机不可泄露。当梁瞎子第三次用这句话打发老黄时，老黄偏要多问一句，有什么不可泄露?是不是猜老冼?

梁瞎子就狠狠地剜了老黄一眼，老黄脸色稍变，不再多问。

夏天走了四个老人，超额完成任务，整个秋天，养老院一直都很安静。再死人，就到了初冬时节，谁也想不到，这次死的是小陈。那天，她搭了个黑摩来上班，路上出了事故。黑摩开得太快，避车时一家伙就飙到路坎下面。司机有头盔，小陈自己不戴。她没那个习惯。说是路坎，十几米高。

灵堂还是设在养老院，小陈的遗照比她本人更年轻，笑得也很甜，可能是二十几岁照的。她几乎没什么亲戚，一帮老头老太太帮她守灵。梁瞎子守到半夜，心里确实难过了起来。这一阵，他开始进些补品（是让小陈代买），没准入冬后自己又恢复些年轻人状态。梁瞎子盘算着，到时再请几天病假，带小陈找高档一些的宾馆开房，多花一两百，房里有一种水床，自己不要动，床能够帮自己干想干的事。

这次死的不是老人，梁瞎子没有发话收钱，但老黄老周先斩后奏，把钱都收了上来。收钱时，他们跟那些老人一遍一遍地说，记得吗，天热的时候，梁瞎子把小陈带了出去……这个小陈木脑壳，不懂味，敢违抗梁瞎子的指示，所以，你们也看见的……

老头老太太们一听又是惊又是怕，乖乖交了钱，心里纵是在骂，嘴上都不敢道一声“造孽呀”。

梁瞎子晓得他们三个又收了一回钱，但往后有好几天，竟然没一个主动将钱交到自己手上。他隐隐感觉到不对，找一个机会，在院子僻静的一角拦住老黄。他估计，老黄已将收来的钱压在床褥底下。

梁瞎子说，给你五分钟。过五分钟，你上我那屋说说话。

为什么要给五分钟？

要我明说？好的。这几分钟，你可以回自己房间，把钱取出来。

那为什么又要去你屋？老黄竟然笑。

梁瞎子左右看看，认真地说，钱都收上来三天了。

这倒是不假，但和你有什么关系？

这时，老周正好在几丈外朝这边张望。老黄朝老周招招手，示意老周过来，老周偏不急，还往反方向走。稍过一会，老周老朱都站在了梁瞎子面前。

看着三个坏老头在自己面前摆出嬉皮笑脸的样子，梁瞎子脑里噌地冒出一个词：造反！

老黄声音愈发宏亮，他说，这次死的不是老冼。

我本来就猜小陈。

她对你那么好，为什么要猜她死？

我要猜谁，你管得着么？

当然管不着……三个人里，老黄显然是领头闹事的，相对于梁瞎子，他脸上倒真有一股黑老大的气派。老黄说，但我收了钱，你也管不着。钱不会给你，你赚得太多，现在该轮到我们几个了。你要不甘心，这回猜死我好了。

也猜死我好了。老周笑着补充！

梁瞎子嘴皮打起哆嗦，揣度了形势，知道这三个坏老头早已商量妥当，做足准备要造他反。梁瞎子气得无话可说，想要离开，老黄偏就拽他一把，又说，你不会告状，说我们拿了你的钱不还你吧？

梁瞎子低头走路。老周老朱在给老黄捧场，吃吃地笑起来。梁瞎子用不着回头也能知道，在自己身后，他们三人脸上都泛起了翻身做主的得意神情。终于回到自己房间，他闩上门然后才长吁一气。他心里明白，以前他还当是养了三条狗，从这天开始，自己成了他们三人养下的一头猪。

10

次日他们三人一齐钻进梁瞎子的房间。天已黑，梁瞎子没开灯，是老黄开的灯，灯一亮，梁瞎子盘坐在床头，神情端庄，像在想事。换是以前，这有点吓人，但此时看着，老黄憋不住笑了，老周老朱也跟着笑。

老黄在梁瞎子眼前拍了一沓钱。……八百块。他说，以后，有了钱我们四个人分，不能老是你一个人拿着给我们发。有饭大家吃。

四个人分，每个人不止八百。梁瞎子心想，老黄又没说是四个人平分。接着，他又想，如果我提出平分，老黄肯定说以前你给我五百，老周就说你给我四百。老朱更冤，他会说我只拿三百……想至此，梁瞎子便不吭声。那几个老头走后，梁瞎子继续关了灯想事。能分到八百块，就当白捡。他提醒自己，知足常乐！

半夜恶梦，醒来。他这年纪很少发梦，但这个梦吓着了他，梦里老黄将他脖颈拴上狗项圈，正在街边遛他走。他走得慢，老黄就踢踢他屁股。这个也不算恶梦，接下来老黄摸出一只巨大的爆竹插进狗项圈，然后点燃。他看见引信嘶嘶地燃烧，火头飞蹿，就放开四蹄狂奔……爆竹还没炸，人醒了。

黑暗中，梁瞎子发了狠的——不叫猜，而是诅咒，老黄下一个死。

但老黄老周老朱，他们既是坏老头，往往比别的老头长一口气。梁瞎子下了一通诅咒，心里却是失望。

待到天亮，梁瞎子忽然不怕了，他想一把年纪，何必缩头缩脑被别人摆弄？以往猜了谁死，他不说，现在他打算说一说。再去食堂吃饭，他专拣人多的餐桌坐下来，心思不在餐盘里，那只独眼探照灯似的一圈一圈扫向别人。别人已经习惯了不轻易跟梁瞎子搭话，但被他瞥得浑身不自在，不得不问，老梁，有么子事情要给大家讲？

晓得下一个是哪个死哟？此时，他变得直截了当。

老头老太太面面相觑，登时就有了些紧张神情。

不要紧张，不是你们，哪个都不是。梁瞎子一笑，把头低一点，把声音低一点，又说，是帮我收钱的人。

老头老太太们放下一颗悬心，有人问，收钱的有三个，你说哪一个?

到时候，拿眼睛看嘛。你们信不信?

又没人吭声了。

梁瞎子又呲牙一笑，露出凋零的牙和黑乎乎的舌。他好似自言自语地说，这事情你们哪能真信?你们睁眼睛看好了，要是这回我猜得对，以后不收钱，不收钱也不猜你们，你们都是好人;猜错了，更不收钱。

梁瞎子在众人诧异的目光中离席而去。这是他花一通夜做下的决定:索性拆台，谁他娘的也别想再赚钱了。

接下来一段时间，老黄老周老朱焦急地等着谁死。以后收上来的钱，大头就是他们的了，老周老朱还跟老黄闹，要将院里的老人平均分配。老黄当然不答应。老黄认为，之所以有现在的局面，是他开创的:此前，他没跟新来的老冼讲起梁瞎子能猜死人的事，要以此试探，梁瞎子是不是真猜得死人。这一把，他赌赢了，蛮有理由让自己多赚一点。

但问题就出在刚赚到的几千块钱上面。这一下白捡了几千块钱，他对院里的老太太忽然失去了兴趣，不再打她们主意。他觉得自己有了年轻人的心思，听说城里很多粉红小屋里面，都有卖肉妹子，很粉嫩，也不贵。以前觉得贵，是兜里没钱;现在一有钱，花几百爽一爽，也算不得什么。

老黄不晓得请假。天黑以后，护理员在院子里检查了一圈，老黄就翻墙出去，很顺利。他打车进城，找个妹子干自己想干的事，虽然效果比自己预想要差点，倒也满足。问题出在他回来以后，不敢敲门，还是翻墙。护理员小陈死后，民政局又新聘了一个护理员，姓何。小何到养老院值夜班，按规定可以睡，但她认床厉害，一直睡不好。那夜她照样失眠，坐在窗前抽烟，没开灯。这时她看见墙头冒出一个人头。当晚大月亮，墙头出现的人就被月光勾勒了轮廓，看着像剪影一样单薄。

小何尖叫一声，冲着夜色大喊，有强盗！其实，这养老院从来没进过强盗或者小偷。谁来这里偷东西，脑袋肯定撞在门上认错了路。

“扑通”，墙上那人应声栽下来。

老黄发埋了以后，院里的老人都知道，钱要送到梁瞎子本人手里，不必再经过那两个坏老头。梁瞎子明明说过，猜中猜不中以后都免交，但这话听在别人耳里，全成了反话。这一次，老头老太太约好，每人缴三百。

梁瞎子摸着厚厚一沓钱，别是一番滋味在心头。他在院子里踱步，这地盘仍是他的。他甚至有了一种迷惑：难道我真能猜死人？

有个傍晚，老周老朱敲门进到梁瞎子的房间，什么也不说，先把两沓钱放在床沿。梁瞎子看看他俩，一个像做错事的孩子，另一个像孩子做错了事。他嘴角仍是一笑，心底翻涌上来一股嫌恶。

都在这里?

老周说，用了一些，马上就补上来。

老朱赶紧说，我的都在哩，都在都在。

老周问，老梁，下一个你猜了谁?

梁瞎子现在不急着说。要猜谁，不能一点不透口风，也不能轻易透底。这里面有的是机巧，梁瞎子认为自己正在慢慢悟透那些玄奥。

下一个你猜谁?老周怔怔地站着，重复地问。

出去!

两个人不敢不听，乖乖地出去，拉上门。

梁瞎子脚脖子有些肿，白天也躺在床上睡觉，现在他不怕躺床上。院子里就他一个不怕躺床上。零零星星还有人送份子钱，都用纸包着，上面写好名字，以免梁瞎子搞混淆。

老周又摸进来，要补足余款。梁瞎子说白天脚崴了一下，叫老周上到街面去买一瓶治跌打损伤的药水。老周二话不说扭头就出去买了最贵的红花油和跌打丸，买回来还帮梁瞎子揉搓了半天。梁瞎子被搞得有些感动，说，唉，你们一个个都是好人呐，你是好人，老黄也是好人。我本不想猜他，但是这也由不得我，早半个月，就有一个声音在我耳朵里轻轻地报信了。我知道老黄躲不过去，我真不愿意猜他死。说实话，我都想猜我自己。

老周就顺他意思说，老梁你不要说了，我帮你搓脚，你脚板都热得烫手，跟年轻人一样啊。梁瞎子听得顺耳，但又更添了悲伤，说，唉，是揉了那么半天，哪有不烫的道理?你把磨刀石揉上老半天，也会烫起来。老周赶紧闭了嘴，一个劲地揉搓，把梁瞎子没有崴着的那条腿也一并搓了，搓得梁瞎子舒舒服服，哼哼唧唧。

药和老周的搓功都不错，到晚上梁瞎子的脚脖子明显消肿了，走起路来也不怎么疼。门照样没有拴紧。他晓得，有些人喜欢白天把钱送过来，更多的人喜欢趁着夜色偷偷把钱塞进他的床头柜。他算了算，还差了几个人的钱没收齐。

他又做梦了。一想到明天早上一起来，拿钥匙打开抽屉里面会多出几百块钱来，梁瞎子的心情就会很好，这样，做的梦也就有色彩。梁瞎子喜欢在梦境里返老还童一把。有了钱，他做梦也放得开了，时不时梦见足够年轻的女人。

这夜也是这样，梁瞎子在梦里也有着下意识的期待。天即将放亮时，那个光丢丢的女人眼看就要来临，梦境浮起暧昧的气味。

忽然，梁瞎子感觉出不得气，惊醒过来，一双手正狠命地捂着他的鼻头和嘴。那是一双蛮有力气的手。梁瞎子本能地要动弹，要挣扎，这才发现还有别的人，将他手脚都死死摁住。

梁瞎子依稀听见老朱的声音。

老朱知道老周会按摩揉搓，最近，他就靠这一手工夫，把梁瞎子哄得开心。于是，老朱也知道，梁瞎子肯定不会先猜老周死。

老周不死，那岂不是……要猜我死？老朱先是有点好笑，接着头皮开始发麻。

老朱让自己别这么想，以为挨一会就会过去，但头皮一直发麻，不停地发麻，头上像戴了一道金箍，且老是有人念咒。老朱多了一块心病，而梁瞎子，也不拿正眼看他。老朱也去梁瞎子房间多坐坐，讲讲笑话，讲讲贴心话。但梁瞎子拉着脸，将就着听一听。那天下午，老周也摸进来了。一俟老周出现，梁瞎子皱巴巴的脸皮就抻开了一些。

那天晚餐吃鱼。老朱小心吐着鱼刺，脑子噌地冒出一个成语：鱼死网破。鱼死网破！老朱心里默念了数遍。

虽然老朱蛮有力气，但他知道，要凭一己之力弄死一个人，即使这人又小又瘦，都是不容易。一旦濒临死亡，是人都会鱼死网破一样挣扎，再也不啬惜一丝气力，这一来胜败如何预料？老朱在脑子里想象着独自弄死梁瞎子的情景，想了半天，总是想不稳妥，额头却起了汗。他便跟自己说，我要找几个帮手才行。强手不过帮手，两人对付一个，就稳当许多；若三个人对付一个，摁手的摁手，扯脚的扯脚，按部就班地弄，那就蛮有把握。

老纪感点小冒，爬到床上，却又不敢平躺，于是身子缩成一坨，坐也不是卧也不是，就这样和感冒耗着。老朱走进去时，老孙也在。老人也有玩伴，也讲缘分，这个院子里老孙就跟老纪有话说，在别人面前是个哑巴。老孙老纪形影不离，现在老纪一病，老孙就像他老伴一样守护着。

你怎么来了？老纪看看老朱，有点奇怪。两人素不往来。

看看你。

老朱就这么在床沿一头坐下了，老孙在另一头。一张床立时有点挤。老朱看看老纪又看看老孙，几个老头面面相觑。气氛有点不对，这正是老朱需要的。

有什么事么？

没什么，看看你。听说你病了。

就是感点小冒……老纪打了个浊重的喷嚏，抽抽脖颈，老朱……梁瞎子是不是，猜我了？

老朱还是不说话。老孙也开了口问，真猜了？

又过了几分钟，老朱把脸凑近，低声说，其实还有一个解决的办法，我专门去求人弄来的。懂法术的又不只梁瞎子一个，是不？

什么办法?

鸡屎白，只要一点鸡屎白，抹到他舌头上，就能解!

老朱慢慢地话说从头。他们三人帮梁瞎子鞍前马后地跑，帮他收账，其实也攒了心劲。梁瞎子那一套法术，他们眼看就要摸着门道了，没想梁瞎子发觉，赶紧炒了他们三个，并且一口猜死了老黄。

……我去求这破解的办法，是为了保自己，但没想到我时日还没到。老纪，下一个他猜了你。

闲话少说……老纪急切地问，怎么把鸡屎白抹他舌头上?

这个事情我来做，但你俩也不能闲着。你要知道，这需要霸点蛮，他的嘴巴由我弄开，到时，你俩要保证他的手脚不动弹，我才好动手。老朱晃了晃自己丝瓜瓤一样的胳膊，鼓了鼓肱二头肌，竟然鼓出一道曲线。

老纪看看老孙，老孙温顺地回了一眼。老孙舍不得老纪死，老纪一死他再找一个伴，比找老婆还难。

什么时候动手，老朱早摸了清楚。当晚值班的是老护理员小庄。她和新来的小何不一样，老油条一根，前些年男人离家出走以后她就上了酒瘾，晚上关着房门就咸萝卜条喝喝小酒，然后倒头睡。晚上老头老太太们有一点点叫喊，她概不理会，在关院长面前就说自己睡得沉，没听见。

大概一点多钟，老朱带着老纪和老孙摸进梁瞎子那间房。

老朱还拿出一只手电，往地上晃一下，便确定梁瞎子头朝哪边。三人一字排开，分工早已讲妥，老孙摁手，老纪压腿。老纪身体不适，力气使不出来，好在身坯子大，一百六十斤，整个压上去，梁瞎子两只细瘦的腿，就只好焊在床板上了。

老朱懂得趁热打铁的道理，《国际歌》可不是瞎唱的。老纪老孙其实还没想明白，晕晕乎乎就被带进梁瞎子房里。

老朱学着火箭发射，在心里倒数五个数，发出一声暗哑的指令。老纪像一扇门板一样塌在梁瞎子腿上，老孙则用两手准确地掐住梁瞎子两条胳膊。两条细胳膊！黑暗中，老纪老孙还以为老朱只是要弄开梁瞎子一张臭嘴。鸡屎白就沾在老朱指尖。

老孙首先感到动静不对，梁瞎子挣扎起来是拼了老命。嘴巴被摁住了，老孙能从脉博探出梁瞎子呼不给吸。

……你在搞什么？老孙反应过来。

老朱一愣，手头稍有松动，梁瞎子的一张嘴差点挣脱。但还来不及叫，老朱重新捂住他嘴，掐住他脖子。

要不要命？要不要……老朱确认梁瞎子的一颗脑袋以及脖子全在自己掌控，才喘着粗气，教训老孙。又说，今天他活过来，我们三人都他妈活不长。

噢！不知是老孙老纪，应了一声。老孙刚才虽然觉察到不对，手头却丝毫没松动。这时已经是一身冷汗，他想，我应该不是主犯！

梁瞎子身体本来已经一点点软下去，忽然又猛地一阵挣扎。显然，这已经是最后的挣扎。稳妥起见，老孙将自己身板加上去。老孙老纪两人加起来三百来斤，梁瞎子这几月还吃胖了，体重不过一百出头。

老朱咬着牙齿，他本来就有力气。而梁瞎子，他的细脖子正在一点一点地发黏。有一刹那，老朱误以为自己在拧一条湿毛巾。

过不了多久，梁瞎子感到有些东西正从自己身体抽离出去，不是血，没有血流的痛感。这种抽离感是全方位的，他能感受到某种东西从每处骨节，每处筋络剥离开时幽微的撕扯声。

梁瞎子慢慢放弃挣扎，但某一刹那，浑身突然得来一股邪劲，仿佛刚才从体内流逝的东西又全吸了回来。借着这一股力气，梁瞎子竟然从床上，从几双干枯的手中间挣脱了。他不敢怠慢，门永远是掩着的，他扯起腿就往外面跑。

天色已花麻麻地亮起来。梁瞎子一跑七八丈远，扭头一看，竟没有一个老头追出来。梁瞎子大是蹊跷，麻起胆子又跑回去，隔着玻璃往里看。那一帮老头仍然咬牙切齿，死命地摁着床上什么东西。

梁瞎子这才有所觉察，勾起脑袋看自己，没有异样啊。之后他晃了晃身体，这才发现自己变得很轻。怪不得，刚才三步两步就跨出去七八丈远，仿佛变年轻了一样。这时，他猛然吓了一跳，因为他知道，人是不可能变年轻的。

几个老头从他的房间里偷偷溜走，把门拉上。梁瞎子很快又回到门前，想去抓门把手，明明握在上面，一看却握了个空。把手从自己手心滑滑地溜了出去。接着他一推门，一只手就穿过了那道木门，门却没有伤口。于是，他将整个人穿过门板。床上躺着一个自己，看上去很丑。他没想到自己这么丑，丑得自己都不想看。稍微坐一会，外面一点一点地亮起来，耳畔有个声音，心中有股情绪，都在催自己离开。他又来到院子里，有的老人房间里亮起了灯，他们咳嗽着，闹出响动，很快就会来院子里散步。他不想见到谁，因为他也不挂念任何人。走到大门前面，门上还落着锁，但他有了经验，直直地走，竟没撞上任何东西。门口开出了一条直路，延伸向无限远的地方，他知道这是自己该走的路。走几步，他忍不住回头，最后看了一眼淡淡晨雾中的养老院，心中竟有一丝得意。他对自己说，阳世毕竟有这么个院子，曾是自己的地盘。

衣钵

仪式前一天的晚上，李可坐在一座山与另一座山中间，能吹进大量的风，通常叫作垭口的地方。他家的晒烟棚子建在那里，石头垒的，他记得很小时候他和父亲在这里连续干了五天，一座小巧并算得上精致的房子就冒出来了。从那时起，他相信父亲是无所不能的，父亲不仅是个道士，他远远不止是个道士。现在，父亲显然在虚弱，在衰老。晚上已经开始了，李可看见自己的父亲操起巨大的艾香，驱赶起蚊虫。也许是父亲的职业使然，李可老觉得他每个动作都像在祭祀。香火舞动的迹线是很熟悉的，父亲走动的步幅是很熟悉的，很快地，这种弥漫着香火气息的环境也是很熟悉的。这么多年来，每当李可和父亲在一起不言不语的时候，他便能感觉到祭祀般的神圣。

李可是一个道士的儿子。前些年这是个令李可尽量回避的事实，可是到了这一天，他早就不这样想了。明天就是为李可而举行的仪式，他知道很多年前父亲就是经过这一环节而成为一个道士，一个在乡间最为需要的人物。

烟棚是有两层。底层晒着烟，上层是供人过夜的凉棚。茅草很厚。下面的烟子升了上来，李可知道在以后的生活里面，这种烟雾的味道是经常有的。他扇动鼻翼吸进去了很多。同时他看见在自己的周围有无数微小的飞虫在跌落，就像是转瞬而至的一场细雪。他听见它们砸在泥土上时那种细密的声音。再一抬头，那边远远的山已经被夜色所吞噬。二十岁以后他逐渐理解了父亲的那种说法，夜来的时候，是一只狗慢慢吞掉了一切，所有的东西都会被这狗吞掉。天地间很多不可想象的灾难只不过是一些狗在捣乱，这样的狗那样的狗，无形的狗无体的狗，它们充斥在人眼看不见的地方，但道士有一定修为以后是可以看见它们的，是可以降服它们的。父亲认为他毕生的事业是在和一群看不见的狗作斗争。李可很喜欢父亲这种大无畏的见解。一般的道士总是把灾祸看成是妖魔在横行无忌，他们千辛万苦地降妖除魔，要把自己行为渲染得玄之又玄，无比高尚，藉此向别人索要更多的钱财。但父亲不同，他居高临下把别人眼里的妖魔仅仅看成是一些狗，这样的狗那样的狗。他认为与暗中潜伏的狗们作斗争只不过是一个道士应尽的义务，以保一方平安。李可的父亲是个称职的道士，是整个村中最受敬重的人，去年人们把他选为村长了，拿到一份足以让颜面生辉的村干补贴。父亲得到了肯定。李可知道父亲是好样的，虽然在读大专时没有同学可以理解一个道士的儿子赞美自己父亲。这是一个很奇怪的现象，在他所读的那个班，别人都来自城市，他们的父亲都可以保证自己的儿子一出来就得到一份不错的工作，但他们从不赞美自己的父亲，他们时髦地认为父亲这个名称本身就富含着悲剧色彩。惟有李可，一个道士的儿子，以父亲从事的职业而自豪。别的人都感到不可理喻。

父亲发话了。他说，睡了？

李可回答说，醒着。

早点睡，明天还要到场上过一道仪式的。

知道。

父亲在吸烟。他说，这次挂钩实习，不能帮你联系到别的，只能跟着我做道士了。

也不错，道士也是要人去做的。

你那个女同学联系到哪里实习？

市有线电视台。他爸就是那里面的。

父亲说，别想她了，那是不可能成的。

李可说，知道。大学里谈恋爱一般都是走过场，也没有谁真的就成了。

在黑暗中，父亲淡淡地笑了。他说，现在你们年轻人真是看得开。

李可说，我睡了。

父亲嗯了一声，然后向坎下走去。这夜色里父亲的背面是恍惚不已的影迹，很快这团影迹就闪进了看不见的地方。李可再度想起父亲自己的说法，那只狗来了，趁着夜色，又把一些东西悄悄地吞没了。

躺下去以后李可睡不着，他想起了过去的事情。他清楚记得，还很小的时候他就有极强烈的走出去的想法。那时他五岁，也许是六岁。村庄所在地方是山地，山地使人的眼界相当局促，不管在哪个地方，看到的都是群山四合，密密匝匝，目光再也不能到达远一些的不一样的地方。正是这种无边无际的封闭，使李可有了出去看一看的想法。虽然那时他还那么小，这想法就与日俱增，像着了魔一样。李可过早地体会到一种折磨。他知道县城、所在的市、所在的省城还有首都的名字，在他理解当中，走过几重山就是县城，再过去点是市，然后是省城，继续往下走，就是北京——就像一个村庄毗连着另一个村庄一样。那个下午他咬了咬牙，烀熟几个红薯当口粮，就开始了寻找北京的旅程。他走啊走，他不停地走，累了，就在路边一个古驿站躺下。然后他感到一阵颠簸，醒来，发现自己被箩筐装着，挑在一个同村人的肩头。那人说你醒啦，我送你回家。李可就说，你放开我，我要去北京。村里人笑着说，我先送你回家，你再去北京好啦。

这次行为自是令父亲大为光火，他把所有的饭菜和吃的东西都收到厨房的大柜里面，再找来一张藤椅坐在厨房的门口。他放话说，李可必须跪下来跟他认错，才可以吃到里面的东西。李可犯起倔来，他勇敢地坐在堂屋里面，任母亲怎么劝也不去跟父亲认错。他想父亲会把东西端过来给自己吃的。两人僵持着。这样挨到了另一个晚上，李可感到饥饿原来是很可怕的，根本不是想象中那样温文尔雅。母亲在一旁无声地哭着，她早已说不出什么来。后来，李可不知不觉就站了起来，他走向厨房，看见父亲仍然坐在那里，不看他，头扭向一侧吸着烟。李可走到父亲的跟前，作势就要跪下了。他想吃饭。还没有完全跪下的时候，父亲一手就扶起他来，说，知道错了就行了，你吃饭吧，还热着。不知什么时候那饭已经热在锅里了。

在他扒饭的时候父亲说，以后别乱走了。你会被狗吃掉的。

李可说，我不怕狗，村里哪家的狗我都不怕的。

父亲就叹了一口气，说，看得见的狗是不必怕的，但还有很多狗你是看不见的。

李可就不说什么，趁着蒸腾的热气多往口中扒两筷子。他想，暂时还是不去北京啦，原来家里的饭也是很好吃的。

醒来的时候李可看见一片很好的天。等一会，太阳要出来的，会照在每个能照进的角落。乡场上会人满为患，李可想，趁这个机会，仪式肯定显得隆重。他不知道这样好不好，大多数时候，他是不喜欢人多的场合，也许那会令自己紧张。父亲从山路拐角的地方提着一甑饭过来，他烟袋里的火光在晨雾里很暗淡。他估计父亲从那边过来会走多少步路，三百步或者四百步。这是一段很短的路，父亲很快就会到达跟前的。

李可想起了今年三月刚回来时，同班的美女王俐维也跟着要来。他很难堪，虽说把一个蛮不错的女朋友带回家在常规的理解上是一件光彩的事情，但李可感到无所适从。他在王俐维面前把自己家乡说得非常不错，青山绿水，地富人丰。那只是他的想象，很多晚上他的确在梦里看见家乡变成了这个模样，可事实上不是的。他感到了家乡面临着露馅的危机。另外，李可知道，自己搞不好是要回乡种田的，到时候村里人发现自己失去了那样一个美丽的女孩子，总是免不了暗自幸灾乐祸的。总之，他不希望村里人知道自己曾有过一段美好的恋爱。王俐维到底是来了，她跟父亲谈得很投机，特别是对那些有关道士的故事感兴趣。白天的时候李可带着王俐维满村子转悠，满村子青一色由石头和泥坯构成的房子令王俐维看不够，照完了所带来的全部胶片。她说，你们这里很有特色，很古朴。能生活在这种地方真好。

李可就笑了。村子在王俐维的眼里是一片用过去式写就的风景。她是个匆匆来去的看客，而自己则是这里的树木，扎下根的。这片穷蔽的土地说不定就是生活的全部。她也许一时间看着很好，很新鲜，真要她在这里住上半个月，她就决不会这样想了。

李可说，是很好。

王俐维说，我留下来你会高兴吗？男耕女织，养儿育女。

李可说，这里也只能生一个，计生同样抓得紧。

王俐维住三天就回去了。她父亲要她回去实习，她父亲帮她挂钩到市电视台实习。王俐维有很好的身材长相，普通话也讲得标准。李可想，如果不出意外，她很快会成为市台的节目主持，成为地方上的名人，有很多优秀的男人向她求爱，为她死去活来。王俐维走了，他送她送到县城。回来的时候父亲在必经的垭口上等他。

父亲说，走了？

李可说，是的，走了。

别想她了，不现实。

我知道，我早就想通了，你放心。

父亲就嘉许地睃了他一眼，两人一前一后走了回去，说了些从前没有说过的话。

本来父亲也给他努了一把力，通过在县上工作的远亲韩光到县政府联系实习。但韩光哼哼哈哈地，没有回个准话。

父亲不想去找第二次，去一次已经很让他为难了。父亲跟李可说，反正实习表现得再好，以后也不可能给安排进去的，我看你就跟我实习当道士得了。反正那些丧堂歌你大都会唱的，唱得不错，忙的时候正好可以帮我——现在我嗓子是越来越不行了，你可以多唱点。

李可就笑了，他说，还没听说过有实习做道士的。

父亲没有笑，正儿八经地说，道士也是要人做的——有死生婚丧就要有道士去办道场，那有什么巧的。再说我还是村长，你又可以实习当道士又可以实习当村长，多好。现在挂个钩实习，一般都是要交钱，你跟着我的话这笔钱也省下了。李可说，好，我就跟着你实习得了。村委有公章吗？有公章才行，实习报告上必须盖公章。

那以后几个月李可就留在村里跟着父亲实习。这一段时间里，李可就是个实习的道士了，他偶尔猜想，自己是不是唯一的读完大学去实习道士的人呢？这种猜想是很有趣的，不过猜不出个所以然来。很短的时间内他学会了所有的丧歌、祭祀歌谣，还粗通了在打绕棺时临时编词的一些法则。那种现编的词，用来概括地唱颂死者这一生。作为一方道士，显功夫的地方正在于如何现编现唱。要把死者千篇一律的一生唱颂得委婉动听催人泪下，不是每个道士都来得了的，这样，同是道士才见了个高下。父亲之所以在四面的乡村都薄有名声，主要就是编词能张口就来，唱出来总也能让人想哭。大概有十余次，甚至死者的家属跨过省来邀父亲过去做道场。道士做到这个份上，就已经很了得了。现在父亲跟李可讲解起编词当中一些定式，父亲唱丧歌唱了几十年，如何遣词造句、如何抑扬顿挫能让人心酸落泪，父亲是一清二楚的。李可领悟得非常快，他感觉这跟以前高中时老师讲的作文技法差不到哪去。听着听着，他恍然地想，对了，读中文系的去当道士，也算是专业对口啊。

父亲转眼来到面前了，饭甑里的饭还是热的。父亲跟他说，快点吃，我帮你到镇上置了一套新法衣，很好看的，等一会千头庄的陈师傅帮你试衣。麻石湾的计师傅、道里村的吴三泉师傅都来了，等一会他们给你主持这个仪式。

李可用长长的筷子挑出饭甑里的饭，吃着，并问，那你呢？你不去镇上了吗？我看最好做仪式时是你给我引路，我有些心慌。

父亲笑了，他说，那有什么心慌的？道士只要按规矩把程式都完成了，没有出岔，他就不应该有什么心慌的。

李可说，是不是有规矩说，当老子的不能在仪式上给儿子引路？

那倒也不是。父亲想了想说，我自己觉得不大合适。我看，还是站在一边看着好。

他们听到村头的鞭炮声。那些请来给新道士引路的师傅进村了，向东望去，在三棵榆树的后面腾起火药的烟子。父亲说，快点扒两筷子，我们好过去。

又是一前一后地走着。这山道永远都是这样，不容得两个人并着排走。李可跟在父亲的背后，移目四望，天色还是那样的早，山头氤氲的雾气还没有散开，在流动。李可看得见那些清烟的流动，很多年前父亲就说过在所有烟雾的深处隐藏有道家仙山的路迹，做道士臻化境的时候是可以拨开云雾看见路的，当道士和各种狗们斗了一辈子以后，那条路的出现就是为这一生作了最好的肯定。李可知道，找到那条路是父亲没有说出来的终级愿望，在父亲的心目中，那条路的存在是一个无可置疑的事实。它在某个地方，没有找见它就永远要从自己品行上找原因。父亲口中的那个看不见的世界与李可在学校里知道的那一切总是完全相悖。他清楚书本上的白纸黑字是更值得信赖的，那是无数人世代努力得到的客观事实，而父亲对世界的认识总是脆弱得经不起推敲，父亲说什么，从来就不打算为自己所说的拿出证据。有一大段日子，李可总是尖锐地对父亲说，愚昧。可是父亲对待这种诘难，总也表现出大度和宽容的态度，他很自信也很慈祥地说，总有一天你会知道的。结论不要下早。

李可很奇怪，这么多年来，父亲就是被这些充满了神秘气息的东西规范着言行，那些从来就不具体在眼前展现过哪怕一次的东西，竟然使父亲这一生都从容而善良地活着。慢慢地，随着年纪还有阅历的累积，李可反而常常地叫自己相信，也许父亲说的那些是有的，父亲是对的。冷静下来，他发现头脑里对于事实和虚幻的认识依然是如此分明，但不知何时两者已经能够融洽地共处了。

相信父亲！这话李可在心里对自己说了若干遍。

今天，他要通过仪式正式成为一名山村里的道士了。这个仪式要在热闹的乡场上做，要让四村八里赶来的人都看到。从这以后，别人知道了有这样一位年轻的合格的道士，如果有什么事情，可以找他。李可从父亲那里已经感触到了，以后即便是和最虚无的东西作斗争，也将得到村民们高度的肯定，赢得他们的尊敬。做一个道士无非就是这样。忽然他心间被一种崇高之感挤得满满的。这是很重要的，以后的日子里，他必须用这种感觉去影响别的人。他又看了一眼正要消去的晨雾，他明白了，自己一直就向往着某种神秘。而神秘，只是莫名的气氛而已。

场面有点滑稽。计师傅的穿着与父亲做道场时一样，青衣道袍，两片瓦缀长布条的帽子，道貌岸然。而吴三泉显然是释家的打扮：包着香烟锡纸、闪耀金属光泽的莲花僧帽，绸布上面用金粉画着砖块纹便是袈裟，那条一头有几个叉的木棒想来必然是做禅杖用的。李可一点也不感到好笑，村里一直就是这样，人们不知道佛和道的历史渊源和现实中到底有多少区别。这一片地方，没有政府下批文的正规道观庙宇，做和尚的、做道士的脱了衣便和别人毫无二致地种地养家娶妻生子，丧葬嫁娶时再把行头用上，尽着义务。做起道场时，和尚道士们总是非常默契地配合在一起。他们念着一样的经，唱的是一样的绕棺歌谣。今天就是这样，确认一名小道士的仪式上和尚也来捧场。

还从村小请来不少儿童作道童打扮，事后每人可领到一份薄酬。

鼓乐班也来了，一行人分好前后秩序，站好位，在计师傅的带领下向镇上的集市出发。一途要经过三四个自然的小村落，有的村落小得仅有三四户人家。但早先人们都是知晓了这一天的仪式，当队伍行经一片稀拉的房舍，总有人出门来放一挂千字头响炮。声音飘到山谷中空的地方，听见了回响由近渐远。在父亲的说法里，声音有自己的灵性，它像雾霭一样喜好围着山绕，如果这山的层叠没有尽头，这一团团响亮的声音也会一直缭绕着传递开，原封不动地沿着山走，从这里到那里，没有损耗、没有消散的时候。前面村子的人听到鞭炮的声音会提前做好准备。李可感到这一天的天气很好，这一块或那一块挡在太阳底下被阳光镶了金边的云朵或许可称之为祥云。一个道士是应该在一块祥云的荫庇下进行仪式的。

这一支铿锵作响的队伍很快来到了离乡场不远的地方，在山路陡转一个弯时他们看见整个乡场在眼前暴露无遗。很多的人，很多的货物，车子受堵缓慢行驶着，一些狗在人们的脚下面游走，啃吃弃物。没有谁可以例外，人们互相拥挤着，挥汗如雨。

走过这长达一里路的场区，穿越这片人群。李可知道，这便是整个仪式最核心的内容。他暗自担心起来，按理说人们会让出道来的，没有谁敢于阻梗这样隆重的仪式。但事实上人们还让得出道来么？道路只有那么宽而人又是那样多。李可觉得没有把握。队伍按原有的速度，一直就这么走着，向人多的地方走着。

前面的道童又放起鞭炮来。他们走进场区。唢呐手一齐吹奏《梅花滚浪》，敲锣使钹的一阵紧于一阵地弄响起来，压住了场上其他的声音。人们豁然地让开道了，这简直有点不可思议，道路上满满的人竟可以向两旁压缩不止，直至出现一条宽五尺有余的小道。所有的车都不能开了，所有的人也根本不能动了。这一幅场景，使李可蓦然就想到《西游记》里有关流沙河的章节：水断流了，在中间分开一条路。那里的描述和眼前所见，简直太像了，李可没法不生出如此的联想。

计师傅和吴三泉口中都是念念有词。他们经历过仪式的洗礼，此外还无数次面对过如此这般的场合。他们对两旁的人视若无睹，双目微阖。眼前是一些飘带在披拂，零乱的声响，香火的气味，夹道两旁的人投来横七竖八的目光。李可很快就适应起来，他努力地使自己镇定，心不二用，脸上要显出虔诚之态，并对自己说，只不过是从众人面前走过去，就这么简单。这一里路自是比通常所走的要漫长得多，他听见人们的议论纷纷，他听见人群中本村的熟人正在用无所不知的语气向别村人介绍他李可。别人都想知道他有多长时间的道行，他唱歌的喉咙怎么样，以及他的个人情况。在这片乡村，道士可以说是最公众的人物。

走过去了，李可的余光掠过路边众人五花八门的脸庞，这时便感到一种从未有过的眼花缭乱。另外他发现自己的心是热乎着的，回味起来，他还是在乎被别人关注，看来并没有什么不好。

计师傅又带着队伍掉了个头，看样子还要从人群里穿回去，仪式才算结束。回头看看，刚才分开的人们又合流了。为队伍前头的两个人锵锵锵耍起钹片，一阵急风骤雨般的暴响。人们又像刚才一样分开了，还是有五六尺宽的道，可以顺利通过。再走到人们的中间，忽然李可几乎听不到什么声音。这下子再折返，人们变得安静了，他们闭上嘴巴，注视着这个小道士，仿佛是在向他致意。李可明白他们眼里的虔诚是由何而来。每个人都是要面临生死病痛的，有人出世就有人辞世，吃一样的饭食偏要生出百般不同的疾病，反正生活在乡间的话，都少不了有请道士的时候。在人们那些特殊的时候，道士可以为他们传达许多常规情况下无法得到的信息，办一些常人办不到的事情。反正是人总有请得着道士的时候，这不是以个人的意志为转移的。

在某个地方，李可分明觉察到一种熟悉不已的气息，他估计父亲正站在人群中间仔细地盯着他看。父亲的脸藏在无数个脸面的深处，父亲的双眼也在所有眼睛堆里炯炯地发着光。李可惬意地让父亲的目光抚摸着，他的精神为之一振。李可由衷地想，这一刻，父亲心里是否欣慰呢。应该会的。

队伍离开了人群，原路向村子进发。场上的人还有很多，同样挤在那里。而年轻的道士已经完成了入门仪式，就像和尚受戒薰了顶，开始了另一种生活。

有人在后面放响许许多多鞭炮，李可的耳际震颤不已，他还不知道今天这些步骤都是由谁安排的，费用又是怎样支付的。他不需要问的。

离开长长的队列，离开那杂乱的喧嚣之声。李可一进屋就赶忙把一身酱褐色的道袍脱掉了，换上平日所穿的衣服。母亲蹲在灶门前吹火，她见儿子来了，就问，你爸呢，他怎么不和你一起回来?

他也去乡场了?李可也说不清楚为何自己明知故问。他说，我没看见他。这倒是事实。

母亲就说，哦是了，昨天听他说，老金要请他还有老计老吴喝酒，他可能是直接往老金家里跑了。

李可嗯了一声。他估计也许父亲他们现在正喝得非常开心。老金那次得一场说不出名字的怪病，村里赤脚医生王拐和父亲一道去诊治的，王拐先治，没辙了，就让父亲再试一试。结果父亲三下两下便把老金弄活了回来。事后父亲悄悄地跟所有的人说，自己和王拐所用的药完全一样，分量都没有出入，只不过做了个道场。父亲几次想以此阐明自己的见解和立场，要儿子李可相信那些看不见的、只在自己心底里的东西。

也没什么奇怪。那时李可暗自地想，心理作用，药疗结合心理治疗而已。

然后李可就睡了，睡得很沉，转眼功夫进入了梦里。这个晚上的梦很好，他梦见父亲和自己的形象，虽然在梦里的所见都不太清晰，但他知道那两个差不多大小的人形影迹正是自己和父亲。这个梦是有关飞翔的梦，两人都成了还珠楼主小说里仗剑驰骋的剑仙，以各种自由姿态翱翔于无比瓦蓝的天空下，倏忽而逝，瞬息千里，简直没有比这更惬意的事情。他在梦中陶醉于这片天际一望无垠的瓦蓝。在他记忆里，梦总是灰色的基调，梦里一切永远都给人阴冷的感觉。但这夜的梦中出现如此瓦蓝的天空，真是从未见过。李可于是笑了，他醒来后不会知道一个人在梦中也会流露出会心的微笑，但他确实笑了。

自后他就听到了哭泣的声音，从天空之上的地方传来，隐隐约约，却又像把天空下一切的事物都笼罩住了。天已不是刚才那片天，云也不是刚才那洁白的云，他梦里的天空看来又要下雨了。

之后就是惊醒，被这怪异的说变就变的梦惊醒。这时他才发现哭泣是真实的，他掐了自己一把，这哭泣的声音仍然传来。是母亲的声音，他从未听见过母亲会这样伤心地哭，以致他要花几秒钟才敢断定这哭声来自于母亲。

李可走到堂屋，堂屋里有很多人，地上躺着一个人。不用想了，躺着的人会是自己父亲。果不然，他看清了，父亲已经闭上双眼，嘴角似乎还留有微笑。他从混乱的说话声中大概听出来了，他们在说父亲死于醉酒。父亲在老金家喝了很多很多酒，酒后嚷嚷着不肯在别人家里歇，坚持要回家。走到半路上，遇到一个大坎，纵身一跳，没有跳过去，跌倒在坎下，头也不巧撞上一块坚硬有棱角的石头。他就这样死了。以前，也曾千次万次的行经这道坎，父亲不是往下面包些路走过去就是从上面跳过去，没有困难。这个晚上面临沟坎的时候，父亲突然想起，有好些年都没跳过去了，尽是往下面走过，一时又很想再跳一次。他觉得自己还和年轻时一样，轻轻一跃就能到坎的那一边，就像是飞过去的。

堂屋太嘈杂，母亲的哭声一点点地加大。李可分开众人走向外屋。天还没有完全亮起来，只是出现天空的轮廓。有鱼肚白翻出来的迹象，可以预知，今天的天空和昨晚那个梦将吻合起来，又是非常晴朗的一天。李可坐在猪圈的石顶上，他记起就是在这里，曾和父亲谈到过死。在父亲看来，死就是那么回事，就像地面上凸起的石块，早一天晚一天，该绊在上面总是要绊在上面跌一跤的。父亲告诉李可，这个世界上每一秒钟都在死人。所有的人都已经被谁排好队了，逐一地死，一个接一个，不能停下来。这是一列漫长无比的队伍，前看不见头后看不见尾，所有的人都排在里面。也许排在你前面的会是个无所不知的聪明人而排在你后面的又是个白痴，谁也不知道，谁也无能为力。为这个队列安排秩序的说不定是个神仙，也说不定是一只脸上一贯挂着嘲笑神情的狗。父亲还说过，排好了队的人们，谁也不可以赖皮，轮到谁就是谁，没有价钱可讲。有的人很倔强，在这个队伍中不安神，道士就必须给他指引，要把他送好。而道士呢，更不能赖皮的，道士赖皮那就是明知故犯了。

按父亲的说法，今天正好轮到他本人了，他是绝不会赖皮的。

李可控制住了感情，他心里面想的，只给父亲做些身后的事情了。他一直想在学成以后找到工作，对父亲多年的养育有所报答。没想到，父亲没有给他机会。他清理一下思路，决定这晚的道场，要由自己做。他走进屋去换上了昨天那身道袍，出门，看见计师傅和吴三泉都赶来了。计师傅的道袍很旧，吴三泉依然把自个弄成一个和尚样子。他俩看见李可穿好了新道袍，就说小李啊你这是干什么?

李可说，我要给我爸起水，我要给他做一堂。

计师傅就说，那怎么好，有我们啊。今天你要做孝子的，怎么好做道场呢？我们给你老子做一堂得了。

李可说，不要紧，我脱了这衣就做孝子，穿上这衣就做道士，累虽累点，两不误。

吴三泉就说，那怎么行，没听说过可以这样搞。

李可不明白了，他问，吴师傅，有规矩说孝子不能给老子做道场吗?

吴三泉怔了一会儿，说，倒也没听说过不行，不过以前谁也没有这样干过。

李可听后，很严肃地跟两位师傅说，我很想送送我爸。

两位师傅看看他的样子，也各自点点头。

又把昨天那队伍找了出来，整理一下，首先就往河沟进发，给死去的李道士起水。李可走在最前面，他看见了天空的样子，蓝得这样纯然，他想父亲一定是飞升到了哪个地方。天空一时还没有太阳，但已显得有几分耀眼。到溪边起水之后，李可执一块罗盘去勘舆、去选择葬地，并拖了一只羊，让羊把选定那块地皮上的乱草吃掉。太阳这时很烫了，道袍厚了些，不是这时节的穿着，他皮层泛起一层湿气。他心无旁骛，分出神又去想今晚那堂打绕棺歌曲应该如何唱来。

晚上来的人很多，因为李道士是个道士又是个村长，在这小小的地域里也算是有名望之人。他们来给死者守夜。夏夜是很难熬的，热气依然源源不断往上升起。人们按惯例支起很多张牌桌和麻将桌，不多时所有的桌上都满员了，还有围观接手的，他们议起每一圈要赌多少钱。几个女眷在哭，除此之外，整个灵堂也跟娱乐场差不多。走了的人只是要去他应去的地方，没有什么可悲的，人们都习惯了。人们陪着先去的人度过了数不清的夜晚，送走了一茬又一茬的人，早就习惯了，不可能次次都那么悲伤。

到夜半，就开起唱堂来。李可深呼吸几口气，以一曲《探亡者》开始这一晚的唱堂。歌词是这样的：

一探亡者往西行，阎魔一到不容情。堂前丢下妻和儿，哭断愁肠悲断魂。忧闷长眠黄泉下，从此下到地狱门。山崩哪怕千年树，船开哪顾岸上人。死了死了真死了，生的莫挂死的人。丢了丢了全丢了，千年万年回不成。从此今夜离别去，要想再见万不能。棺木恰是量人斗，黄土从来埋人坟。在生人吃三寸土，死后土掩百岁人。琉璃瓦屋坐不成，黄土岭上过千春。人人在走黄泉路，任你儿多空牵魂。二探亡者……

李可接下去又唱了《失亡绕》《迎灯绕》《弥陀绕》和《香山绕》。这几首曲子一般都是必唱的。每一曲唱毕鼓钹停下来，就显出桌上的人们吆喝声极为响亮。唱完这几曲，计师傅说，小李啊你休息一下，给你爸上炷香烧一刀纸吧。李可褪去道袍，便又是孝子的身份，跪在遗像前尽着孝子的义务。过不多时，又把道袍披上，唱起现编的词来。死者是他父亲，他相信对于父亲，是再了解不过了。他能把父亲这一生唱好。他说不上这二十年来自己到底有多少个日子与父亲朝夕相处，父亲一颦一笑、一举一动是会长久闪现眼前的，他是那样熟悉，他知道只需把记忆里的千分之一或者万分之一唱出来，就是一首不错的丧歌。刚才唱那些绕歌时李可有一种放不开声音之感，也许是受父亲生前的影响，父亲教他唱的时候嗓门已经嘶哑了。现在，自由发挥阶段，李可感到自己挣脱了束缚，自己的声线也挣脱出来了。他清清喉咙，再张开嘴时，一句句平常而又恰切的歌词很顺当地冒出来。

随着歌的飘展，外面码牌的人们渐渐已放慢了速度。他们听见了别样不同的东西。多少年了，人们听到的丧歌都很黯哑，钝钝的，于是都以为丧歌就是这样，只能是这样唱来，听上去就得有钝刀割肉之感。可是他们听到了另一种唱法，一种明亮清丽的声音，婉转地起来。李可的声线是很优秀的，早在读高中的时候班主任就建议他不妨试音乐专业，如果专业分上线的话，文化分是降得很低的。

在灵堂周围坐的人们，听着小道士唱老道士的一生。小道士李可随鼓点而唱，不疾不徐，娓娓道来。人们这才发现，李道士，他们的村长原来是这么好的一个人，他一生都在为别人着想，受过的委屈从来都放在心里，他从来不干令别人不愉快的事，他一直试图把这一村弄得像个大家庭一样和谐。原来怎么就没注意到村长李道士呢？静下来大家仔细一想，他确实是这样一个人，他儿子唱的句句是实。可是这么好的一个人如今驾鹤西去了。

听着听着，眼前有些迷糊。用手去擦擦，是湿的。

于是人们一夜之间就知道了李道士的儿子李可也是个极好的道士，他的歌声很轻易就能把人唱哭，在这一点上绝对是青出于蓝而胜于蓝。

李可也不知唱了多久，一堂终于唱了下来，他母亲给他倒了一碗清水。喝下去才觉嗓门干涩。

到凌晨四五点样子，人们都已很累，精力再好的也打起盹来。计师傅就跟李可说，闹闹场子吧，让大家再坚持一会。计师傅又去把王拐的小儿子王村叫来。王村来的时候，手中拿了一柄浸满松膏油的火把。李可知道计师傅是要自己和王村玩烧道士的游戏。烧道士是道场上的好戏，当人们昏昏欲睡的时候道士就以此提神。大家都爱看。李可记得父亲就是玩这游戏的高手：与持火把者一同按逆时针方向绕着死者的遗体跑动，后面的人用火把怎么烧也烧不着自己衣上一根纱。李可无数遍地看过父亲踩出那种蹊跷的步法，看过跑在父亲身后的年轻人追得有多么狼狈。大约读初一时他问父亲，那腿上的功夫是不是叫作凌波微步。父亲听了很诧异，他回答说，我也不晓得这叫什么功，说不定就是你说的那个名字。但这个，李可一直没有学会。他觉得那是天生的，自己再吃苦也学不上来。

王村说，你不要跑快，我不会烧你的，做做样子就行了。

李可不作声。他围绕着双目紧闭的父亲，跑得非常慢，慢得连王村终于都等不急了，开始催促地说你也快点啊，要不然我可真烧你了。李可丝毫不听，依旧慢跑着。王村就拿着火把作势戳了几戳，他几乎央求地说，李可你再不快点，我真的烧你衣服啦。接着，一个不小心，火头真的接上李可的衣服，或许一些松膏油滴落到了那道袍上面，道袍燃得很激烈。

计师傅和王拐在一旁训起王村来，他们说，王村你真的烧呵，小李穿的是新衣服。

王村慌了，想去扑灭李可衣服上的火，可是，李可这当头忽地加快速度，变得极为灵活，王村根本追不上他。

那是因为，李可忽然想让这道袍燃起来，让自己被火烧一烧。

旁边观看游戏的人围了上去，捉住李可，把火扑熄。计师傅说，可惜，衣服烧坏了。

下一堂歌由计师傅唱。

李可走出去，走到屋后的山上，找一块平滑的山石坐在上面。同样，他记得也曾和父亲一齐在这里坐过。他看看月亮，这晚的月亮几乎完美。他看了一会，眼睛看热了，酸了。他明白，那是很多的泪水流淌出来。刚才，他忙于各种事情，他是那样地投入去做，以致没有哭出来。现在，该做的都做完了，他想到那个再也回不来的父亲，潸然泪下。很久之后，他惘然想到以后，想不出个所以然。按他原有的想法，实习完拿足学分毕了业，得到外面找个工作，反正不回这里就行。可是现在他免不了在自问，去哪里呢，干点什么呢？月亮照到正当头的地方。李可进一步地看清了月亮，它的光在地上像是结了一层白茧，给了他一种从未有过的宁静，就像在他体内某个最为柔和的地方抚摸他。他听见母亲呼唤他的声音，还和很小的时候一样急促。

以后的事不去想太多了。李可准备回答他的母亲，不过还要等一等，一出声就会弄破整片月光的。不去想以后的事情了，他又一次地跟自己说。眼下，他明白，只要在这里留一天，自己就是个很不错的道士，像父亲那样。他看一看眼底晦暗之中的村子，他看见或者听见母亲是在一个很熟悉的地方一声声喊他，他正要走向那里。

一个人张灯结彩

老黄每半月理一次头，每星期刮两次脸。那张脸很皱，像酸橘皮，自己刮起来相当麻烦。找理发师帮着刮，往靠椅上一躺，等着刀锋柔和地贴着脸上一道道沟壑游走，很是受用。合上眼，听胡茬自根部断裂的声音，能轻易记起从前在农村割稻的情景。睁开眼，仍看见哑巴小于俊俏的脸。哑巴见老客睁开了眼，她眉头一皱，嘴里咿咿呀呀，仿佛询问是不是被弄疼了。老黄哂然一笑，用眼神鼓励哑巴继续割下去。这两年，他无数次地想，老天爷应是个有些下作的男人——这女人，这么巧的手，这么漂亮的脸，却偏偏叫她是个哑巴。

又有一个顾客跨进门了，拣张条椅坐着。哑巴嘴里冒出嘶嘶的声音，像是空气中蹿动的电波。老黄做了个杀人的手势，那是说，利索点，别耽搁你生意。哑巴摇摇头，那是说，没关系。她朝后脚跨进店门的人努了努嘴，显露出亲密的样子。

老黄两年前从外地调进钢城右安区公安分局。他习惯性地要找妥一家理发店，以便继续享受刮胡须的乐趣。老黄到了知天命的年纪，除了工作，就喜欢有个巧手的人帮他刮胡须。他找了很多家，慢慢选定笔架山公园后坡上这个哑巴。这地方太偏，老黄头次来，老远看见简陋的木标牌上贴“哑巴小于理发店”几个字，心生一片栖惶。他想，在这地方开店，能有几个人来？没想到店主小于技艺不错，回头客多。小于招徕顾客的一道特色就是慢工细活，人再多也不敷衍，一心一意修理每一颗脑袋，刮净每一张脸，像一个雕匠在石章上雕字，每一刀都有章有法。后面来的客人，她不刻意挽留，等不及的人，去留自便。

小于在老黄脸上扑了些爽身粉，再用毛巾掸净发渣，捏着老黄的脸端详几眼，才算完工。刚才进来的那年轻男人想接下家，小于又努努嘴，示意他让另一个老头先来。

老黄踱着步走下山去，听见一阵风的蹿响，忍不住扭转脑袋。天已经黑了。天色和粉尘交织着黑下去，似不经意，却又十分遒劲。山上有些房子亮起了灯。因为挨近钢厂，这一带的空气里粉尘较重，使夜色加深。在轻微的黑色当中，山上的灯光呈现猩红的颜色。

办公室里面，零乱的摆设和年轻警员的脚臭味相得益彰。年轻警员都喜欢打篮球，拿办公室当换衣间。以前分局球队输多赢少，今年有个小崔刚分进来，个头不高司职后卫，懂得怎么把一支球队盘活，使全队胜率增多。年轻人打篮球就更有瘾头了。老黄一进到办公室，就会不断抽烟，一不小心一包烟就烧完了。他觉得烟瘾是屋子里的鞋臭味熏大的。

那一天，突然接警。分局好几辆车一齐出动，去钢都四中抓人。本来这应是年轻警员出警，都去打球了，于是老黄也得出马。四中位于毗邻市区一个乡镇，由于警力不够，仍划归右安区管理。那是焦化厂所在地，污染很重，人的性子也烈，发案相对频多。报案的是四中几个年轻老师，案情是一个初三的学生荷尔蒙分泌太多，老去摸女学生。老师最初对其进行批评教育，要其写检讨，记过，甚至留校察看。该学生性方面早熟，脑袋却如同狗一样只记屎不记事，胆子越摸越大。这天中午，竟爬进单身女教师宿舍，摸了一个在床上打瞌睡的女老师。女老师教音乐的，长相好，并且还没结婚。这一摸就动了众怒，男老师直接报了警。

人算是手到擒来。一路上，那小孩畏畏葸葸，看似一个好捏的软蛋蛋。带到局里以后，他态度忽然变得强硬，说自己什么也没干，是别人冤枉他。他嚷嚷说，证据呢，有什么证据？小孩显然是港产片泡大的，但还别说，港产片宣扬完了色情和暴力，又启发一些法律意识，像一个神经错乱的保姆，一勺砂糖一勺屎地喂养着这些孩子。小孩却不知道，警察最烦的就是用电影里趸来的破词进行搪塞。有个警察按捺不住，扑过去想给小孩一点颜色。老黄拽住他说，小坤，你还有力气动手呵，先去吃饭。

老黄这一拨人去食堂的时候，打球的那一帮年轻警员正好回来。来之前已经吃过饭的，他们去了钢厂和钢厂二队打球，打完以后对方请客，席间还推杯换盏喝了不少。当天，老黄在食堂把饭吃了一半，就听见开车进院的声音，是那帮打球的警员回来了。老黄的神经立时绷紧，又说不出个缘由。吃完了回到办公室，他才知道刚才担心的是什么。

但还是晚了些。那帮喝了一肚子酒的警察，回来后看见关着的这孩子身架子大，皮实，长得像个优质沙袋，于是手就痒了。那小孩不停地喊，他是被冤枉的。那帮警察笑了，说看你这样就他妈不是个好东西，谁冤枉你了？这时，小孩脑子里噌地冒出一个词，不想清白就甩出来，说，你们这是知法犯法。那帮警察依然是笑，说小孩你懂得蛮多嘛。小孩以为这话奏效了，像是黑暗中摸着了电门，让自己看见了光，于是逮着这词一顿乱嚷。

刘副局正好走进来，训斥说，怎么嘻嘻哈哈的，真不像话。那帮警察就不作声了。小孩误以为自己的话进一步发生了效用，别人安静的时候，他就嚷得愈发欢实。刘副局掀着牙齿说，老子搞了几十年工作，没见过这么嚣张的小毛孩，这股邪气不给他摁住了，以后肯定是安全隐患。说着，他给两个实习警察递去眼神。那两人心领神会，走上前去就抽小孩耳光。一个抽得轻点，但另一个想毕业后分进右安区分局，就卖力得多，正反手甩出去，一溜连环掌。小孩的脑袋本来就很大很圆。那实习警察胳膊都抡酸了，眼也发花。小孩脑袋越看就越像一只篮球，拍在上面，弹性十足。那实习警察打得过瘾，旁边掠阵的一帮警察看着看着手就更痒了，开始挽袖子。小崔也觉得热血上涌，两眼潮红。

这时老黄跨进来了，正好看见那实习警察打累了，另几个警察准备替他。老黄扯起嗓门说，小崔小许王金贵，还有小舒，你们几个出来一下，我有事。几个正编的警察碍于老黄的资历，无奈地跟在后面，出了办公室向上爬楼梯。老黄也不作声，一直爬到顶层平台。后面几个人稀稀拉拉跟上来。老黄仍不说话，掏出烟一个人发一支，再逐个点上。几个年轻警察抽着烟，在风里晾上一阵，头脑冷静许多，不用说，也明白老黄是什么意思。

星期六，老黄一觉醒来，照照镜子见胡茬不算长，但无事可做，于是又往笔架山上爬去。到了小于的店子，才发现没开门。等了一阵，小于仍不见来。老黄去到不远处南杂店买一包烟，问老板，理发那个哑巴小于几时才会开门。南杂店的老板嘿嘿一笑，说小哑巴蛮有个性，个体户上行政班，一周上五天，星期六星期天她按时休息，雷打不动。老黄眉头一皱，说这两天生意比平时还好啊，真是没脑筋。南杂店老板说，人家不在乎理发得来的几个小钱，她想挣大钱，去打那个了。老板说话时把两手摊开，向上托举，做出像喷泉涌动的姿势。老黄一看就明白了，那是指啤酒机。啤酒机是屡禁不绝的一种赌法，在别的地方叫开心天地——拿32个写号的乒乓球放在摇号机里，让那些没学过数学概率的人蒙数字。查抄了几回，抄完不久，那玩艺又卷土重来，像脚气一样断不了根。

小崔打来电话，请老黄去北京烤鸭店吃烤鸭。去到地方，看见店牌上面的“鸭”字掉了一半，烤鸭店变成“烤鸟店”，老板懒得改过来。小崔请老黄喝啤酒，感谢他那天拽自己一把，没有动手去打那小孩。小孩第二天说昏话，发烧。送去医院治，退烧了，但仍然满口昏话。实习的小子手脚太重，可能把小孩的脑袋进一步打坏了。但刘副局坚持说，小孩本来就傻不拉唧，只会配种不会想事。他让小孩家长交罚款，再把人接回去。

烤鸟店里的烤鸭味道不错，老黄和小崔胃口来了，又要些生藕片蘸卤汁吃。吃差不多了，小崔说，明天我和朋友去看织锦洞，你要不要一块去？我包了车的。那个洞，小崔是从一本旅游杂志上看到的。老黄受小崔感染，翻翻杂志，上面几帧关于织锦洞的照片确实养眼。老黄说，那好啊，搭帮你有车，我也算一个。

第二天快中午了，小崔和那台车才缓缓到来，接老黄上路。进到车里，小崔介绍说，司机叫于心亮，以前是他街坊，现在在轧钢厂干扳道轨的活。小崔又说，小时候一条街的孩子都听于哥摆布，跟在他屁股后头和别处的孩子打架，无往不胜。于心亮扭过脑袋冲老黄笑了笑。老黄看见他一脸憨样，前额发毛已经脱落。之后，小崔又解释今天怎么动身这么晚——昨天到车行租来这辆长安五铃，新车，于心亮有证，但平时不怎么开车。他把车停在自家门口时，忘了那里有一堆碎砖，一下子撞上了，一只车灯撞坏，还把灯框子撞凹进去一大块。于心亮赶早把车开进钢厂车间，请几个师傅敲打一番，把凹陷那一块重新敲打得丰满起来。

老黄不由得为这两个年轻人担心起来，他说，退车怎么办？于心亮说，没得事，去到修车的地方用电脑补漆，喷厚一点压住这条缝，鬼都看不出来。但老黄通过后视镜看见小崔脸上的尴尬。车是小崔租来的。于心亮不急着开车出城，而是去了钢厂一个家属区，又叫了好几个朋友挤上车。他跟小崔说，小崔，都是一帮穷朋友，难得有这样的机会，搭帮有车子，捎他们一起去。小崔嘴里说没关系，脸色却不怎么好看。到织绵洞有多远的路，小崔并不清楚。于心亮打电话问了一个人，那人含糊地说三小时路程。但这一路，于心亮车速放得慢，整整用了五个半小时才到地方。天差不多黑了。一问门票，一个人两百块。这大大超过了小崔的估计。再说，同行还有六个人。于心亮说，没事没事，你俩进去看看，我们在外面等。小崔老黄交流一下眼神，都很为难。把这一拨人全请了，要一千多块。但让别人在洞口等三个小时，显然不像话。两人合计一下，决定不看了，抓紧时间赶回钢城。路还很远。

几个人轮番把方向盘，十二点半的时候总算赶回钢城。于心亮心里歉疚，执意要请吃羊肉粉。闷在车里，是和走路一样累人的事，而且五个半小时的车程，确实也掏空了肚里的存货。众人随着于心亮，去到了笔架山的山脚。羊肉粉店已经关门了，于心亮一顿拳脚拍开门，执意要粉店老板重新生炉，下八碗米粉。

老黄吃东西嘴快，七几年修铁路时养成的习惯。他三两口连汤带水吸完了，去到店外吸烟。笔架山一带的夜晚很黑，天上的星光也死眉烂眼，奄奄一息。忽然，他看见山顶上有一点灯光还亮着。夜晚辨不清方位，他大概估计了一下，哑巴小于的店应该位于那地方。然后他笑了，心想，怎么会是哑巴小于呢？今天是星期天，小于要休息。

钢渣看得出来，老黄是胶鞋帮的，虽然老了，也只是绿胶鞋。钢城的无业闲杂们，给公安局另取了一个绰号叫胶鞋帮，并且把警官叫黄胶鞋，一般警员叫绿胶鞋。可能这绰号是从老几代的闲杂嘴里传下来的。现在的警察都不穿胶鞋了，穿皮鞋。但有一段历史时期，胶鞋也不是谁都穿得起，公安局发劳保，每个人都有胶鞋，下了雨也能到处乱踩不怕打湿，很是威风。钢渣是从老黄的脑袋上看出端倪的。虽然老黄的头发剪得很短，但他经常戴盘帽，头发有特别的形状。戴盘帽的不一定都是胶鞋，钢渣最终根据老黄的眼神下了判断。老黄的眼神乍看有些慵懒，眼光虚泛，但暗棕色的眼仁偶而蹿过一道薄光，睨着人时，跟剃刀片贴在脸上差不多。钢渣那次跨进小于的理发店撞见了老黄。老黄要走时不经意瞥了钢渣一眼，就像超市的扫瞄器在辨认条型码，迅速读取钢渣的信息。那一瞥，让钢渣咀嚼好久，从而认定老黄是胶鞋。

在哑巴小于的理发店对街，有一幢老式砖房，瓦檐上挂下来的水漏上标着 1957 年的字样。墙皮黢黑一片。钢渣和皮绊租住在二楼一套房里。他坐在窗前，目光探得进哑巴小于的店子。钢渣脸上是一派想事的模样。但皮绊说，钢脑壳，你的嘴脸是拿去拱土的，别想事。

去年他和皮绊租下这屋。这一阵他本不想碰女人，但坐在窗前往对街看去，哑巴小于老在眼前晃悠。他慢慢瞧出一些韵致。再后来，钢渣心底的寂寞像喝多了劣质白酒一样直打脑门。他头一次过去理发，先理分头再理平头最后刮成秃瓢，还刮了胡子，给小于四份钱。小于是很聪明的女人，看着眼前的秃瓢，晓得他心里打着什么样的鬼主意。

多来往几次，有一天，两人就关上门，把想搞的事搞定了。果然不出所料，小于是欲求很旺的女人，床上翻腾的样子仿佛刚捞出水面尚在网兜里挣扎的鱼。做爱的间隙，钢渣要和小于“说说话”，其实是指手画脚。小于不懂手语，没学过，她信马由缰地比画着，碰到没表达过的意思，就即兴发挥。钢渣竟然能弄懂。他不喜欢说话，但喜欢和小于打手势说话。有时，即兴发挥表达出了相对复杂的意思，钢渣感觉自己是有想象力和创造力的。

皮绊咣地一声把门踢开。小于听不见，她是聋哑人。皮绊背着个编织袋，一眼看见棉絮纷飞的破沙发上那两个光丢丢的人。钢渣把小于推了推，小于才发现有人进来，赶紧拾起衣服遮住两只并不大的乳房。钢渣很无奈地说，皮脑壳，你应该晓得敲门。皮绊嘻哈着说，钢脑壳，你弄得那么斯文，声音比公老鼠搞母老鼠还细，我怎么听得见？重来重来。皮绊把编织袋随手一扔，退出去把门关上，然后笃笃笃敲了起来。钢渣在里面说，你抽支烟，我的妹子要把衣服穿一穿。小于穿好了衣服还赖着不走，顺手抓起一本电子类的破杂志翻起来。钢渣用自创手语跟她说，你还看什么书咯，认字吗？小于嘴巴噘了起来，拿起笔在桌子上从一写到十，又工整地写出“于心慧”三字。钢渣笑了，估计她只认得这十三个字。他把她拽起来，指指对街，再拍拍她娇小玲珑的髋部，示意她回理发店去。

皮绊打开袋整子，里面有铜线两捆，球磨机钢球五个，大号制工扳手一把。钢渣睨了一眼，嘴角咧开了挤出苦笑，说，皮脑壳你这是在当苦力。皮绊说，好不容易偷来的，现在钢厂在抓治安，东西不好偷到手。钢渣说，不要随便用偷这个字。当苦力就是当苦力嘛，这也算偷？你看你看，人家的破扳手都捡来了。既然这样了，你干脆去捡捡垃圾，辛苦一点也有收入。皮绊的脸唰地就变了。他说，钢脑壳，我晓得你有天大本事，一生下来就是抢银行的料。但你现在没有抢银行，还在用我的钱。我偷也好，捡也好，反正不会一天坐在屋里发呆——竟然连哑巴女人也要搞。钢渣说，我用你的钱，到时候会还给你。那东西快造好了。皮绊说，你造个土炸弹比人家造原子弹还难。不要一天泡在屋里像是搞科研的样子，你连基本的电路图都看不懂吧？钢渣说，我看得懂。那东西能炸，我只是要把它搞得更好用一些。这是炸弹，不是麻将，这一圈摸得不好还可以摸下一圈。皮绊就懒得和钢渣理会了，进屋去煮饭，嘴里嘟嘟囔囔地说，饭也要我来煮，是不是解手以后屁股也要我来擦?

天黑的时候两人开始吃饭。皮绊说,我饭煮得多,你把哑巴叫来一起吃。钢渣走到阳台上看看,小于的店门已经关了。皮绊弄了好几盆菜。皮绊炒菜还算里手,比他偷东西的本事略强一点。他应该去当大厨。钢渣吃着饭菜,脑壳里考虑着诸如此类的事情。

钢脑壳,你能不能打个电话把哑巴叫来?晚上,借我也用用。皮绊喝了两碗米酒,头大了,开始胡乱地想女人。他又说,哑巴其实蛮漂亮。钢脑壳你眼光挺毒!

你这个猪,她是聋子,怎么接电话?钢渣顺口答一句,话音甫落,他就觉得不对劲。他严肃地说,这种鸟话也讲得出口?讲头回我当你是放屁,以后再讲这种话,老子脱你裤子打你。皮绊自讨没趣,还犟嘴说了一句,你还来真的了,真稀见。你不是想要和哑巴结婚吧?说完,他就埋头吃饭喝汤。皮绊打不赢钢渣,两人试过的。皮绊打架也狠,以前从没输过,但那时他还没有撞见钢渣。在这堆街子上混的人里头,谁打架厉害,才是硬邦邦的道理。

另一个姜黄色的下午,钢渣和小于一不小心聊起了过去。那是在钢渣租住的二楼,临街面那间房。小于用手势告诉钢渣,自己结过婚,还有两个孩子。钢渣问小于离婚的原因,小于的手势就复杂了,钢渣没法看得懂。小于反过来问钢渣的经历。钢渣脸上涌起惺忪模样，想了一阵，才打起手势说，在你以前，我没有碰过女人。小于哪里肯信，她尖叫着，扑过去亮出一口白牙，做势要咬钢渣。即便是尖叫，那声音也很钝。天色说暗便暗淡下去，也没个过渡。两人做出的手势在黑屋子里渐渐看不清。小于要去开灯，钢渣却一手把她揽进怀里。他不喜欢开灯，特别是搂着女人的情况下。再黑一点，他的嘴唇可以探出去摸索她的嘴唇。接吻应当是暗中进行的事，这和啤酒得冰镇了以后才好喝是一个道理。

对面，在小于理发店前十米处有一颗路灯，发神经似的亮了。以往它也曾亮过，但大多数时候是熄灭的。钢渣见一个人慢慢从坡底踅上来。窗外的那人使钢渣不由自主靠近了窗前。他认出来是那个老胶鞋。老胶鞋走近理发店，见门死死地闩着。小于也看见了那人，知道是熟客。她想过去打开店门为那个人理发，刮胡子。但钢渣拽住她。不须捂她的嘴，反正叫不出声音。那人似乎心有不甘，他站在理发店前抽起了烟，并看向不远处那盏路灯。

……是路灯让这个人误以为小于还开着店门。钢渣做出这样的推断。

那人走后，小于把钢渣摁到板凳上。她拿来了剪子和电推，要给他理发。钢渣的头发只有一寸半长，可以不剪，但小于要拿他的头发当试验田，随心所欲乱剪一气。她在杂志或者别的地方看到一些怪异的发型，想试剪一下，却不能在顾客头上乱来。现在钢渣是她情人了，她觉得他应该满足自己这一愿望。钢渣不愿逆了她的意思，把脑壳亮出来，说你随便剪，只要不刮掉我的脑壳皮。当天，小于给钢渣剪了一个新款“马桶盖”，很是得意。

那一天，老黄出来溜街，走到笔架山下，看见理发店那里有灯光。他走了上去，想把胡子再刮一刮。到地方才发现，是不远处一盏路灯亮了，小于的理发店关着门。他站一阵，听山上吹风的簌簌响声。这时，又是小崔打来电话，问他在哪里。他说笔架山，过不了多久小崔便和于心亮开一辆的士过来了，把老黄拉下山去喝茶。

钢城的的士大都是神龙富康，后面像皮卡加盖一样浑圆的一块，内舱的面积是大了些，但钢城的人觉得这车型不好看，有头无尾。于心亮的脸上有喜气。小崔说，于哥买断工龄了，现在出来开出租，跑晚上生意。于心亮也说，我就喜欢开车。在钢厂再扳几年道轨，我即使不穷疯，也会憋疯。于心亮当晚无心载客，拉着老黄小崔在工厂区转了几圈，又要去一家茶馆喝茶。老黄说，我不喝茶，喝了晚上睡不好觉——到我这年纪，失眠。你有心情的话，我们到你家里坐坐，买瓶酒，买点卤菜就行。他是想帮于心亮省钱。于心亮不难揣透老黄的心思，答应了。他家在笔架山后面那座矮小的坡头，地名叫团灶，是钢厂老职工聚居的地方，同样破蔽不堪。于心亮的家在一排火砖房最靠里的一间，一楼。再往里的那块空隙，被他家私搭了个板棚，板棚上覆盖的油毛毡散发出一股臭味。

钢厂工人都有改造房屋的嗜好。整个房子被于心亮改造得七零八乱，隔成很多小间。三人穿过堂屋，进到于心亮的房里喝酒。老黄刚才已经把这个家打量了一番，人口很多，挤得满满当当。坐下来喝酒前，老黄似不经意问于心亮，家里有几口人。于心亮把卤菜包打开，叹口气说，太多了，有我，我老婆，我哥，我父母，一个白痴舅舅，还有四个小孩。老黄觉得蹊跷，就问，你家哪来四个小孩？于心亮说，我哥两个，我一个，我妹还有一个。老黄又问？你妹自己不带小孩？

那个骚货，怎么跟你说呢？于心亮脸色稀烂的。于心亮不想说家里的事，老黄也不好再问。三个人喝酒。老黄喝了些酒，又忘了忌讳。老黄说，小于，你哥哥是不是离了？于心亮叹着气说，我哥是哑巴，残疾，结了婚也不牢靠，老婆根本守不住……他打住了话，端起杯子敬过来。当天喝的酒叫“一斤多二两”，是因为酒瓶容量是六百毫升。钢城时下流行喝这个，实惠，不上头。老黄不让于心亮多喝，于心亮只舔了一两酒，老黄和小崔各自喝了半斤有多。要走的时候，老黄注意到堂屋左侧有一间房，门板很破。他指了指那个小间问于心亮，那是厕所？于心亮说，解手是吧？外面有公用的，那间不是。老黄的眼光透过微暗的夜色杵向于心亮，问，那里谁住。于心亮说，我妹妹。老黄明白了，说，她也离了？

离了。那个骚货，也离了。帮人家生了两个孩子，男孩归男方，她带着个女儿。

老黄又问，怎么，她还没回来？于心亮说，没回来。她有时回来，有时不回来，小孩交给我妈带着。我妈欠她的。老黄心里有点不是滋味。于心亮家里人多，但只于心亮一人还在上班。囿于生计，他家板棚后面还养着猪，屋里弥漫着猪潲水的气味，猪的气味，猪粪的气味。现在，除了专业户，城里面还养着猪的人家，着实不多了。天热的时候，这屋里免不了会孳生蚊子、苍蝇，甚至还有臭虫。

那件事到底闹大了。由此，小崔不得不佩服老黄看事情看得远。钢都四中那小孩被打坏了。实习警察都是刘副局从公专挑来的。刘副局有他自己的眼光，看犯人看得多了，往那帮即将毕业的学生堆里瞟几眼，就大概看得出来哪些是他想要的人。他专挑支个眼神就晓得动手打人的孩子。刘副局在多年办案实践里得来一条经验：最简便易行的办法，就是打——好汉也挨不住几闷棍！刘副局时常开导新手说，犯了事的家伙不打是撬不开口的。但近两年上面发下越来越多的文件，禁止刑讯。正编的警察怕撞枪口上，不肯动手。刘副局只好往实习警察身上打主意。这些毛孩子，脑袋里不想事，实习上班又最好表现，用起来非常合心。

四中那小孩被揍了以后，第二天通知他家长拿钱领人。小孩的老子花一万多才把孩子取回去，带到家里一看，小孩有点不对劲，哭完了笑，笑完了又哭。老子问他怎么啦怎么啦，小孩反来覆去只晓得说一句话：我要嘘嘘。

小孩嘘了个把星期，大都是谎报军情，害得他老子白忙活。有时候嘴里不嘘了，却又把尿拉在裆里。他老子满心烦躁，这日撇开儿子不作理会，掖一把菜刀奔钢都四中去了。他要找当天报案的那几个年轻老师说理，但那几个老师闪人了。一个副校长，一个教导主任和两个体育老师出来应付局面。这老子提出索赔的要求，说是儿子打坏了，学校有责任。分局罚了一万二，他要求学校全部承担。校方哪肯应承，他们只答应出于人道，给这小孩支付一千块钱的医药费。两边报出的数额差距太大，没有斡旋的余地。这老子一时想不通，抽出菜刀就砍人。两个体育老师说是练过武术，却没见过真场面，三下两下就被砍翻在地上。这老子一时红了眼，见老师模样的就追着砍，一连砍伤好几个。分局的车开到时，凶手已经跑出校区。坐车赶往案发现场的时候，刘副局还骂骂咧咧，说这狗日的，专拣软壳螺蛳捏。他儿子是我们打坏的，有种就到分局来砍人嘛。刘副局鼻孔里哧哧有声，扭过头跟后排的老黄说，人呐，都是憋着尿劲充硬屌，都是软的欺硬的怕。

凶手捉到后，刘副局吩咐让当地联防牵头，拎着人在钢都四中及焦化厂周边一带游街。这一带的小青年太爱寻衅滋事，借这个机会，也杀鸡给猴看，让他们明白，分局里的警察可不是只晓得打篮球。

再后来，上面调查从钢都四中捉来的那学生被打坏的事，刘副局果不然把两个实习警察抛出来挡事。那天，老黄看见两个实习警察哭了，一把鼻涕一把泪。虽然有些惋惜，但老黄知道，这号谁拽着就给谁当枪的愣头青，不栽几回跟头是长不大的。这次情形着实严重，捂不住了。动手狠的那个，这几年警校算是瞎读了。

小崔拽着老黄走在路上，正聊得起劲，后面响起了车喇叭声。于心亮就是这样的人，只要看见小崔老黄，他就把生意甩脱，执意要送他们一程。于心亮虽然日子过得紧巴，却不把生意看得太重，喜欢交朋结友。认准了的人，他没头没脑地对你好。有两次，老黄独自走在街上，于心亮见到了，一定要载他回家。老黄自己都觉得不好意思，他和于心亮不是很熟。但于心亮说，黄哥，我一见到你，就觉得你是最值得交的朋友。这次，于心亮硬是把小崔拽上了车，问两人要去哪。小崔随口就说，去烤鸟店。于心亮也晓得那家店——“鸭”字掉了半边以后，名声竟莫名其妙蹿响了。三个人在烤鸟店里等到一套桌椅，坐下来喝啤酒。老黄不停地跟于心亮说，小于，少喝点，等下你还要开车。于心亮却说，没事，啤酒不算酒，算饮料。说着，于心亮又猛灌一口。几个人说来说去，又说到于心亮的家事。那天在于心亮家里，老黄不便多问，之后却又好奇。于心亮真要说起话来，也是滔滔不绝。他日子过得憋闷，闷在肚皮里发酵了，沤成一箩筐一箩筐的话，不跟别人倾倒，会很难受。先说到他自己。于心亮觉得自己倒没有什么好说的，无非日子过得紧巴点。年轻十岁的时候，他敢打架，不想事，抓着什么就拿什么砸向对方。现在不敢打了，因为坐过牢，也怕花钱赔别人。他拿不出这钱。接下来于心亮说起了自己的哥哥，是打链霉素导致两耳失聪的。又说起了妹妹，也是被该死的链霉素搞聋的。老黄就不明白了，说既然你哥已经打那针打坏了，妹妹怎么还上老当？于心亮攥着酒杯说，这要怪我妈，她脑袋不灵便，干傻事。还好我小时候身体好，从来不打针，要不然我这一家全是聋哑。说到这里，于心亮脸上有了苦笑。他继续说自己妹妹：她蛮聪明，比我聪明，但是聋了。我爸嫌她是个女的，聋了以后不让她去特校学手语，费钱。她恨老头子。十几岁她就跟一个师傅学理发，后来……后来那个师傅把她弄了，反赖是她勾引人家。她嘴里咿哩哇啦说不清楚。后来生了个崽，白花花一大坨，生下来就死掉了……为什么要讲这些屁事呢？不说了。

老黄顺着话说，好的，不说了。他蓦地想到在笔架山公园后门开店的小于。但是，小于和于心亮长得实在太不像了，若两人是兄妹，那其中肯定有一个是基因突变。

不说了不说了……哎，说说也没关系。于心亮自个憋不住，要往下说。……后来她结了婚，但那男的喜欢在外面乱搞，到家还拿她的钱。她的理发店以前就在团灶，手艺好人性子也好，所以店面一天到晚都不断客。她男人拿着她的钱去外面弄女人。有一次，有个野女人还闹到家里来。我赶过去，女人晓得我厉害，掉头就跑。我觉得这事我应该管管。谁叫我是她哥哥，而她又聋哑了呢？我过去把她男人收拾几回，她男人正好找这借口离婚。所以，她恨我。但这能怪我么？你再怎么离不开男人，也得找个靠得住的啊。说她聪明，毕竟带了残疾，想事情爱钻牛角尖。于心亮歇嘴的时候老黄说，你那妹妹，是不是在笔架山上开理发店？于心亮眼珠放亮了，说你认识啊？老黄说，她刮胡子真是一把好手。于心亮咧嘴一笑，说，是的咧，那就是我妹妹，人长得蛮漂亮，不像我，长得像一个莴苣。老黄说，今天别开车了，等下你回去休息。于心亮说没事，又撮了个响榧子，要了三瓶啤酒。各自喝完一杯，于心亮眼里明显有些泛花。老黄只有提醒自己少喝，等下帮他把车开回去。

于心亮又说，黄哥，听崔老弟说你离婚了，现在一个人单过？老黄眼皮跳了起来，预感到这浑人要借酒劲说浑话，赶紧支开话题想说些别的。于心亮说，别打岔哥哥，你真是个聪明人，一下就听出苗头了。你人稳重，我知道你是好人。我妹妹虽然两只耳朵配相，但她年轻，懂味。你对她好，她就会满心对你好……

……哎，亮脑壳我得讲你两句，玩笑开大了啊。也不看看我什么年纪。我女儿转年就结婚了。老黄赶紧板起脸说，小于你喝多了，讲酒话哩。于心亮说，我怎么讲酒话了？小崔说，于哥，你确实讲酒话哩。于心亮酒醉心明，觑了一眼，见老黄的脸板了起来，舌头赶紧打了个转，说，不是酒话咧，今天搭帮你们请，吃多了烤鸟，一口的鸟话。

钢渣这一阵很充实，把造炸弹的事先放一放，转而去跟哑巴老高学手语。哑巴老高是卖手切烟丝的。钢渣喜欢买他切的白肋烟，抽着劲大，一来二去算是熟人了。老高认字，钢渣翻着新华字典，要问哪个词，就指给老高看，老高便把相应的手语做出来。钢渣觉得手语比较好学，因为形象啊。他甚至怀疑，手是比舌头更能表意的东西。从老高那里回来，钢渣就把手语现买现卖地教给小于。小于乐意学。她自创的手势表意毕竟有限，比如说，小于指一指钢渣，钢渣就知道是在叫自己；但如果小于想亲昵一点，想拿他叫“亲爱的”呢？若不学正规手语，这就很麻烦。钢渣教小于两种手势，都可以表达这意思。其一：双手握拳拇指伸直并作一起，绕一个圈；其二：右手伸开，轻抚左手拇指的指背。小于有她的选择，觉得第二种暧昧了，不像是说亲爱的，倒像暗示对方上床做爱。小于倾向于使用第一种手势。一个拇指代表一个人，两个有情的人挨得近了，头脑必然会有发晕的感觉——这真是很形象呵。

钢厂有个电视台，除了每两天播放十分钟的新闻，其余时间都在播肥皂剧和老电影。钢厂台片源有限，一个片子会反复播放。小于记性特别好，片子里的情节即使再复杂，她看一遍就全记下来了，下次有重播，她抢着给钢渣描述下一步的剧情。她最喜欢看年代久远的香港武打片，看里面的人死得一塌糊涂。她要表达杀人的意思，就化掌为刀作势抹自己的脖子，然后一翻白眼。钢渣从老高那里学来的标准手语，“杀人”应该是用左手食指伸长，右手做个扣扳机的动作。但小于嫌那动作麻烦，她宁愿继续抹脖子。她对钢渣教给她的手语，都是选择性接受。钢渣越来越喜欢这个哑巴女人了。她身上有一些说不清道不明的东西，使得他对她迷恋有加。他时常觉得不可思议，再怎么说，他钢渣也不是没见过女人的人，到头来却是被一个哑巴惹得魂不守舍。

小于仍时不时拿钢渣的脑袋当试验田，剪成在破杂志上看到的任何发式。每回见面，她总是瞅瞅钢渣的头发长得有多长了，要是觉得还行，就把钢渣摁在板凳上一阵乱剪。这天，电视里播了一部外国片子，《最后的莫希干人》。小于看了以后，两条蚯蚓一样的目光又往钢渣的头皮上蠕动了。钢渣头发只长到寸多长，按说不适合打理莫希干头，但小于手痒，一定要剪那种发型。发型很容易弄，基本上像是刮秃瓢，中间保留三指宽的一线头发。没多久，大样子就出来了。发型改变了以后，钢渣左脑半球上有一块疤，右边有两块，都暴露出来了。这是许多年前被人敲出来的。好在还留有一线头发，要不然他头皮中缝上的那颗红色胎记也会露出来。钢渣正这么想着，小于又拢过来了。她觉得这个发型很不好看，干脆一不做二不休，给钢渣刮个秃瓢了事。

钢渣递给小于五十块钱，要她给自己买一顶帽子和一副墨镜。她下到山脚，买来这两样东西。帽子有很长的鸭舌状的帽檐，但并非鸭舌帽；墨镜是地摊货，墨得厉害，随便哪个时候架在鼻梁上，就看见夜晚了。

皮绊进屋的时候，看见钢渣正在整理帽子。皮绊说，捂痱子啊。钢渣没有做声。皮绊又看见那副墨镜，仿佛明白了。钢渣当然不会是去旅游。皮绊恍然大悟地说，钢哥，炸弹弄出来了？要动手了？钢渣只得掀开帽子，让他看看光头。钢渣说，又被刮了光头，脑壳皮冷，戴戴帽子。皮绊很失望地睨他一眼，说你怎么老往后面拖啊？要是不想干了，跟我明说，别搞得我像傻婆娘等野老公一样，一辈子都等个没完。

钢渣也挺无奈。他时不时去回忆，身上捆炸药包去银行抢钱的想法是怎样形成的，又是怎样固定下来并付诸实施的呢？一开始无非是酒后讲讲狠话，皮绊听后却认真了，说要给他打下手，还老问他几时动手。钢渣又不好意思说我这是讲酒话。多扯几次，造炸弹抢银行的事竟然越来越清晰，从酒话嬗变成了具体的行动。而钢渣，他感觉自身像是被扭紧发条一样。扭发条的人显然不是皮绊，那又是谁呢？皮绊这一根筋的家伙好几次对他说，钢渣，你莫不是故意讲狠话吓别人吧？你打架厉害，但打架厉害的，未必个个都不要命。钢渣嘴是很犟的，面对皮绊的质疑，依了他的性子，只会死争到底。他说，炸药还没造出来，他妈的，造炸药总比种双两大①更要技术吧？要不然你来弄，我等着。你哪时造好我们

① 双两大：当时最著名的杂交晚稻栽培法。

哪时动手。皮绊就没话说了。他虽然老嫌钢渣的手脚慢，但换是他，肯定一辈子也造不出比鞭炮更具杀伤力的炸弹。

炸弹过不多久就会弄好。虽然有几个技术点需要攻关，那也是指日可待的。钢渣心里很明白。

那天清早，小于主动过来和钢渣亲热了一回。然后她告诉他，自己要出去几天。离婚后判给前夫的那个孩子病了，要不少钱。她手头的钱不多，得全部送过去。她自己也想守着孩子，照看几天。毕竟那是自己身上掉下来的肉呵，离婚这事也割不断。

以后几天，钢渣果然没看见小于开店门。他一直坐在窗前，看着马路对面的理发店。他很想手头有一笔钱，帮帮小于。钱也许不算什么东西，但很多时候，钱的确要比别的任何东西更管用。钢渣看武侠小说长大的，那书看多了，使他误以为只要打架厉害，就会相当有钱，走南闯北肆意挥霍，过得很潇洒。现在成年了，他才知道根本不是那么回事。

皮绊又拖了一袋东西回来，解开绳系，里面叮叮当当地滚落出许多小件的物品，竟然还夹杂着一两个空啤酒瓶。钢渣本来想揶揄两句，却没能张开口。他心里忽然涌起一阵难过。

炸弹造得怎样了？皮绊扔来一本书，竟是七十年代初出版的“青年自学丛书”中的一本，基层民兵的国防知识教材。

封面上还拓着一个章：发至下乡知识青年小组。皮绊说，你看看有没有用。里面印得有炸弹的图，从中间切开了。炸弹能从中间切开么？

皮脑壳，那叫解剖图。哪捡来的？这书没用，就好比把《地雷战》看上二十遍，你同样造不出地雷。摸着这本年代久远的书，钢渣心情愈加黯淡。他真想揪着皮绊的耳朵灌输他说，现在人类跨入二十一世纪了，凡事要讲科学，讲技术，就是造土炸弹，也需要很高的工艺水平。但是皮绊这号人，他如果能理解，还至于在捡啤酒瓶的同时揣着一堆发财梦吗？最后，钢渣总结而得一个认识：如果以后和小于生了一个孩子，定要让他好好学习天天向上。

皮绊坐下来，剥开一包软装大前门，抽了一口，打商量地说，钢哥，也不一定要造炸弹，我们先从小事做起……那口烟雾很饱满，皮绊说的每一个字，都拌和着烟雾往外蹦。他接着说，除了抢银行，别的事也可以干。比如说去铁路割电缆，去搞空调外机，去货站搞锌锭。虽然一手搞不到很多，但还算安全，可以聚少成多。钢渣皱了皱眉头。他从来没想过去做这些小事，现在也提不起兴趣。皮绊继续往下说，要不然，我们可以去搞的士司机的，这些家伙，身上一般都揣千把块钱，搞得好，拿刀子一比，他们就老老实实把钱交出来。李木兴得手好几次，小范那屌人也干这事。钢渣觉得这事稍微靠谱一点。再说他不能老是对皮绊说不，说得多了，皮绊会以为他胆怯。钢渣问，皮脑壳你会开车吗？皮绊说，我会，只是还没搞驾驶证。钢渣笑了说，你这猪，开抢来的车还要什么驾驶证？不如现在我们就开始做准备？

拿定主意以后，钢渣来到窗前，看看窗外的午后天光。他很想见见小于。小于的店门闩得铁紧。过了不久，雨就开始下起来了。

案发现场在右安区和大碇工业园之间的一段，四车道公路旁斜逸出一条窄马路，傍溪流往下走。沿这路前行两里，现出一片河滩。尸体被抛在河滩一处凹槽里。被警戒线一勾勒，案发现场有了更多的沉重感。车顶灯还在忽闪着。这样的早晨，空气尤其黏稠。老黄坐的车半路抛锚，慢了十来分钟。到地方，老黄瞥见小崔的脸上有泪水淌过的痕迹。一个男人一旦流泪，即使擦拭再三，脸上也现出大把端倪。这跟女人不同。

怎么了？隔着三五步的距离，老黄开口问话。小崔被老黄的询问再次触动，眼窝子又润起来，没有说话。老黄拢过去看。尸体保持着被发现时的状态，脸朝上面翻，表情和肢体都凝固成挺别扭的样子。老黄感受到这人死得憋屈。死者的面相，看着熟悉。因为死亡，人的脸会乍然陌生起来。老黄再走近几步，才确认死者就是于心亮。

现场勘验有条不紊地进行着，一拨人呈篦状梳理这片河滩，仔细寻找着指印、足迹、遗留物以及别的痕迹。老黄发觉自己有些多余，走到近水的地方，在一块卵石上坐下来，摸出烟卷。他看见一辆警车顶灯打着旋，晃进眼目。雾气正从河滩一堆堆灌木丛中升起，并散逸开去。他点了烟，随意地瞟几眼，就大声招呼就近的那个警员过来拍照。再一想，光拍照还不够，老黄补充说，把石膏粉取来，要做个模。在他身边不远的一块松软的土皮上，遗留有单个足印。在办案方面，老黄轻易不开口表态，一旦说了话，年轻警员会拢过来按他意思办。在足印勘验方面，老黄称得上是专家。分局调他过来，看中的也是这一点。

接下来，老黄在一丛骨节草里发现两枚烟蒂，一并取走。水边有一溜脸盆大小的卵石，是专让人坐着休憩的。他想，屁股的坐痕没什么价值，否则应显个影。他能断定，案犯在这里坐过——把尸体抛弃以后，案犯在河中洗去血迹，感到累了，就坐着抽烟。杀人之后，凶手通常会感到前所未有的疲累。河面宽泛，但河水相当浅，要不然尸体不会搁置在河滩上。

老黄用石膏做模时，好些年轻警员围了上来。一开始做模，总不得要领，能看到老黄这号专家现场操作，自然要多留些心眼。老黄把可调围带围着足迹绕几圈，并清理其中的细小杂物。对于足迹不清晰之处的轻微整理，只能是老手凭经验把握的事。老黄把石膏浆徐徐灌注进去，偏着脑袋看年轻警员绷紧的脸，心里淌过些许得意。适当纵容心里那份得意，能获得上佳的工作状态。

紧接着的现场分析会，刘副局首先发言。刑事重案基本上由刘副局主抓。他的办法老旧，不计物力人力，搞大规模的查缉战，但总是能收到效果。死者的身份得到确认以后，刘副局就认定这是一桩抢车杀人案。去年以来，钢城的抢车、盗车案频发，背后肯定隐藏着一个团伙。市局已经做了整盘的战略布署，重点抓这案子，目前处于搜集线索筛查信息阶段。网张开了，收口尚待时日。刘副局把这起案件归口并入盗车团伙的案件，看上去也是顺理成章的。再者出租车是抢盗的重点，因为款式常见，价位不高，有利于盗车团伙成批地卖出去。抢车盗车团伙经过若干年发展，零售生意做起来不过瘾，喜欢打批发，整趸。

在此之前，抢车盗车案里没有伴发命案。刘副局既然把这起杀人案并入其中，就有理由认定盗车团伙的案情正在升级，市局的全盘布署有必要做出相应调整，应多抽调警力，加大盘查力度。刘副局把他的意思铿锵有力地说了出来。他说话时，习惯性把手中纯净水胶瓶捏来捏去，使之不断地瘪下去又鼓起来，发出碎裂的声音。

有时老黄想跟刘副局讨论讨论办案成本的问题，话到嘴边又憋住了。他知道，刘副局的脑袋装满既定经验，这辈子也不会理解诸如“办案成本”之类的概念。抓得住老鼠才是好猫，但抓鼠的时候撞碎了一柜子碗碟，那是主人家考虑的事情。

现场分析会，正是坐在那一圈卵石上召开的，石面沁凉，冷气幽幽蹿进肛肠。这次老黄站起来发了言，陈述个人观点。他认为，把这案子并入抢车、盗车系列案件为时过早。刘副局不吱声，眼神杵了过来。老黄说，这起案件和以往团伙盗车案件，特征上有明显的不同。首先，以前的抢车案，从未并发命案，顶多只是用钝器敲击车主，致使车主昏厥以便实施抢夺。那个集团的案犯主观上一直不存在杀人动机。但这起案件，凶犯持锐器作案，一动手就直逼要害，取人性命……

年轻人都听得认真。刘副局眼光扫了一遍，撇撇嘴，又捏瘪了胶瓶，但胶瓶已经漏气，没有冒出声音。他问，还有么？老黄笑一笑，仿佛等着刘副局有此一问。他把刚倒成的石膏模拿出来，摆在众人中间，指着上面相应的部分说事。……这个鞋印，我看未必能用常用公式套算身高。现场采集的案犯鞋印，纹路有两种，物象型、畦埂型。鞋码都较大，套公式算，这两个人都是一米八以上的高个。本地人普遍个矮，两个一米八以上的高个碰在一起并不多见。真是这样，案件反而有了重大的突破口。但从那丛灌木（老黄说话时用手指一指方向）后面取得的成趟足印可以看出来，步幅合不上这种身高。从这模型上进一步印证了，案犯是有意穿大码子的鞋，进行伪装，误导刑侦方向。所以说，我们要是按常规算，鞋码放余量的估计肯定不准确。老黄把鞋模子举高了一些示意众人，接着说，案犯两人应都是三十以上的壮年男人，足印具有这个年龄段的典型特征，有明显的擦痕、挑痕和耠痕。按说足印前端的蹬、挖应该很浅，但这个足印，前端几乎不受力，向上翘起，不符规范。这一点进一步印证，案犯的鞋超出脚码一截，前端塞有软物，但踩在地上是虚飘的……

那又怎样？刘副局岔进来一句。

老黄拧开一瓶水，拖拖沓沓地喝了几口，往下说，穿超脚码的鞋做案，显然不利于行走。盗车团伙的成员做案多了，即使要伪装，要反侦破，也不会在鞋码上做文章，给自己不方便。这起案件的两个案犯，显然做案不多，所以在伪装上用力太猛，太想伪装得周全。我认为，可以和盗车团伙的案件明显区分开，这起案件应单独侦破。

……你也不要把话说得太满。刘副局说话时脸皮已垂塌下来，吐字像鲫鱼鼓水泡，一个个往外迸。他说，我看不妨两条腿走路，暂且归入系列抢车、盗车案，借市局的整体布署，进行大规模查缉。这案件有特殊的地方，再指派专人调查。刘副局当了多年领导，这时已拿出了毋庸置疑的语气。老黄不再往下说了，怕他当自己在捋倒毛。

撤离现场时，老黄叫小崔还有另两个年轻警员挤进一辆车，脱离大部队一路缓慢行驶。他希望这一路上能找到别的线索。把案发现场处理完毕，再沿路寻查一番，是老黄多年形成的习惯，且屡有收获。再说，在现场脑子狂转半天，也需要坐在慢车上舒缓地看着沿途景物，放松自己。路边的草总是乱的，有些被风吹出形状，像用发胶固定的发型。有的地方，草已经开始颓败。老黄忽然叫司机停车，他跳下车去往十丈开外的一个黑斑走去。小崔问，怎么了？他回答，说不清楚。就想过去看看。老黄走得不徐不疾，折回来时手里多了一顶帽子。那是年轻人常戴的帽子，黑色，帽舌很长，内侧贴有美特邦品牌的标识。

一顶帽子。小崔说。他拿过来看了看，没有什么特别。老黄问他，对，一顶帽子，你看看有什么不同？小崔就有些紧张了，非常想一口蒙出老黄心里的标准答案。但他端详半天，始终没有看出端倪。老黄说，你肯定想深了，往浅里走，还不行，就把你自己的帽子脱下来比对一下。小崔照做了。但拿自己的盘状警帽和这顶遮阳帽做比对，又有什么意义？老黄也不想为难他，最后呵呵一笑，指着遮阳帽的内侧口沿说，看这里。这顶帽子还没浸得有脑油，肯定刚戴了不久。小崔问，怎么能肯定是案犯留下的呢？

这顶帽子一看就是正牌货，值大几十块钱，估计是被风掀掉的。要是不是案犯做案时时间仓促，哪有不把帽子捡起来的道理？小崔在老黄一再启发下，慢慢找到些感觉了。他说，案子应该是在这段路做下的，这才是第一现场？小崔的目光沿公路前后延展，灰色路面阒寂得犹如一条死蛇。老黄没有回答，他把帽子戴在自己头上。这样，他就闻到帽子里面逸出的爽身粉气味。现在，头发剪成型后，帮顾客头上扑些爽身粉的理发师，差不多都退休了。

在团灶，追悼会总是开得很热闹，这破蔽的地方，人却很多。老黄小崔各买一面花圈，上面写着祭奠的文字。钢厂和于心亮熟识的人来了一坪，围了好多张桌子打纸牌或者搓麻将。老黄在一个角落里拣张凳坐下。旁边那桌，一个打牌的人接了个电话要走，招呼老黄过去接几圈。他说，老哥，替我打两圈。老黄点点头，挤到牌桌边。这一桌的几个人都是三级牌盲，厕所打法，每一级输赢五角钱。老黄有点索然无味，一边赢钱，一边还漫无边际地走神。

晚九点，他看见了哑巴小于。据说白天家里人去找她，把笔架山前后翻个遍，都没能把人翻找出来。现在她自己来了，穿得很素，眼泡子在来之前就哭红了，有些发肿。走到于心亮的遗像前，小于开始哭泣。小于的哭声很低，听着有点瘆背。很多人抽出脑袋看向小于。小于很快哭塌了下去，又被亲戚架起来。老黄勾下脑袋甩牌。小于哭够了以后，慢慢踅向这个方向，在老黄刚才坐的那张椅子上坐下。老黄瞥了她一眼，她好半天才回瞥一眼，认出这是个老顾客。她抹着眼睛勉强笑一笑。转瞬，她又恢复了哭丧的表情。

凌晨两点，一个长鱼泡眼的年轻人走进灵堂，径自走到小于面前。那时小于趴在自己膝盖上睡过去了，鱼泡眼把她拍醒，示意她出去说话。老黄下意识把鱼泡眼打量一番，最后免不了看向那人的鞋子。这也是职业习惯，老黄看一个人，目光最终会定格在对方的脚下。水泥地面太硬，刚扫过，没有积灰，所以也没留下鞋印。老黄砸牌的时候，眼角余光往灵堂外面瞥去，小于已随着鱼泡眼去到看不见的地方。外面，钢城的夜晚是巨大的，漆黑一片。

钢渣这一晚很是烦乱，他后悔杀了人，不但没抢到几个钱，而且杀掉的那家伙竟是小于的哥哥。钢渣恨恨地想，这么狭长，这么宽阔的钢城，事却偏偏这么巧合？杀人的当时，他看了看那司机的嘴脸，根本没法和哑巴小于联系起来。当晚，去到停棂的地方，他叫皮绊进去把小于带出来。小于出来后，他拽着小于沿一条胡同往深处走，皮绊知趣地消失了。在一盏路灯底下，他摘下帽子，搔了搔头皮，用手势询问小于，家里出什么事了？小于流着泪告诉他，自己的哥哥死了。

钢渣非常清楚，于心亮确实是被抹了脖子死去的。小于的眼泪不断地溢出来。她两眼紧闭，却禁不住泪水。在淡白路灯光照耀下，小于紧闭的两眼像两道伤口，液体不断地泌出来。钢渣帮小于抹去眼泪，从裤袋里掏出几张老头票，横竖塞进她手里，并说，不要太难过，还有我。小于强自笑了，把即将夺目而出的眼泪呛回眼槽子。钢渣被小于的微笑再次打动，把她抱到背光的地方，狠狠地吻她。他把她舌头吐出来后，情欲已经不要命地勃发了。他打一辆车去到笔架山上，把她拽进租住的房间。一阵零乱的抚摸过后，钢渣明显感觉到小于的身体正在发潮，发黏。他不敢开灯，因为知道她表情必然是左右为难的，是惘然无措的。

漫长的做爱过程中，钢渣听见远处不时有鞭炮声响起来。也许，同一晚，偌大一个城区会有多处停棂，那鞭炮也不一定是放给于心亮的。

刘副局暂调市局主抓抢车盗车团伙的案件。这事下的力度很大，调查取证还顺，套用开会时的俗常语，说是“取得阶段性成果”应不为过。几个主要案犯已悉数进入掌控。在市局的会议上，刘副局表明了自己态度，认为应该提前收网，不求一举抓获所有案犯，而是重点击破，然后查漏补缺，到第二阶段再把那堆虾兵蟹将一个个刨出来。市局肯定了刘副局的意见，但这网口太大，甚至要跨省寻求兄弟单位联动，前期工作必须做得扎实周密。

最近刘副局不大看得见人，几乎都在外面跑联络工作。时而回分局了，也是一身时髦便装，腋窝里随时挟着个锃亮的皮包，看着像广东来的商人。分局里的人抽走一些，随刘副局跑外线的联络工作。剩下的一帮警员办起案来，都肯去老黄那里讨主意。老黄往人堆里一站，分明就是主心骨的模样，但他偏偏生就了闲性子，谁找他拿主意，他就说，你自己看着办。老弟，车有车路马有马路，我看你肚皮里的鬼主意比我多得多。

老黄把注意力放在那顶帽子上。他不事声张，只安排三名警察去查这个事。搭帮刘副局外出，老黄得以放开手脚。揪住这细微线索摸排查找，小崔等年轻警察都觉得玄虚了些，从半路捡来的一顶帽子切入，似乎太不靠谱。钢城说大不大，人口也上了百万，狭长的城市被割成若干区。这顶帽子再常见不过，找起来，摆明是大海捞针。再说，帽子跟案情有无关系，眼下根本确定不了。老黄脸上总是钝钝的微笑，跟他们说，未必。事情没做之前，是难是易没个准。很多事做起来要比料想的难，但有些事，做起来会比料想的容易。

事情上手一做，年轻警员果然觉察到了自己的先验意识有偏差。确认这顶帽子是美特邦品牌的正品货以后，所有的批发市场、路边店、地摊都可以排除了。美特邦在钢城的专卖店有五家连锁，找到总代理商一统计，该型号是去年上市的主款型，整个钢城走货量是一百七十四顶。有发票和收据（必须事先向店主申明是公安局办案，与工商局无涉，店主才会亮出收据）记录的计五十一顶。小崔打算循着发票收据先查访那五十一人，但老黄说，这五十一人先撂在一边，进一步缩小范围，查另外的一百二十三人。店主和店员循着记忆向警员描述这款帽子的买家，像羊拉屎一样，这次想起一两个，下次又想起一两个，稀稀拉拉。到这阶段，开始磨炼几个警察的耐性了，他们得频繁光顾那五家店铺，搜集新近记起来的情况。小崔用电脑记录下对每一个顾客的描述。这事情干了一阵，反而能从繁琐里得来一些清淡的滋味。

帽子的事还没有眉目，市局已决定近期对盗车团伙收网围捕。所有分局都要为这事忙碌起来。刘副局已回到分局，脱下老板装束，重新示人以警服笔挺的模样。老黄只好把那案子放一放，投入市局整体布署中。

统一行动前，所有参战警员都到市局大会议室里集中。场面有点像劫匪自助餐式打劫，进去的人首先取一对联号标签，签上大名，其中一张标签栓在手机天线上。接着，几个女警员煞有介事地拿出不锈钢托盘，在座位间齐头并进。大家都把手机放到托盘里面。老黄把手机咣啷一下搁进托盘。小崔第一次看见老黄用的手机，竟然是五年前的款型，诺基亚 5110，非常巨大，像个榔头。那手机往托盘里一放，端盘女警员的胳膊似乎都压弯了一些。后面的警察看着托盘，忍不住嗤出声来。老黄那手机和别的手机搁在一起，分明就是象入猪群。

行动那天，老黄有些打不起精神。小崔却是一股子劲，因为动员会已经激出了他的临战状态。那天晚上的行动，却显得寡淡，定了点去捉人、找车，感觉像在自家地里刨红薯一样。老黄小崔这组负责抓一个姓全的案犯，在黄金西部大酒店二楼洗浴中心的一个包间。两人进到里面抓人时，重脚踹开塑钢门，见那家伙躺在一只农村用来修死猪的木桶里，倚着一个姑娘，正舒服得哼哼唧唧，每个毛孔都摊开着。见有人举着枪进来，姓全的案犯神情笃定，一派处惊不乱见多世面的模样。等小崔挨近他身边，他忽然脸一变，扯开嗓门嚎啕大哭起来。小崔厌恶地吐一口唾沫，觉得真他妈没劲，神经绷紧了老半天，却撞到这样一头蔫货。

另一队派往氮肥厂旧仓库抄查的警察，得以见到非常壮观的情景：拉开仓库门，里面整整齐齐堆垛着长十来丈宽四五丈高一丈余的化肥袋子。但把表面一层化肥袋搬开，里面竟全是车，堆叠着码放。车有偷来的，也有报废的车。该团伙的信誉不好，把报废车维修一下，再喷涂翻新，拿出去当赃车卖，以次充赃，从中赚一份差额。老黄自始至终只关心一件事：有没有于心亮的那台车。这次行动，没有找见那车。之后个把月里，市局顺藤摸瓜扩大战果，跨省追回了四十余辆卖出去的赃车，这其中也没有于心亮的羚羊 3042。

庆功会如期进行，刘副局当天十分抢眼，嘴巴前面搁着或长或短的话筒，简直像一堆柴。刘副局说了好多的话，都有些说醉了。当晚，分局的人被刘副局死活拽去 K 歌。老黄小崔随了前面的车一路走，再次来到黄金西部大酒店。里面有很多妹子，行尸走肉般来去穿梭，一眼便可瞥出来，都是卖肉的。小崔觉得这有些滑稽，怎么偏偏来这地方呢？他睃了老黄几眼，想知道他的看法。老黄似乎没注意小崔的脸色。话筒递到他手上，他唱起了《有多少苦同胞怨声载道》。本来是两个人的唱段，一帮年轻的警察蛋子哪配得上腔？老黄只好一人两角，既唱李玉和，又扮磨刀人。其实老黄看出来了，小崔心中有疑惑。他又怎么好告诉他，这家大酒店，刘副局参着暗股。把皮条生意做到如此规模，如果没有公安局的人参暗股，可以说，一天都开不下去。当然，老黄是听熟人说的，也不能确定。虽然这样的事熟人不可能胡乱开口，但老黄作为一个警察，更相信证据。

既然这次行动没有找到于心亮的车，老黄就可以跟分局提出来，把于心亮那案子单独办理。这件事自然由他主抓。他点了几个人。其实这一拨人，早就确定了的。

这以后不久，小崔从美特邦团灶店得来一个消息，有个女哑巴也曾来买过这款型的帽子。该店员请假刚回来，她把买帽子的女哑巴记得很牢靠。要是一个正常人买一件小货，很难记得牢靠，或者张冠李戴，本来是买裤衩却记成了帽子。但一个女哑巴来买男式便帽，店员就留心了。女哑巴用手势比划着跟店员讨价还价，该店员好半天才跟她说通，店里一律不打折，这和地摊是不一样的。店员以为哑巴若得不到打折就不会买，但她还是买了。小崔记录着女哑巴的体貌特征，又听见店员说，时不时还看见那哑巴从店门前走过去。

小崔把那条记录给老黄看，问老黄想到了谁。老黄眼也不眨，第一时间就反应出了小于。小崔也点点头。于是老黄蹙起眉头，说，是不是，小于买给她哥的？难道这顶帽子是戴在于心亮头上？于心亮没有戴帽子的习惯啊。小崔认为有这可能。他说，于心亮不是跑出租了嘛。司机一天在外面跑，都喜欢戴顶舌檐长的帽子。小于要送她哥哥一顶，完全说得过去的。

为确认那个哑巴，小崔在美特邦团灶店枯坐几天。直到一个下雨的午后，那店员忽然在他肩头一拍，说，就是她，就是她。循着指向，小崔果然看见了哑巴小于。回到分局，小崔认为帽子这条线索应予作废——很明显，小于买帽子是送给于心亮的，因此帽子是从于心亮头上掉落的。老黄的意思是，不忙惊动小于，观察她一阵，看看她平时跟哪些人接触。

次日，小崔按老黄的安排去了笔架山，以小于店面为原点，观察周围情况。对街有一栋漆黑肮脏的楼房，五层高。他爬到楼顶平台，在一间用油毡盖顶的杂物间找了个观察点，呆在里面向下看。在小崔看来，小于的生活最简单不过，每天开门关门，有的晚上会去赌啤酒机。她两天挣的钱，只够买五六注彩。在场子里，小于基本上是用眼睛看别人赌。有一天她押中一个单号，赢了三十二倍，其后一整天她都没有营业，全呆在场子里，直到把钱输光。

第四天，小崔看见小于搬来很多东西堆到自己店子里。看情形，她打算吃住都在店里，不回家了。小崔断定小于身上不可能有什么问题，于是他下了楼，走过街进入小于的店子，看自己能不能帮上忙。小于认得小崔，知道是哥哥的朋友，在干警察。她把东西堆在屋子里，不作整理，脸上挂着呆滞的表情。小崔把那顶帽子拿出来让小于看，小于眼泪扑簌簌流了出来。不用问就知道，帽子是她送给于心亮的。她想把帽子取回去作个纪念，但小崔摇了摇头。

这条线索断了，几个人都不免沮丧。在这件事情上，众人花费不少时间，却是这样的结果。小贵忍不住说了一句，怎么早没想到，帽子有可能是死者戴过的。老黄没有作声。他自嘲地想，也许，我就懂观察脚上的鞋呵，观察帽子又是另一种思路了。

当晚，老黄坐在家里，看电视没电视，看书也看不进去，把玩着那顶帽子，发现左外侧有一丁点不起眼的圆型血斑，导致帽子布面的绒毛板结起来。帽子是黑色的，沾上一丁点血迹，着实不容易辨认。他赶紧拿去市局技术科，请求检验，并要跟于心亮的血液样本进行比对。他也搞不太清楚，这么一丁点血迹能否化验。技术科的人告诉他，应该没问题。结果出来了，报告单基本能认定，血迹来自于心亮。老黄更懵了。尸检显示，于心亮的鼻头被打爆了，另一处伤在颈右侧，被致命地割了一刀。

他想，如果是于心亮自己的血，怎么可能溅到自己的帽子上呢？血斑很圆，可以看出来是喷溅在上面的，而不是抹上去的。中间有帽檐阻隔，血要溅到那位置，势必得在空中划一道屈度很大的圆弧，这弧度，贝克汉姆能弹钢琴的脚都未必踢得出来。

那天钢渣打开房门刚要下楼，见一个人正走上来。这人显然不是这里的住户，他一边爬楼梯一边不停地仰头往顶上面看。这人行经钢渣身边时，钢渣朝门角的垃圾篓吐一口唾沫，然后缩回房间去。他一眼看出来，这人也是个绿胶鞋——他左胯上别着家伙，而手机明明拽在手上。钢渣去到朝向小于理发店的那扇窗户前，用镜面使阳光弯折，射进店子里，晃动几下。小于发觉了，刚站到门边，钢渣就用手势告诉她，不要过来，晚上他会去找她。

当晚小于去到啤酒机场子，果不然，那个绿胶鞋后脚跟来了。钢渣愈发认定，这胶鞋是冲自己来的。直到小于离场，胶鞋还后面跟着走了一段。十一点钟样子，胶鞋看了看表，离开小于，循另一条道走了。钢渣叫皮绊在外面把风，然后把小于拽到租住的房子里，又是一阵疾风暴雨的做爱。小于对这种事的疯劲，总是让钢渣的情绪持续高涨，他喜欢被女人掏空的感觉。事毕他开亮灯，抱着她放在靠椅上，同她说话。他告诉她，自己要离开一段时间。

小于很难过，她觉察到钢渣这一走时间不会短。若是两三天的外出，他根本不会说出来。但以前两三天的分别，也足以让小于撕心裂肺地痛起来。她的世界没有声音，尤其空寂，一天也不想离开眼前这个男人。她认识他以后，很多次梦见他突然消失，像一缕青烟。她在梦里无助地抓捞那缕青烟，但青烟仍从她指缝间轻轻飘逝。

小于做着手势，焦虑地问他，你说实话，是不是以后再也不来了？钢渣一怔，他也有这种怀疑。自己毕竟沾了命案，这一去回不回来，能一口说准么？他跟她说，时间较长，但肯定要回来。小于的眼神乍然有了一丝崩溃，蜷曲在钢渣怀里，眼角发潮，喉咙哽咽起来。他抱了她无数次，这一次抱住她，觉得她浑身特别黏乎，像糯米团子。他喜欢她的这种性情，不懂得矜持，不晓得掩饰自己的眷恋。她没受过一丁点教育，所以天生与大部分女人不同。钢渣却不像以往一样，长久地拥抱她。她打手势问，什么时候回来？说一个准确的时间。他想了想，燃起一支烟。然后，他左手四指握着，拇指翘起。这个手势可以代表很多个意思，但钢渣把烟蒂作势朝拇指尖轻轻一杵，并迅速把五个手指摊开，小于就理解了。钢渣打的意思，是说放鞭炮。她双手抱拳，作庆贺状。标准手语里，这就是“春节”的意思。钢渣知道她看明白了，用力点了点头，嘴角挂出微笑。她破涕为笑。他继续打手势说，到那一天，把店面打扮得漂亮一点，贴对子挂灯笼，再备上一些鞭炮。到时他一定来看她。他还跟她赌咒，如果他不来，那就……他化掌为刀，朝自己脖子上抹去。她赶紧掰下他作成刀状的那只手，一个劲点头，表示自己相信。

钢渣皮绊当晚就转移了地方，去到相距较远的雨田区。

大碇东边的水凼村，有一个不起眼的水塘，水面不宽，只十来亩，但塘里的水很深。秋后一天，有个钓鱼人栽到塘里死了，却不见尸体浮上来。其亲人给水塘承包人付了钱，要求放干水寻找尸体。水即将抽干那天，水凼村像是过了年，老老小小全聚到水塘周围，想看看水底是怎么个状况。他们在水凼生活了这么久，从来没见过水塘露底。再说，下面还有一具尸体。村里人都想看看那尸体被鱼啃成什么形状了。塘里的水被上抽下排，水底不规则的形状逐渐显露。当天阳光很好，塘泥一块块暴露出来，很快就被晒干，呈暗白色。尸体慢慢就出现了，头扎在泥淤里，脚往上面长，像一株水生植物。水线褪下去后，尸体的脚失去浮力，一截一截挂下来。人们正要看个仔细，注意力却被另一件东西拽了过去。

一辆车子，车顶有箱式灯，跑出租的。

人们就奇怪了，说这人明明是钓鱼时栽下去的嘛，难道是坐着车飙下去的？那这死人应该是闷在车里啊。村支书觉悟性高，觉得里面八成有案情，要报警。但他一时记不住号码，问村长，是110还是119？村长也记不清楚，说，随便拨，这弟兄俩是穿连裆裤的。

这次老黄坐的车跑在前头，最先来到水塘。一下车他就忙碌起来，拉警戒。老黄好半天才下到塘底，泥淤齐腰深。他走过去，把车牌抹干净看一看，正是于心亮的3042。

从塘底上来，老黄整个人分成了上下两截，上黑下黄，衣袖上也净是塘泥。小崔叫他赶紧到车上脱下裤子，擦一擦。老黄依然微笑地说，没事，泥敷养颜。他站在一辆车边，目光朝水塘周围逡巡，才发现村里人都在看他，清一色挂着浅笑。老黄往自己身上看，看见两种泾渭分明的色块，觉得自己像一颗胶囊。同时，他心底很惋惜，这一天聚到水塘的人太多。水塘周围的泥土是松软的，若来人不多，现场保留稍好，那么沿塘查找，可能还会看见车辙印。顺着车辙，说不定会寻到另一些有价值的东西。但这么多人，把整个塘围都踩瓦泥似的踩了一遍，留不下什么了。去到村里，老黄把村长、村支书还有水塘承包人邀去一处农家饭庄，问些情况。他问，这水塘，外面知道的人多么？村长说，每个村都有水塘，这口塘又没什么特别。老黄问承包人，来钓鱼的人多不多？承包人说，我这主要是搞养殖。地方太偏了，不好认路进来，只是附近几个村有人来钓鱼。再问，有没有人看见那车开进村？村支书说，村子很少有车进来。这车肯定是半夜开来的，要不然，村里肯定有人看见。一桌饭菜就上来了。

几个人撑起筷子，发现老黄不问问题了，有些过意不去。这几句回答就换来一桌酒菜，似乎太占便宜。承包人主动问，黄同志，还有什么要问的？老黄想了想，问他，晚上怎么不守在塘边啊？承包人说，是这么回事。鱼已经收了一茬，刚投进鱼苗，撒网也是空的，鱼苗会从网眼漏掉。老黄又问，哪些人知道你刚换苗，晚上没人守塘？承包人回答，村里的人知道，常来钓鱼的也知道。村长也想表现好一点，再答几个问题，但老黄说，行了行了，够多的了。然后举起酒杯敬他们。

老黄和小崔调取水凼村及周边七个村 20 至 50 岁男性的户籍资料，统统筛查一遍。八个村在这个年龄段的男人，统共两千人不到。如果小崔数月前面对这工作量，会觉得那简直要把人压垮。前番查帽子把他性情磨了一下，现在他觉着查两千人的资料不算难事。小崔小朱小贵三人各花三天时间，把户籍资料仔细过一遍，先是打五折筛出九百三十人，然后进行二道筛，在这个基础上再打五折，筛至四百四十人左右，拿去让老黄过目。

老黄本打算用五天时间筛人，但第二天一早，他打开的头一份档案，就浮现出一个长鱼泡眼的男人。老黄心里忽然有了抵实感。他清晰记得，在于心亮灵堂上见到过鱼泡眼。那人当晚把小于叫了出去。鱼泡眼叫皮文海，32 岁，离异，有过偷盗入狱的记录。老黄突然想到了小于。他想，是不是因为她是一个残疾人，所以先验地以为她过得比一般人单纯？她与这个命案，有着什么样的联系？老黄思路暂时不很清晰，但心底得来一阵锐痛。

笔架山他爬了许多次，一路上想着小于的刀锋轻轻柔柔割断胡髭的感觉，总有一份轻松惬意。但这一次他步履沉重。秋天已经接近尾声，一路更显静谧。小于的店子没有人。老黄踯躅了一阵正要走，小于却从旁边一间小屋冒出来，招呼老黄。她打开店门拧亮灯。老黄这才想起小崔说过，小于把过日子的东西都搬上山了。刮胡子时，老黄一反常态，睁圆了眼看着小于一脸悲伤的样子。她似乎刚刚哭过，眼窝子肿了。弄完老黄的这张脸，小于又把店门关上了。她现在每天都去特教学校，请一个老师教她标准的手语。不识手语一直是小于的遗憾，老想学一学，却老被这样那样的事耽搁下来。这一段时间，她忽然打定了决心。

星期天，小于照例没开店，去学手语。老黄小崔去到山上，打算在小于理发店对面那幢楼里找一个观察点。花点钱无所谓，小崔上回图省钱去顶楼杂物间找观察点，没什么效果。两人在电线杆上看到了一则招租广告，位置正是在小于理发店对街那幢楼的一单元二层——简直没有比这套房更好的观察角度了。老黄叫小崔拨电话给房主，要求看房。房东是一个秃顶的中年人。他拧开房门，里面还没有打扫过，原住户的东西七零八落散在地上。他说，在你们前面，也是两个男的租我这房。租金够低的了，才他妈一百二，还月付。但这两个家伙拖欠了房钱不说，突然就拍屁股走人了。真晦气。老黄没有搭腔，自顾去到临街那扇窗前，往对面看，果然看得一清二楚。房东又絮叨地说，其实他们走人了也好。我是个正经人，跟那些人渣打交道，委屈得很。他俩什么人?租了我这房，竟然把对街那个哑巴也勾引了过来，天天在我房里搞。……对面那个理发的女哑巴，彻头彻尾一个骚货，不要去碰。

哦?老黄的眼睛亮起来，看向秃顶的房东。房东一边说话，一边用鞋把地上的垃圾拢成一堆。老黄觉得这房子已经用不着租了，亮出工作证，并出示皮文海的照片，问他，是不是这个人?房东看了一眼就狂点头。老黄问，另一个人长什么样?房东的眼神呆滞了，说，每次付房钱，都是这个人来交，另一个我不怎么见过。老黄问，不怎么见过还是根本没见过?房东说，从没见过。老黄又问，那你怎么知道有两个人?房东指着皮文海的照片说，这人跟我说的，说他哥也住里面，脾气不好，叫我没事别往这边串门。他保准月底把房钱交到我手上。又问，那他们两个人，到底是谁和理发的小于有接触?房东摇摇头，他确实不知道。

老黄当即就把屋内两间套房搜了一遍。钢渣心思缜密，当然不会留下什么物证。问题出在两个男人都不注意卫生，屋内好久没有打扫了，老黄得以从地面灰尘中提取几枚足印，鞋码超大，从印痕上看，鞋子是新买的，跟抛尸现场的鞋印吻合。皮文海的身高是一米七不到，纵是患了肢端肥大症，也不至于穿这么大的鞋。

哑巴小于这段时间换了一个人似的，学得些哑语，整个人就有了知识女性的气质，还去别人店里做时髦发型。她脸上有了忧郁的气色，久久不见消退。老黄看得出来，小于爱上了一个男人，现在那男人不见了，她才那么忧伤。他记得于心亮说过，小于离不开男人。按于心亮的理解，这分明有点贱，但实际上，因为生理缺陷，小于也必然有着更深的寂寞，需要更大剂量的抚慰。去小于那里套问情况，老黄使了计策。他请来一个懂手语的朋友帮忙，事先合计好了，再一块去到小于店里刮胡须。两张脸都刮净以后，他俩不慌着离开，坐下来和小于有一搭无一搭地闲扯。店上没来别的顾客，小于乐得有人闲聊，再说有个还会手语。她刚学来些手语词汇，憋不住要实际操作一番。但一旦用上规范的手语，她就不能自由发挥了，显得特别用力，嘴巴也咿呀有声。那朋友姓傅，以前在特教学校当老师，揣得透小于的意思。等小于不再生分以后，老傅按照老黄的布置，猜测她的心思，问她，是不是什么朋友离开了，所以开心不起来？小于眼睛唰地就亮了，使劲点头。钢渣走了，她很难碰到一眼就看穿她心思的人。老傅就支招说，你把他的照片拿出来，挂在墙上，每天看几眼，这样就会好受一些。小于还没有学到“照片”这个词。老傅把两手拇指、食指掐了个长方形，左右移了移，她不知道是什么东西。老傅灵机一动，取过台子上的小镜子照照自己，再用手一指镜面，小于就明白了。她告诉老傅，没有那人的照片。她显然觉得老傅的建议能管用，脸上的焦虑纹更深了。老傅早就知道该怎么往下说了，依计告诉小于，另有个朋友会做相片，只要你脑袋里有这个人的模样，他就能把脑袋里的记忆画成相片。小于瞪大了眼，显然不肯信。老傅向她发誓这是真的，而且可以把那个朋友带来。但到时候，小于要免费帮那个朋友理发。小于就爽朗地笑了，觉得这简直不叫交易，而是碰上了活雷锋。

隔一天，老傅就把市局的人像拼图专家带去了。老黄也跟着去，带着装好程序的笔记本电脑。一路上老黄心情沉重。小于太容易被欺骗了，太缺乏自保意识，甚至摆出企盼状恭迎每个乐意来骗她的人。既然这样，何苦还要利用她？但有些事容不得老黄想太多。他是个警察，知道命案是怎么回事，有着怎么样的分量。那天风很大，车到山顶，几个人下来，看得见一绺绺疾风的螺旋结构，在地上留下道道痕迹。进到理发店里，发现小于今天特意化妆了。理发店也打扫一番，地面上的发毛胡茬都被扫尽。台子上插着一把驳杂的野花。

拼图专家老吴打开笔记本，老傅就用手语询问起来，先从轮廓问起，然后拓展到每个细部特征。正好小于觉得老黄的脸型和钢渣有点像，就拽着老黄作比，两手忙乱开了。老吴经验老到，以前用手绘，或者用透明像膜粘来粘去，现在有电脑，方便多了。每个细部，无非多种可能。小于强于记忆，多调换几次，小于就看出来哪一种最接近钢渣的模样。钢渣的模样已经刻进她的头脑。程序里一些设置好的图，活脱脱就是从钢渣的脸上取下来的。随着拼图渐趋成型，老黄看见小于的脸纹慢慢展开，难得地有了一丝微笑。

老黄与钢渣只是脸廓长得像，别的部位不像。老黄只在拼图开始时帮一会忙，后面就不管用了。他走出理发店，信步往更高处踱去，抽烟。天开始黑了起来，他看见风在加大。他叫自己不要太愧疚，这毕竟是工作。他想，小于喜欢那个男人，是不是遭到了于心亮的反对，甚至威胁？杀人动机，也就这么捋出来了。

里面忽然传来一声闷响——其实是小于的尖叫，她尖叫时声音也很沉闷。老黄明白，那人的模样拼好了。在小于看来，这拼成的头像简直就是拿相机照钢渣本人拍下来的。

又一次专项治理的行动布置下来。每年，市局都要来几次大动作，整肃不法之徒，展示市局整体作战能力。这次行动打击的面，除了传统的黄赌毒非，侧重点是年内呈抬头趋势的两抢。所有警员统一布署，跨区调拨。老黄负责的这个办案组，只好暂时中断手头的工作。小崔觉得很不爽，工作失去了连贯性，让人烦恼。老黄只哂然一笑，说，等有人把你叫做老崔的时候，你就晓得，好多事根本改变不了。改变不了的事，不值得烦恼。老黄把皮文海和另一个嫌犯的头像复印很多份，正好向市局申请，借这次行动在全市范围内查找这两人。老黄跟小崔说，反过来想想，这其实也是机会。老黄有这样的能耐，以变应变，韧性十足地把自己想做的事坚持下去。

老黄小崔被抽调到雨田区，那里远离钢厂，高档住宅小区密集。晚上，要轮班巡夜。把警车撂在路边，老黄小崔便在雨田区巷道里四处游走，说说话，同时也不忘了拿眼光朝过往行人身上罩去。老黄眼皮垂塌，眼仁子朝里凹，老像是没睡醒。小崔和他呆久了，知道那是表象。老黄目光厉害，说像照妖镜则太过，说像显微镜那就毫不夸张。两人巡了好几条街弄，小崔问，看出来哪些像是抢匪么？老黄摇了摇头说，看不出来，他们抢人的时候我才看得出来。过一阵回到警车边，两人接到指挥台的命令，赶紧去往雨城大酒店抓嫖客。抓嫖这事一直有些模棱两可，基本原则是不举不抓。要是接了举报不去抓，到时候被指控不作为，真的是很划不来。于是只好去抓一抓。小崔很兴奋，他觉得抓嫖比打击两抢来劲多了。

抓嫖这种事没有太多悬念，可以想象，门被重脚踹开以后，进到大厅举枪暴喝一声，场面马上一片狼藉，伴以声声尖叫；一帮警察再踹开一个个老鼠洞一样的小包间，里面两只蠕动的大白鼠马上换了种喘法，浑身筛抖。小崔自小就是好孩子好学生，被五讲四美泡大的。只有他知道，骨子里也有恶作一把的心思，正好，恶作的心思可以借抓嫖名正言顺地发泄出来。刨包间时小崔拿出百米冲刺的速度，刨得比任何人都多。收获还是蛮大的。警察把刨出来的男男女女拨拉开，分作两堆，在大厅里各自靠着一侧的墙蹲下，仿佛在集体撇大条。

举报的是雨城大酒店旁边那栋楼的一个普通女住户。她发现十来岁的儿子老喜欢趴在阳台上朝那边张望。她也张望了一番，原来是很多包间的布帘子不愿拉下来，里面乱七八糟的事，就像是在给自己儿子放电影。她担心这会对儿子造成不良影响，去跟雨城大酒店的经理打商量，说帘子要拉上才是。但顾客有暴露癖，不喜欢拉帘子，经理也没办法。眼下房价飞涨，女住户没有能力学孟母三迁，只好拨个电话把雨城举报了。

刘副局匆匆地赶来，隔老远就冲老黄说，误会，误会，这是我一个熟人开的……老黄慵懒地看着他，说，呃，是吗?他知道往下要做的事，只能是卖个人情放人。他没必要在这枝节问题上和刘副局拗。刘副局着便装，腋下挟着皮包。眼看事情又摆平了，刘副局吐一口浊气，往左侧那一堆女人瞟去。正好一个女人抬起头，把刘副局看了个仔细。她嘴巴一咧，当场举报说，警察叔叔哎，这老东西老来嫖我，我认得，我举报。大厅里本来嘈杂着，突然就静了下来。在场的警察听得分明，却都怀疑自己听错了。那女人见警察都盯着她，又嘟哝说，本来嘛，他左边屁股上有火钳烫的疤，像个等号。刘副局的脸唰地就青了，疾步向女人靠去。老黄来不及阻拦，刘副局飞起一脚把女人狠狠地踹在墙皮上。女人嗓子眼一堵，想要惨叫，一口气却憋了有七八秒钟。老黄这才揪住刘副局。刘副局另一只脚已经蓄了势，止不定踹在女人哪块地方。他嘴角抽搐地吼着，臭婊子，晓得我是谁?女人缓过神，扑过去把刘副局咬了一口。刘副局还想动手，才发现老黄力气蛮大，把他两只手箍死了。其实，小崔也早站在一边，发现老黄一人够了，就没动手。小崔暗自地说，这下好了，拔呀拔呀拔萝卜，拔了一堆小萝卜，竟带出一个大萝卜。

过不了两天，刘副局完好无损地出来了，雨城倒是没有保住，停业整顿。老黄再带着小崔出去巡夜时，发觉小崔老打不起精神，盐腌过一样。老黄只好安慰他说，年纪轻轻，你怕个鸟？老刘不会把你怎么样。

这天天还没黑，老黄和小崔着便装逡巡在雨田区老城厢一带密如蛛网的街巷里。徜徉其中，老黄有一种从容，慢慢地抽烟，慢慢踱开步子。路边有一处厕所，小崔便意突然来临了。他问老黄有手纸没有。老黄把除了钱以外所有算是纸的东西都掏给他，并用手一指前面一条岔道说，我去那边等你。岔道里有一家杂货店，店主很老，货物摆得很零乱。到得店前，老黄突然想给女儿打个电话，他记起这一天是女儿生日。杂货店的电话接不通，但计价器照跳不误。老黄无奈地付了八角钱。老黄只有掏出自己的手机拨号，一扭头看见这巷子更深的地方钻出一条汉子，长了一对注册商标似的鱼泡眼。老黄余光一瞥，已经确认那人是谁。他这才发现裤腰上没别小手枪——以往他都别着的，一直没摸出来用过，以致今早上偷了懒。他朝鱼泡眼皮文海走去。皮文海武高武大，身体板实，没有手枪光靠两只手怕是难将他扭住。老黄来不及多想，看看手里拽着的诺基亚，没有一斤也有八两重，坚固耐用。原装外壳早就漆皮剥落，他看着几多眼烦，前不久花三十块钱换成个不锈钢的壳。挨鱼泡眼越来越近了。对方显然没有察觉，走路还吹口哨。老黄没拨号，嘴里却煞有介事地与空气嘘寒问暖。

两人擦身而过时，老黄突然起势，大叫一声皮文海。那人果然循声看过来。老黄扬起手机，猛然砸向对方脑袋——这时候，只要拽着比拳头硬的东西，就尽量要省下拳头。老黄本想砸致人昏厥的穴位，但毕竟年岁不饶人，砸偏了几分。他赶紧往前欺一步，扬起手机再砸，这次是用手机屁股敲去的，力道用得足够大，皮文海应声倒在地上。

小崔循声赶来，老远冲着老黄喊，怎么又跟人打架了?老黄扭头一笑，说你看你看，地上趴着的是谁?小崔认出了那个人。老黄的老手机也光荣散架了，铁壳脱落，部件还在地上蹦跶着。老黄不急于把皮绊扭上警车，而是把小崔的手机拿过来拨叫指挥台，要求马上调人手封锁、排查这片街区。他盼着拔出萝卜带出泥，两个家伙一齐拿下。皮绊在地上软成一团。将他拍醒了，老黄拿出钢渣的头像问他话。皮绊瞅了两眼，又装昏迷，不肯说话。

老黄安排小崔继续盘问皮文海，自己则抬起头往周围看看。这一带都是私房，两层楼或者三层楼，贴着惨白的瓷砖。在瓷砖映衬下，零乱的电杆和电线暴露出来。局里增援的人很快过来了，老黄当即进行布置，每人拽一张钢渣的模拟画像，一户一户排查。警察们早把钢渣的模样记得烂熟于心，只要钢渣一小片头皮进入视域，肯定能顺势捋出全须全尾。

把整个街区篦了数遍，也没有找到钢渣这个人。天已黑下了，皮绊被扔进车里。隔着不锈钢隔栅，皮绊依然松散地瘫在车座上。老黄看着被胡同一一吐出来的同事们，蔫头耷脑，知道今天是逮不了那个人了。再一扭头，往车里睨去，皮绊嘴角似乎挂着嘲笑。

钢渣老是不能把那颗炸弹彻底造好，但炸弹的雏型已经有了，显现出能炸塌一整栋楼的凶相。在雨城区，为了省钱，钢渣和皮绊共同租用一间房。皮绊对桌子上那颗铁疙瘩过敏。他老问，钢脑壳，你那炸弹不会抽风吧？钢渣笑了，向他保证，这铁疙瘩虽然差几步没完成，但很安全，用香烟戳都戳不燃。皮绊当时松了一口气，但晚上睡觉以后恶梦连连，睡不踏实。

那天一早，皮绊爬起来就给钢渣出主意说，钢脑壳，你还是到郊区租农民房，一百块钱能租上三间平房，前带院后带园，你在那里搞核爆试验都没人管。钢渣把脑袋扬过来问他，你怕了。皮绊承认说，是，老睡不着。钢渣看看皮绊，这几日下来，他两眼熬得外黑内红，仿佛是带聚能环那种电池的屁股。钢渣正想着换个地方。出租屋太过狭窄，光线也暗，他干起活来感到不爽。郊区有很多人去楼空的农民房。农民举家出去打工了，房子让亲戚看管，稍微给一点钱，就能租下。他租了一套，把炸弹拿到里面。关于引爆系统，他怎么弄都不称心，有一两个细节和自己的构想有差距。他这才发现，自己竟然是个精益求精的人。

那天，他在郊区农民房忙活一阵，挤专线车去到雨田区。走进巷子，天已经黑了，他闻见一股烂鱼的味道。烂鱼的味道揉烂在巷子发浊的空气里。钢渣脑壳皮一紧，感受到一种不祥。他赶紧抽身往回走，快上到马路时，看见一长溜警车嘶鸣而过，有些车亮着顶灯，有些车则很安详。那一刹，他准确地猜到，皮绊肯定暴露了，被扔进刚才过去的某辆警车里。

钢渣缓过神，慢慢才记起来，两人的钱都攥在皮绊手里。平时，他把皮绊当管家婆用，省事，放心。但现在，钢渣暗自叫苦。他把四个兜里的钱都掏出来看看，数了两至三遍，还是凑不足十块钱。他返回郊区睡了一夜，次日用一个蛇皮袋把未成型的炸弹装好，再和另一个装了衣物用具的蛇皮袋绑在一起，挂在脖子上，看着像褡裢。他想，我也不能在这农民房住了。皮绊虽然不知道我具体租了哪间，却知道大体上在这一片。谁知道他们撬不撬得开他的嘴？再次进到城里，钢渣忽然很想见小于一面。他搞不清楚，有多长时间没见到可爱的小哑巴了。想起她，钢渣心头就一漾一漾地波动起来。钢渣花一块钱搭七路车，售票员让他为两只蛇皮袋加买一张票。他争吵半天，才省下一块钱，看看车内的人，心情烦躁起来。他想，要是炸弹上了弦，不如现在就拨响它。妈的这日子过得，太没有人样了。想到小于，他才平静下来。到了笔架山，隔着老远，钢渣手搭荫棚往小于的店子里张望。那店门一直是关着的。

那一把零票，毕竟不经用，即使天天就凉水吃馒头，第三天一早也花光了。钢渣想着兜里没钱，心里很是发虚。他甚至想，这颗炸弹，如果谁要买，说不定能值几百块钱哩。

这天，快中午了，钢渣晃荡着来到东台区。以前他没来过这片区域，陌生，也就多有几分安全感。有一家超市刚开张营业，铜管乐队吹吹打打的声音把钢渣从老远的地方拽了过去。人像潮水一样往新开张的超市里涌。钢渣被前后左右的人挟着往超市里去，超市拱型大门，像一张豁了牙的嘴。他忽然想起皮绊说过，超市新开张，有很多东西可以品尝，脸皮厚点，完全可以混一顿饱食。钢渣正要走上传送带，有个保安走过来把他拦住，并说，请你把包放进贮物柜。钢渣只有照办。但贮物柜小了几寸，钢渣没法把蛇皮袋塞进去。那保安跟过来，想要帮钢渣一把，试了几个角度也塞不进去。保安说，那你摆在墙角，我帮你看着。钢渣不愿意，他挎着蛇皮袋要走。那保安警觉地拽住蛇皮袋，拍拍未成型的炸弹，问那是什么。钢渣晃晃脑袋，微笑着告诉小保安，没什么，只不过是一颗炸弹而已。

小保安还来不及惊愕，钢渣就已把他摁倒在地，屈起腿压住。他迅速从蛇皮袋里扯出两股线，一股缠在左手拇指上，一股缠在左手中指上。然后他把小保安提起来，用右胳膊将其挟紧，作为人质。超市顿时乱作一团，所有被吸进来的人都被吐了出去。钢渣奇怪地看着这有如退潮的景象，难以相信，这竟是由自己引发的。人退出去以后，地上丢弃着零乱的物品，包括吃食。钢渣尽量放平目光，不往地上看。看见吃食，他肚子就会蠕动得抽搐起来。钢渣想，必须动手了，要不然再饿上几顿，连动手的力气都没有了。

本来，东台区汇佳超市的突然案件用不着老黄插手。那脑门溜光的家伙挟持一个人质，跟围过来的警察讨价还价。他开列出来的条件之一就是，要把前几天拎进公安局的皮绊放出来。那一圈警察没反应过来，皮绊是谁？当天，老黄依然逡巡在雨田区的街巷，听说东台区有案子了，脑子里就隐隐地有预感。打电话过去问熟人，熟人说，那案犯要用人质交换一个叫皮绊的人。听到皮绊这名字，老黄就活泛了。小崔问，怎么啦？他分明看见老黄的眼底闪过一丝贼亮的精光。老黄说，皮绊就是皮文海。记得了么？小崔说，什么也不要说了，上车。

进到超市的厅里，老黄终于看到那人。那人也一眼瞥见了老黄。老黄进来以后，钢渣就感受到自门洞处卷进来一股锐利的风。他眼前是呈弧状排列的一溜绿胶鞋，他的目光得越过这些人，才看得见最后踅进来的那个老胶鞋。钢渣用凶悍的眼神示意挡在他和老黄之间的那个年轻胶鞋挪一边去。他只想跟老黄说话。他说，我认得你。你经常去笔架山小于那里刮胡子。老黄回应说，我也认得你。钢渣说，把我的兄弟放了。你知道他是谁。老黄说，我当然知道，皮文海是我抓到的。钢渣恨恨地说，他妈的，果然是你。

没有回答，只有老黄一贯以来似看非看的眼神。他本该盯着钢渣，然后两人的眼神形成对峙——钢渣为此做好了心理准备，一定要用眼神抢先压制住这老胶鞋，要不然自己很快就会崩溃、完蛋。但老黄显得不大集中得了精力，心有旁骛，目光落在一些莫名其妙的角落。

小伙子，你的炸弹有几斤重？老黄冷不防抛去一句话。钢渣一愣，他没将这炸弹放在秤盘上称过。老黄笑了，说，瓤子里灌几斤药，壳子用几斤钢材，未必你都没有称过？钢渣老半天才说，等下弄响了，你不要捂耳朵。小保安仍在瑟瑟发抖。钢渣想，要是老这么抖下去，自己迟早会跟着抖起来。那是很糟糕的事。他喝斥道，别抖了，你他妈别抖了。小保安非常无奈。这份上了，他不想拂逆这光头大爷的意思，但身体就是不管不顾地抖个不停。

老黄看了看四周，他认为大厅没必要站这么多警察。他点了几个面相年轻的，要他们守在外面。那几个警察心领神会地走出去。接下来，老黄摸出一匣香烟，不但自己抽起来，还把烟杆凌空扔去，让别的警察接住，一齐吞吐烟雾。有那么一两个人，手僵了，没接住烟。

小保安不抖了。他抖了好大一阵，已经抖不动了。但钢渣仍在咆哮着说，别抖了，猪嬲的哎不要再抖了！说完话，他才意识到人家并没有抖，是自己脚底下传来细密轻微的颤栗。一抬头，他看见那老胶鞋狡黠的微笑。老胶鞋叼着烟，满嘴烟牙充斥着揶揄的意味。钢渣觉得不对劲，厉声说，你往后退。别以为我没看见，你他妈往前跨了两步。老黄说，你看见鬼打架了，我本来就站在这里。钢渣有些发懵，进而也怀疑自己看错了。他暗自地问，老胶鞋原先是站得这么近吗？这时他清晰地看见，老胶鞋又往前跨了一脚。他眨了眨眼，暗自地说，我没看花眼，这老胶鞋……

老黄注意到光头的眼神出现恍惚。他左手已经下意识地擎高了，整个暴露出来。老黄看见一股红线缠在这人左手的拇指上，而绿线缠在同一只手的中指上。他显然没有精心准备好，两股线都缠绕得粗糙，而且线头剥除漆皮露出金属线的部分也特别短。这使老黄的信心无端增添几分。老黄突然发力，猛蹿过去。他的眼里，只有光头的那只左手。挨近了，老黄手臂陡然一长，正好捏住那只左手的虎口。老黄用力一捏，听见对方手骨驳动的响声。钢渣的手掌很厚实，也蓄满了力气，老黄差点没捏住。

钢渣错就错在低估了这老胶鞋的速度，还有他的握力。老黄满嘴烟牙误导了钢渣。钢渣满以为这老胶鞋除了一颗脑袋还能用，其他的器官都开始生锈了。他满以为老黄会张开黑洞洞的嘴跟他罗列一通做人的道理，告诫他坦白从宽抗拒从严。没想到，这半老不老的老头竟然先发制人，卖弄起速度来。钢渣发现老胶鞋捏住自己的手了，来不及多想，用力要让两股线头相碰。钢渣头皮一紧，打算在一声巨响中与这鬼一样的老胶鞋同归于尽，化为齑粉。

这老胶鞋力气大得吓人，一只看似干枯的手，却像生铁铸的。那一刹，老黄也惊出一头冷汗，分明感觉到光头手劲更大。幸好他挟持小保安耗去不少体力，而且早上似乎没吃饱饭。

别的几个警察手里还挟着烟，烟卷正燃到一半。他们也没想到，右安区过来的足痕专家老黄性子竟比年轻人还火爆，在年轻人眼皮底下玩以快制快。这好像，玩得也过于悬乎了，不符合刑侦课教案的教导啊。一众警察赶紧把烟扔掉，把枪口杵向钢渣那枚锃亮的光头。

把钢渣带到市局，扔进审讯室，他整个人立时有些萎顿，老半天才迈开眼皮往对面墙上睃了一眼。审讯室的墙壁从来都了无新意，雷打不动是那八个字。老黄正咂着嘴皮要说话，钢渣却率先开口了，问，我会死吗？老黄不想骗他，就说，你心里清楚。你手上有人命。钢渣觉得老胶鞋也是个痛快人。只有痛快的人，眼神才会这样毒辣。挨一枝烟的工夫，钢渣就承认了杀于心亮的事。这反倒搞得老黄大是意外。杀人的事呵！他原本憋足了劲，打算和这个光头鏖战几天几夜，抽丝剥茧，刨根问底。

为什么要杀他？

……本不想杀他。起初我就不打算抢司机。开出租的看着光鲜，其实也他妈穷命。但我没条件抢银行，抢司机来得容易。钢渣嗞起了烟，说话就放慢了。他看看眼前这老胶鞋，忽然想起来，在小于的店子里第一次见到他，很直接就感受到一种威胁。很少有人能够传递给钢渣这样的感觉。往下钢渣又说，那晚上我们说要去大碇，好几个司机都不接生意。也是的，要是我开车，见两个男的深更半夜跑这么远，也不会接生意。……实在太穷了，不瞒你说，我差点就去捡破烂了，又放不下这张脸。这么穷的光景，我他妈偏偏和一个女人搞上了。那个女人等着钱用……你也认识那女人。

老黄没有说话，也不知道他为什么讲得这么详细。他以前见过的杀人犯，逻辑往往有些紊乱，说话总是磕磕巴巴。

钢渣又说，本来也不知道要撞上哪个倒霉鬼。司机都太警醒，我跟皮绊那晚没什么指望了，站在三岔口抽烟，抽完了就准备回去睡觉。这时候羚羊 3042 主动开过来揽生意，问我们是不是要去大碇，还说不打表五十块钱搞定。我看他的驾驶室，没有装隔栅，估计这人是新手，家里缺钱，见到生意就捡。既然他送上门了，我们就坐进去。我没看出来他是小于的哥哥，他俩长得不像。他妈的，既然是兄妹，就应该长得像一点。这不是开玩笑的事。

钢渣要了一支烟，抽了起来。他又说，开到半路上，我说你把钱拿出来，不为难你。这家伙竟然当我是开玩笑，骂粗话，说他没带钱。我受不了这个人，他有些呆，老以为我们是在跟他寻开心。于是我照他左脸砸一拳头。他鼻子破了，往外面喷血，这才晓得我不是开玩笑。他一脚踩死刹车想跟我打架。他身架子虽大，却没真正打过架。他操起水杯想砸我，我脑袋一偏，那块车玻璃就砸碎了。我擂他几拳，他就晓得搞不赢我。在他摆钱的地方，我只抠出三百块不到。我叫他继续往大碇开。他一路上老是说，把钱留一点。我有些烦燥，要是他有一千块钱，我说不定会给他留一百。但他只有两百多，我们已经很不划算了……

为什么要杀他？你已经抢到钱了。

……本不想杀他，我俩脸上都粘了胡须，就是为了不杀人。开着车又跑了一阵，我才发现帽子丢了，应该是从车窗掉出去的。我头皮有几道疤，脑门顶有个胎记，朱砂色，还圆巴巴的——我名字就叫邹官印。我落生时，我老子以为我将来会当官。可他也不想想，他只是个挑粪淤菜的农民，我凭什么去当官？有的路段灯特别亮，像白天一样。我头皮上的这些记号，想必司机都看见了。要是我长了头发，那还好点，但我偏偏刚刮的青头皮，帽子又弄丢了。当时我心里很乱，觉得还是不留活口为好。我叫他停车，拿刀在他脖子上抹一下，他就死了。皮绊没杀人，人是我杀的。

然后呢？

司机的帽子和我那顶差不多。我拿过来看看，真他妈是完全一样的，很高兴，就罩在自己头上。哑巴给我刮的青头皮，然后给我买了帽子。要是我丢了帽子，她说不定会怪我。

原来是这样。老黄心里暗自揣度，是不是，小于给钢渣买了帽子以后，觉得不错，回头又买了一顶一模一样的？给情人和亲哥哥买相同的帽子，是否暗合着小于某种古怪的心思？一刹那，他非常清晰地记起了小于的模样，还有那种期盼的眼神。老黄又问，你抢他的那顶帽子呢？钢渣说，洗了，晾竹竿上，还没收。

为什么要洗？

毕竟是死人戴过的，想着有点晦气，洗衣服时就顺便洗了。

话问完，老黄转身要出去，钢渣却把他叫住。这个粗糙的家伙突然声调柔和地问，老哥，现在离过年还有多久？老黄掐指算算，告诉他说，两个多月。想到过年了？你放心，搭帮审判程序有一大堆，你能挨过这个年。钢渣认真地说，老哥，能不能帮我一个忙？老黄犹豫了一会，说，你先说什么事。

我答应哑巴，年三十那天晚上和她一起过。但你晓得，我去不了了。他妈的，我答应过她。到时候你能不能买点讨女人喜欢的东西，替我去看她一眼？就在她店子里。这个女人有点缺心眼，那一晚要是不见我去，急得疯掉了也不一定。

老黄看着钢渣，好久拿不定主意。最后他说，到时再看吧。

技术鉴定科的人事后说，那炸弹内部构造非常精巧，专家水平，但引爆装置的导线并没有接好，就像地雷没有挂弦，只能拿来吓吓小孩。老黄即便不捏死钢渣的手，炸弹照样点不燃。领导知道以后不以为然，说当时老黄可不知道那炸弹竟是个哑巴。老黄听得一肚子晦气，在心里给自己打了折扣。既然做出了英勇行径，他自然希望那时那地，险情是足斤足两的。

破下于心亮的命案以后的那个把月还算平静，老黄闲了下来，但没往笔架山上去。要理发或者刮胡须，他另找一家店面，手艺也说得过去。他害怕见到小于。

十二月底的某天，接到一个老头举报，说有人在卖假证。问是什么假证，那老头说，蛮奇怪的，我带得有一本样品。说着他从一个塑料袋里掏出一个红皮本。老黄把红皮本拿过来，封面有几个烫金字。上面一行呈弧型排列，字体稍小，狭长：中华人民共和国国务院特赦办；下面垂着五个大几号的宋体字：特别赦免证。

都什么乱七八糟？老黄被搞懵了。这连假证也够不上，纯粹臆造品嘛。打开里面看，错别字连篇。老头说他昨天刚买的，花一千八百八。卖证的人说这是B证，大罪从轻小罪从免。要是买了A证，得要两千八百八，那证作用就更大，死罪都可以从无。老头一早拿了这证去市监狱，满心欢喜地想把自己儿子接出来。他儿子按算还要服刑两年，这B证一买，算下来减一天刑只合三块钱不到，捡了天大的便宜。但狱警说这证没用，还派个车把老头直接送右安区分局，督促他报案。分局当即出警办这事。老头记性不太牢靠，绕一个多小时，终于确认地方了。老黄和另两个警察早换了便装，从楼道上去，拍了拍门。里面是外地佬的声音，谁？老黄说，介绍来的，业务。一个家伙大咧咧地把门敞开了，还满脸堆着笑地说，欢迎，里面坐。老黄真想点拨他说，既然愣充国务院的，级别那么高，就应该扁着脸，态度适当地冷漠。三个便衣都揣着看把戏的心思进到里面，打算先听几个骗子天花乱坠吹一番，然后动手抓人。

没想到里面有个熟人。哑巴小于静静地坐在床沿的一张矮凳上，正看着一个女骗子指手划脚。小于瞥见了老黄，显得很紧张，做出一串手势。里面的一帮人看明白了，哑巴说来人是警察。三个便衣只得把看戏的心思掐灭，当即动手，把屋里两男一女三个骗子全部铐上。

那一屋人全被带进了分局。很快，老黄又把小于带出来，放她走。小于裤兜里装了一沓老头票。裤兜太浅，老黄忍不住提醒她把钱藏好。只差个把月就要过年了，满街的扒手急疯了似的做案。小于把钱往里面掖了掖，怨毒地盯老黄一眼，走了。

老黄站在原地，虽然很冷，却不急着进去。他觉得小于其实蛮聪明，很多事都明白。比如刚才，那女骗子吹得再玄虚，小于似乎不信——她脸上毫无喜悦。但看情况，她仍打算扔几千块钱买这注定没用的 A 证。她心里是怎么想的呢？这当口，老黄又记起了钢渣说的那番话。年夜眼看着近了，老黄倏忽紧张起来。

其后几天，刘副局调离分局，去到省城。临行前，他请同事一块去吃馆子。老黄不想去，但不好不去，刘副局要走了，换一个人似的，邀请谁都显得万分真挚，让人难以推托。当晚果不其然喝多了。老黄头一次看到刘副局喝醉酒的德性，跟街上荡来荡去的小青年差不多，哭丧着脸，一个一个地找碰杯，并且说，对不起了，兄弟！喝了酒，人就千姿百态了。刘副局跟每个人都说了对不起，还不过瘾，又站在饭厅中央说，现在光吃饭不管用，明天正好休息，我弄辆车，大家找个地方狠狠地玩……去哪里，刘副局一时没想明白，他还残留有几分清醒，晓得不能带同志们去搞异性按摩。沉默一阵，忽然有个人说，去织锦洞怎样？看了个报道，说织锦洞是全国最好的洞，二十几位洞穴专家评出来的。刘副局拿眼光找说话的人，没找出来，嘴里说，洞穴专家？比我刘某人还专吗？那洞有多远？那人说，大概四个小时。刘副局说，行，就去那里，明天我请兄弟们去逛仙人洞。那人纠正说，刘副局，那叫织锦洞。刘副局大手一挥，说，差不多，反正都是洞。

本来大伙也没当真，以为刘副局说酒话。次日一早，刘副局叫人逐家挂电话，说是紧急集合。去到分局，一辆豪华大巴已经停在门口了。老黄和小崔坐一排，感觉有点堵，相互觑了几眼。一说话，不可避免地提到于心亮。上次也是有心去看洞，于心亮带一大帮子人陪同，搅了局。回头想想，那事情还近在眼前；游洞不成，于心亮抱愧的模样也历历在目。这一次，朗山到岱城的高速公路修好了，车程几乎减半，只三个多小时，车就到了织锦洞前。老黄小崔逛洞时却把心情全丢了，纯粹是那个导游妹子的跟班。刘副局心情不错，从洞里出来，他又拉了这一车人去到更远的一个县份，请大伙去吃当地有名的心肺汤。那天本可以早点回来，但一顿心肺汤磨蹭了几个小时，回到钢城，又是半夜。众人都说饿，得找一家店子吃碗米粉。好不容易找到一家店。刘副局和老黄对面坐着，一个人捧一大碗米粉，上面铺了一层酱牛肉。一到晚上，人就特别有胃口。刘副局刚扒了几筷子，忽然说尿憋，赶紧走了出去。街灯全熄了，大巴银灰的外壳微微亮着。刘副局憋得不行却找不见厕所，就绕到车后头搞事。

外面风声大了，漫天盖地，像是飘来猛兽的嘶吼。老黄吃米粉时仿佛听到一声闷哼，但没有留意。在巨大的风声里，别的声音夹杂进来，容易让人误以为是幻听。老黄把碗里的油汤喝尽，才发现刘副局一直没有回来。抬头看看，别的人自顾咂着汤水。冬夜里喝一碗热腾腾的牛肉汤，会让人整挂大肠都油腻起来，暖和起来。老黄问他们，刘副局呢？大伙这才发现少了一个人。老黄明明听刘副局说是尿憋，难道却在撇大条？

老黄走出小店，大声地冲车的方向大叫刘副局，连叫几声，没见回应。老黄脑侧的青筋猛地一抽，预感到出事了。绕到大巴后头，刘副局果然躺倒在地上，看似喝醉酒的姿态，其实胸窝子上插着一把刀，刀身深入，只剩刀柄挂在外头。老黄一惊，很快意识到要保护现场，没有立即叫人。他独自蹑手蹑脚走过去，探一探老刘的鼻息，确定他已经死僵了。

这件案子顺理成章地由老黄负责侦破。有了案子，时间就会提速。年前那一个月，老黄是连轴转忙过来的。女儿打个电话，提醒他年夜在即。老黄只有一个女儿，在老远的城市，是否嫁人了，老黄都搞不清楚。她说今年又不能回来陪他了，有公务。老黄也乐得清闲。这么多年了，他看得清白，女儿回来小住几日，也是于事无补，离开以后徒增挂念。

年三十一早起来，老黄就想起钢渣说过的话。其实他早已在这天的剥皮日历上记下一笔：晚上去笔架山看小于。他上街，不晓得买什么东西能讨小于喜欢，就成捆地买烟花，不要放响的，而是要火焰喷起来老高的，散开了以后颜色绚烂的。晚九点，天色一片漆黑，他踱着步往笔架山上去。有些憋不住的小孩偶尔燃起一颗烟花，绽开后把夜色撕裂一块，旋即消失于夜空。一路上山，越往上人户越少，越显得冷清。路灯有的亮有的不亮，亮着的说不定哪时又暗了。他尽量延宕，不敢马上见到小于。风声越来越大了，他把领子竖起来。这时他开始怀疑，自己有没有勇气走进小于的店里，跟她共同度过这个年夜。她又会是什么样的态度？老黄甚至有几分恨钢渣，把这样的事情交到自己手里。走得近了，他便知道钢渣和小于的约定像铜浇铁铸的一样牢靠。小于果然在，简陋的店面这一夜忽然挂起一长溜灯笼，迎风晃荡。山顶太黑，风太大，忽然露出一间挂满灯笼的小屋，让人感到格外刺眼。

离小于的店面还有百十米远，老黄就收了脚，靠着一根电杆搓了搓手。他往那边望一望，影影绰绰，哪看得见人？点烟点了好几次，才点燃。风太大了。老黄弄不清自己能在这电杆下挺多久，更弄不清自己最终会不会走进那间迸着暖光的理发店。一岔神，老黄想起手头正在办理的案子——本来他以为刘副局的案子应该不难办，现场保留得很好，还找到一溜清晰的鞋印。但事情常常出离他的想象，一个月下来，竟毫无进展。刘副局生前瓜葛太多，以致他死后被怀疑的对象太多，揪花生似的一揪就拖出一大串，反而没能圈定重点疑凶。

这个冬夜，老黄身体内突然蹿过一阵衰老疲惫之感。他在冷风中用力抽着烟，火头燃得飞快。此时此刻，老黄开始对这件案子失去信心。像他这样的老警察，很少有这么灰心的时候。他往不远处亮着灯笼的屋子看了一阵，之后眼光向上攀爬，戳向天空。有些微微泛白的光在暗空中无声游走，这景象使“时间”的概念在老黄脑袋中具体起来，倏忽有了形状。一晃神，脑袋里仍是摆着那案子。老黄心里明白，破不了的滞案其实有蛮多。天网恢恢疏而不漏，那是源于人们的美好愿望。当然，疏而不漏，有点像英语中的一般将来时——现在破不了，将来未必破不了。但老黄在这一行干得太久了，他知道，把事情推诿给时间，其实非常油滑，话没说死，等于什么也没有说。因为，时间是无限的。时间还将无限下去。

牛人

在不远处，那个长脚妹子撮响榧子告诉我，晃晃哥，你老乡又来找你。我正拉开一瓶啤酒，金属气味比泡沫先涌了出来。一个形容猥琐的男人从幕布后面冒出来，他眼睛粘滞在跳舞妹子的臀部。我举起易拉罐冲来人说，找我吗？这边。来人用了一把力气才把胶质的眼光从妹子身上扯脱，借着扭动脖颈的力道一撂，啪，两道眼光粘在我脸上。

来人说，李牛人，又见到你了。我是锅村的王二拐。我说，原来是你啊。但我对他毫无印象。锅村人应该认得我，他们都把我叫做“牛人”，但我没能把整村的人都记住。锅村这个村，大多数人明明姓郭，比如村长郭丙朝，比如村会计郭丙昌，等等。村口的牌子上却写着，锅村。我觉得这毫无道理。当然，我不会深入探究诸如此类的问题。我只要锅村人把到我手里的纸钞是全国通用的，就行了。来人又说，郭大器的妈下午四点去了。你现在能不能去？这个叫王二拐的人惴惴不安地看着我，等待答复。我只好绷着脸，佯作犹疑不定的样子。其实，我哪能不去呢？算一算账就全清楚了，南部酒城给我开的工钱是每晚上六十块。现在城里的酒客越来越紧手，不肯点唱歌曲，所以小费也很难搞到手了。而去锅村，每一晚我的收入都不会低于四百块钱。我哪有不去锅村的道理？除非我幼儿园没有混到毕业，长了十个手指头却不会用来掰着数数。

我跟王二拐说，呃，这个这个，今晚上单位虽然派我演出了，但你来了我还能说什么呢？我去安排一个傻徒弟顶班。我装模作样走向后门，在卫生间里抽一支烟撒一泡尿。再回到原处，我告诉他，摆平了。王二拐如释重负地笑出来，告诉我说车就在外面等。不要看就知道，又是郭小毛的农用车，“龙马”牌。现在酒城里的人都说我有一辆专车。那些跳舞的妹子，索性就把我叫做“龙马晃晃”。山路是那么崎岖，龙马车的底盘又那么地轻若无物，一路跑着，能晃得车里面的人肉都颤起来。要是连续坐上三个小时，很有一部分人会被晃出脑震荡来。

去锅村顶多一个小时。晃到那里的时候天已经全黑，我头有点晕，于是把长头发扎起来盘好，戴上帽子。村里那一团较大的灯光就是停灵的地方，很热闹，他们有一些在打牌有一些在嗑瓜籽有些在讲话，还有几个女眷在嘤嘤哭泣。很多人我都认识，脸熟，但名字记不得，一张口叫人基本上都张冠李戴。所以我只有学着一个小领导的模样，频频挥手并不停地说，嘿，你来啦；嘿，你也来啦。我一打招呼锅村人总是热烈地回应。有后生要我把长头发放出来，甩一甩，我就照办。场面上的气氛更是热烈。锅村人喜欢看我的长发，因为锅村的后生不敢蓄那么长。其实蓄长头发事出无奈。南部酒城的老板跟我说，你既然唱摇滚，却剃了平头，你以为你是臧天朔呀。我只好任头发自由生长，慢慢地就长了。其实，头发一长麻烦事就多。难洗。现在洗发水越卖越贵，我都有点吃不消了。有一天早晨我甚至拿洗衣粉洗头，试一试效果，感觉还不错，药死一大把虮子。

死者家属暂时还没叫我唱。我挤进牌堆，却没人让我替牌。有人在搬动音箱、碟机、彩色电视机这些乱七八糟的东西，堆在离死人三丈开外的地方。有人接线，并调试效果。他往话筒吹一口风，吹风的声音按比例放大。接着他不小心吸了一口痰，吸痰的声音也按比例放大了。那只乡镇企业制造，锈迹斑斑的话筒已被我使用很多次。锅村有人结婚的时候，死了人的时候和生了孩子置办满月酒的时候，都是用那只话筒。它擅长把我一个人的嗓音跑成许多人的嗓音，把独唱跑成合唱；有时候这话筒超常发挥，跑调以后效果显得更好，通俗跑成了意大利进口的美声都未必可知。我一直能够在锅村混下去，这只话筒是功不可没的。有时候我很累，或者心情不那么好，就会把碟子上刻好的原声放出来，自己只消对一对口型。淳朴的锅村人暂时还没有抓假唱的概念，他们总以为我擅长变嗓音，一下子变成刘德华，一下子又变成张学友……在他们的认识里，这也是我作为牛人的一个方面。

郭大器让我唱刘德华的歌曲。我说，好，就刘德华。其实唱刘德华的歌非常省力气，是轻活，更何况还有卡拉 OK 伴奏，真有点闲庭信步却弯腰捡钱的快感。我坐在一把藤椅上唱歌，眼光追逐着电视频上的字幕，看着字迹由白变红，嘴巴就活动开了。锅村人也不怎么听，打牌的打牌，扯谈的扯谈。至于要我唱歌，只是在人多的场合要制造一点声音，这样才显得热闹，才算主人家尽了待客礼数。

仅仅是坐这里制造点声音，我也没有几块钱赚。行情基本上固定下来，唱一晚八十块钱，主要收入还是在于小费。而且，到锅村以后，小费我可以全拿，不必像在南部酒城，会被金老板抽取四成。令我宽慰的是，锅村的演唱生意被我一个人包圆了，别的地方歌手即使也能吼几嗓子，纵是削尖了脑袋也钻不进锅村来。

喝水不忘挖井人，每次来到锅村，我都会想起村长郭丙朝。搭帮他的脸面，我才能在锅村混开局面。我只在心里感激他，却不能当面有所表示，因为一旦我出现在他眼前，他说不定会扑过来咬我两口。要是感染上什么病毒，那就麻烦了。

我把一个碟的歌都唱上一遍，郭大器就叫我歇歇气，同时一帮道士打着鼓唱起了经。每一次死人，都是我和这帮道士轮换着上场，轮换着休息。我们都混熟了，见面时会打个招呼。

道士们把经念到十二点过一刻，经书就翻到底了。郭大器走到我眼前，说，李牛人，唱一首五十块钱的歌。我点点头，随手捡一块砂礓在地上画了一横笔。我每唱一首五十块钱的歌就在地上画一笔，唱完五首地上就会长出一个“正”字。虽然我的字写得不很惹人喜欢，但每一划都毫不含糊地代表着五十块钱。有一次有一个光长球不长毛的小孩故意要考考我，他指着地上那颗正字，问我，牛人叔叔，这个字念什么？我告诉告诉他，二百五。这个字念二百五！

五十块钱一首的歌并非增加难度，并非要吊起嗓子搞一搞美声唱法。同样还是刘德华的歌，《来生缘》。看着供桌上郭大器母亲皱皱巴巴的遗像，面对遗像后面门板上尚未冷透的尸体，唱这首缠绵悱恻的歌多少有点难为情——电视频上是刘德华和一个漂亮妹子搞亲热行为的画面，我却要把歌唱给一个死去的老年妇女。但是，既然郭大器本人浑无觉察，我又何必拘泥小节呢？他付出五十块钱，我就有责任不比刘德华唱得更丑。这是最起码的职业素养和道德呵。

看见我在遗像前摆起架势，锅村人就明白我要唱五十块钱的歌了。他们集中精神把眼光向我抛来，打瞌睡的人也被身边熟人捏醒，并且被交代说，打起精神，李牛人要唱贵歌。刚才我坐着唱卡拉 OK，他们可听可不听；一旦唱起五十块一首的歌，他们若是错过了会觉得很不划算。在唱之前我酝酿一番情绪，并叭噗一声跪了下去。伴着我跪下去的姿势，人群里飘来嘘声。我对着遗像唱上半分钟，便用膝盖走路，走向人扎堆的地方，冲着小妹子或者大姑大婶含情脉脉地唱：……痛苦痛悲痛心痛恨痛失去你，啊啊啊。唱到这一句时我的舌头总有点打滑，使不上劲。我讨厌这个喜欢拿痛字造句的词作者。往下就好了。场面上袅袅地飘起鼓掌的声音，像小孩学拉屎一样，由稀渐稠。最后我面对着一个肚皮微凸的妇女唱着："……只好等到来生里再踏上彼此故事的开始。"然后余韵徐歇，刘德华就是这样，我也只能这样。声音一停，我晓得今晚第一个五十块钱算是捏到手了。很多人都吆喝起来，说牛人再唱一个。肚皮驮了伢子的这妇女也叫起了好，微笑地看着我。我觉得锅村的人民是这么可爱，晚风中送来了五十块钱纸钞的绿色体香。

郭丙朝听到我的声音了吗？我突然想到这个问题。回答是肯定的，锅村这么小，所有的人所有的房子都像是被同一口潲锅煮着。只要郭丙朝还呆在锅村，他就没法不听见我的声音。

第二天上午我即将离开锅村时，郭丙朝远远地站在一棵苦楝树下等我。他脸色肯定不好。以前几次来，他也会在那个地方等我，想跟我说些话什么的。我害怕和他说话，因为他总是语重心长。我受不了只靠年纪长别人几岁就自以为可以语重心长的人，在这一类人里头，郭丙朝又是这么的典型。每次我总是等龙马车做好准备了，再往村口那地方走。即使郭丙朝守在那里，我也仅仅打个招呼，说郭村长你好。他会抛来一支烟，准备等我抽稳了再说话，但我总是一边点烟一边朝着龙马车飞奔而去，并说，郭村长今天我事急，下次再去你家里拜你。他猝不及防地看着我走掉，皱纹板结了起来，嘴巴皮开始抽搐。在他嘴皮底下我看不见的地方，也一定用力咬紧了牙关。

这次我已远远地看见龙马车，司机郭小毛已经坐在位子上，只要我上车他就会开车。有两次郭丙朝试图让车子停下来，好跟我说话，但郭小毛显然跟我是一条心，他说他很忙，就把车开得更加快了。我跟郭丙朝打个招呼，照样说下次有空我去你家里拜访。其实我去过郭丙朝家里一次，送他一条蓝壳的烟，价值一百块钱。但郭丙朝微笑地跟我说他一般不抽这种烟，抽中华抽顺了，还是中华牌的烟抽着有感觉，一团烟雾下去轻轻柔柔地给人暖肠暖胃。他抛给我一根中华烟，软壳的，烟杆子永远皱着，像是被洗衣机绞过。我就很奇怪了，一般的人抽烟都往呼吸道里送，郭丙朝偏偏是往消化道里送。

我坐上了车正要走，郭丙朝却坐了上来紧挨着我。郭小毛说，丙朝叔你也进城？郭丙朝说，不，你等等，我有点事情找李牛人讲。郭小毛说，我忙，你能不能快点？郭丙朝很不耐烦地说，我都不说忙你还忙，你是领导？

……李牛人，你没必要躲我。郭丙朝很直接地跟我说，我又不会咬你一口，你何必像躲鬼一样的躲着我？要不然就是你心虚。你有什么心虚的？见这个人在气头上，我只是笑了笑，不作回答，反正我也不晓得说什么才好。心里却说，是啊，我为什么要在你面前心虚呢，这好像毫无道理，我又没有欠你钱。郭丙朝递给我一支烟，说，李牛人，我找你只会有好事，你躲我就太不应该了。下个月三号，你记住是阳历并非农历，我家的老太太过生日，要请你来唱唱歌。钱一分也不会少你的。我有言在先，现在就把你承包了，到时候一定要来！他把最后那个字咬得很用力。我问老太太多大年岁，他掰了掰手指才告诉我说七十九。这就有点奇怪了，我晓得七十九岁一般不会大搞文章，再怎么说也会挨一年做整寿。何况他还要请我给老太太唱歌。我只会唱流行歌。老太太喜欢听的歌我肯定不会唱，也唱不好。再说，我可从没有听说谁家老人过生日要请歌手当堂唱歌。我没有当即答复郭丙朝。郭丙朝开始翻着眼皮看我。昨晚他没睡好，眼白里泛着太多暗黑的血丝，给人感觉非常脏。

……好像我要迫害你一样。郭丙朝没得到我的答复，就冒出这么一句。我看向虚无之处，回避他诘责的眼光。他只好奋力地扭过头问郭小毛，小毛，你说我妈过生日是不是喜事？郭小毛说，好事好事，老太太命长。郭丙朝又说，我请李牛人去唱歌，难道我还会少给他钱吗？郭小毛说，哪会少给呢，只会多给。

说这些话时，郭丙朝眼睛一直盯着我。我感到很不舒服，车子又老是不能发动。我只好答应了，郭丙朝这才下了车，并狠狠地交代一句，我们可是说定了。

郭小毛的车抖动起来，我得以离开锅村。我问郭小毛，你怕郭村长吗？郭小毛用力地扭着方向盘并坚决地回答我说，怕他个鸟。我又问，你们锅村人怎么都看他不顺眼？郭小毛说，别人看他不顺眼，我也跟着不顺眼。要不然别人也会看我不顺眼。

我问，为什么别的人看他不顺眼？

郭小毛说，我说过了，我晓得个鸟。

其实他心里清楚，不肯说而已。

去年郭丙朝的儿子结婚，郭丙朝提前一段日子就开始考虑，到时要请哪个牛人来为这场婚宴压阵。锅村人以前不晓得“牛人”这说法，谁要有本事，就拿他叫“狠人”。“牛人”这词是跟着电视里喊出来的，演小品的都是北方人，开口闭口带牛字。锅村人以前若干年里完全可以说是穷怕了。通路通墟以后，手里只要拽着几个钱，锅村人也是不知好歹的。搞起喜事丧事办酒席，请客越请越多不算，慢慢地还讲究去请一个四乡八村都有名气的牛人来当压席的坐上宾，显摆主人家的面子。其实，这牛人也有个水涨船高的标准，最初的时候，把乡长镇长请来，请酒的主家就觉得自家堂屋敞亮了，来喝酒的人能够和乡长镇长磕磕杯沿，一杯冷酒也就喝得出滚烫火热的滋味。但过不久，锅村人就冷静地认识到乡长镇长算不得牛人。他们长见识了，觉得把乡长镇长这号在党会上喷嚏都打不响的官苗苗当成牛人拽上桌面，并不能起到让蓬荜生辉的作用。后来，锅村人再有酒席，牛人就不再到乡镇请了，而是直接搭农用车去到县城，再打的士把牛人载回锅村。运气好的，甚至能够把一个副县长搬到酒桌上。通过寻牛人这事，锅村的人渐渐对官场一些规则有了认识，比如同样是副县长却不能一碗水端平。哪个县的副县长都是一大堆，管常务的固然最大，分管文教卫的就算是坐冷板凳了。

要是没有请牛人撑脸面这样的习惯，锅村人哪能长这么多见识?

锅村的墟场红不了两年，就冷了下去，锅村人能拽到手的钱渐渐又少了，但酒席上要请牛人的习惯却保留下来。习惯就是这样，无形无体，一旦形成就会有一定强制性。要是娶亲不寻个牛人在首席上当席长，新媳妇就觉得自己是二嫁了一样；要是家里死了人不请个牛人来撑场面，死人的脸上都是吃冤枉死不瞑目的样子。

村会计郭丙昌跟我讲起当时的情况。按郭丙朝的心思，想请分管工业的孙副县长坐阵喜宴。郭丙朝把郭丙昌叫来跟他说，你去一趟县城，把姓孙的那个副县长寻到村里来。我拿他当牛人用。郭丙昌打听了一下，孙副县长最近正在办调动。郭丙昌跟郭丙朝说，他分管工业。郭有权家里去年办酒，把贺副县长都请到手了，你把孙副县长寻来，不是要矮他一截嘛。郭丙朝这才记起来，郭有权不晓得仰仗了哪层关系，竟然搬动了常务副县长。贺副县长前脚来过以后，就把孙副县长身上的牛味道比掉了。在请牛人这一茬事上，若被郭有权压制住，这么多年的村长简直是白当了。但是再往上请，只有去请县长了。县长哪是随便能请动的？郭丙朝把自己在县城的熟人都捋了一遍，仍然没法和县长套上关系。

当天，郭丙朝脑筋不转弯，不停地想怎么能搬动县长。但县长不是一张靠背椅或者一块石头，想搬动就能搬动，否则他也枉为一县之长。郭丙朝想不明白时，郭丙昌就提醒说，按现在年轻人的想法，不一定当了官就是牛人，有时候搞别样事搞出明堂了，把他自己的名字弄得很多人都晓得了，也应该算牛人一个。郭丙朝觉得这思路是对的，老去请当官的人，级别越请越高，也不是个办法。他问，那你说年轻人喜欢怎么样的牛人？郭丙昌说，现在嗓音好会唱歌的，都是牛人。只要台子上有个人在唱歌，台下的年轻人就发得起疯。郭丙朝也看电视，他晓得郭丙昌说得没错，这年头唱歌的出风头。

郭丙朝把寻找牛人的事交给郭丙昌办。他说，呶，那好，你去寻个会唱歌的牛人，要县城唱得最好的。这样，郭丙昌就来到县城寻找牛人。郭丙昌这人眼不瞎但是耳瞎，什么才叫唱得好他根本分辨不出来，找了一个熟人帮忙。他的熟人恰好认得我，事先跟我谈好回扣以后，就把生意让给我做。

我头一次去锅村之前，这个熟人提醒我说，你这不是去唱歌，是去当一个牛人。我心领神会地点点头，晓得平时在南部酒城低三下四的作派要收拾起来。我用心揣摩着“牛”这个字的含义，用这个字指导我的形象和行为，因为我要对得住郭丙朝付给我的钱。以往锅村人搬动一个副县长要付五百块钱（在这穷县，一个副县长的出场价也就五张老头票），与之对比，郭丙朝用三百块钱就把我请来了，他觉得蛮划算。当然，其中一百五十块钱是要作为回扣付给那个熟人。

花这么点钱把我请来，还是蛮管用。郭丙朝儿子娶亲的婚宴上，气氛果然一片大好。年轻人都要走过来看一看我，看我的长头发和衣服上缀着的金属亮片。李牛人唱得一口好歌，所以牛。所有人预先听到了这样的介绍，都事先打扮好耳朵，等着听我唱歌。当天，我甚至觉得是自己在结婚，而不是那个叫郭友光的衣着光鲜的后生。虽然写着“新郎”字样的胸花别在别人胸口上，穿了红衣红裤的新娘也没有依偎在我身侧，我仍然好几次误以为是我在结婚。这样的感觉当然是蛮好，有人敬我酒我都喝。在南部酒城我是个贱人，如果有酒客点歌我就要跪在他（她）前面唱，唱完后他（她）视心情给我搿五十块或一百块钱。有一次一个穿着意大利西服的家伙扔给我二十块钱，我很想拿电吉它朝他脑门中缝磕一下，不会很用力，能磕出脑仁子就行。实际上我把那张纸钞捡起来，摆着仿佛很有礼貌的样子说，谢谢。这二十块钱还拿不全，金老板照抽八块不误。

而现在，在锅村面对着这么多的笑脸，再加上酒劲开始打头，我真的想哭，想发自内心地跪着唱一首歌，唱《父老乡亲》。虽然这首歌我记不全词，但我会很有感情。又喝了一杯，我看见郭丙朝给我搿一个眼神，示意我可以唱歌了。因为我是作为牛人被请来的，所以当天也并不是非唱不可。郭丙朝希望看到的状况是：牛人兴致一片大好，他自己憋不住要唱一首，以回馈主人家的盛情款待。于是我就唱了，唱刘德华的歌。坐在席上吃饭的人都端着碗挤过来看，尽量向我靠拢。他们刚才就一直在讨论我，说现在一个会唱歌的牛人比一个当副县长的牛人更难寻到。我脑袋被酒泡坏了，唱得好不好已不得而知，但我十分下力气，把周围树上的鸟都掀出了窠。我听见潮水一样的叫好声，气氛好得郭丙朝的嘴定型为卵圆型。这个时候，他肯定相信花三百块钱请我来是明智的，我带来的气氛比他预想的还要好。如果是请一个副县长来呢？副县长操着官腔说几句祝福的话，锅村人已经听得不新鲜了。

宴席中间，主婚人叫新郎新娘向各席敬酒。这新娘已经喝了不少，一时有点心血来潮，非拽着我跟她一起走不可。于是新郎新娘各在一边，我夹在中间，我们三个人一同向来客勤敬酒。要命的是，来客们更愿意举着杯找我碰。新郎似乎有点受冷落，但他显然是个大气的年轻人，依然乐呵呵地，以我这牛人为荣。

事后郭丙朝掀着牙，付给我讲定的数额。后来才听说，郭丙朝很少这么爽利地把钱付给别人。那一天我很开心，真正体会到了做一个牛人的快感。我很少这样开心过。离开锅村我还恋恋不舍，贪心不足地想，这种生意要是多有几次就好了，又有钱，又满足了虚荣。

很快又有了去锅村唱歌的机会。倒不是说，那次在郭丙朝家的喜宴上露了一嗓，使我在锅村小有名气了。完全不是这样。

是郭小毛和郭小唐看见我在南部酒城的跪式演唱。我以为郭村人不会进到南部酒城看演出，但那晚他俩偏偏来了。那晚上有个女人甩出五十块钱，她要我跪在她面前唱张楚的《姐姐》。于是我就跪着给她唱。我唱歌时女人浑身颤抖，并和身边一个老男人拼酒。我闭着眼睛唱，一曲唱罢睁开眼，发现两个人盯着我看。

你们是谁？我走向后台，这两人还跟在后面。我只好拧过头问他俩。郭小毛——当时我还不认得他，问我说，你是郭丙朝家上次请的牛人对吗？我想起了那事，点点头。郭小毛似乎很高兴，他的堂兄弟也很高兴，说，你跪着唱一首歌赚多少？我伸出一个巴掌，告诉他们是五十。结果他们回到郭村以后，就把这事还有这个价码当成新闻传开了。

我在锅村的演唱生意那以后就突然好了起来。我还记得第二次去锅村，是郭小唐娶媳妇。去的路上我听郭小毛说，真他妈奇怪了，上次喝酒的时候，郭小唐还说并不是很喜欢这女孩，但没几天工夫又打算和人家结婚了。再往下，他告诉我说，跟郭友光结婚的那女孩，以前是跟郭小唐好，谈了几年。但郭丙朝手段多一点，把锅村墟场上最好的几间门面给了女孩的父亲，这女孩转天就和郭友光好上了。郭小毛总结地说，我们乡下人搞对象，差不多就是这回事。我告诉他，城里人其实也一样呵。

郭小唐的婚礼上郭丙朝当然来了，他发现我在，还主动打招呼。我也就跟他打招呼。郭丙朝对郭小唐说，小唐，你看你看，只要人把事情想清楚了，一切就很简单。我看你找的这个妹子，是锅村最好看的，又细又白。郭小唐你好福气咧。郭小唐回敬着笑脸，但我看出来他笑脸上闪着阴狠的光。他说，大伯你讲笑话了，你一家人吃肉，我们沾沾油腥，不能比。郭丙朝说，你看你看，不知足了吧？今天是你的喜日子，你的媳妇是最好的，谁不肯承认这个事实，一村的狗都要咬他。

喜宴上郭小唐要我坐大席。一坪的酒桌，只有这一张大席。郭丙朝当然也在，我们还喝了酒碰了杯。郭丙朝摆下碗筷就要走，一派业务繁忙的样子。郭小唐就拉了他一把，说，大伯，忍一脚再走，等李牛人唱唱歌。李牛人也吃饱了，马上就唱歌。郭小唐一边说，一边就打起手势叫几个后生去搬音箱。郭丙朝说，那当然要听，我和李牛人的交情，要比你跟他交情深得多。要不是我上回把他请来，李牛人成了我的熟人了，你狗日的郭小唐随便能搬动人家？郭丙朝撬着牙齿，跟我交流眼神，显出很熟络的样子。郭小唐在旁赶紧说，搭帮大伯的面子，所以歌是一定要听的。

郭丙朝已经在位置上坐好了。有人给他搬来一张软椅，而大席上面还有别的亲友要接着用餐。流水席。唱歌之前郭小唐把我拉到一边，递来一张绿色的钞票，说，李牛人你知道我的意思吗？我是要你唱五十块钱一首的歌。

我忽然就明白了，看看郭小唐，这个新郎倌有一张乍阴乍阳的脸。在我犹豫的时候他又抹了一张绿钞票递给我，并说，是不是到我们农村就不好意思跪着来？牛人哥哥，我给你加钱，翻个跟头。你唱不唱？我当然唱，他给我五十我都唱，何况是给双份。犹豫的那一会，我只不过在揣摩他这种奇特的心理。我有这样的爱好，没想到这使我多挣了一张绿钞票。郭小唐又说，你在我们锅村也肯跪着唱，我准保以后还有好多人要请你来的。说完他呵呵一笑，又走到前面去。我走到人堆里面，破话筒已被一只手递了过来。郭丙朝的眼睛打着晃，嘴里喷着臭嗝。他刚才喝得不少。所以我走到郭小唐身前，突然跪下去的时候，郭丙朝还没有反应过来。场面上忽然迸发出一阵讶异的声音，那些正在吃席的人也端着碗离开了酒席，以我和郭小唐为圆心围成一个圈。郭丙朝反应过来时，我已经闭上眼睛唱上了。当天我唱的是《祝酒歌》，这是我非常喜欢的歌，所以就唱得格外好。这也是应该的，谁叫郭小唐给了双份小费，唤起了我双份的职业道德呢？

郭小唐伴着我的歌声找人碰杯，脸上是畅快淋漓的表情。我这人在南部酒城这种鬼地方呆的时间长了，很知道怎么让兴奋的人进一步兴奋起来。当郭小唐走几步跟一个络腮胡子的中年人碰杯时，我就用膝盖走路，跟在他后头，同时唱歌的声音继续保持高亢。郭小唐一扭头发现我是这样的卖力，甚至有点感激涕零。他又走了几步，我就很默契地跟上去。一曲唱罢我站起来，听见整个场面上都嘈杂了起来，有些人找身边的熟人证实，刚才跪着唱歌的，是否就是上次郭丙朝请来的那个牛人。

郭小唐又塞给我五十块钱，要我再唱一首刘德华的歌，指明要唱《中国人》。上次我在郭丙朝家的酒宴上就是唱了这首歌。我怀疑某些人要拿这首歌验明正身。于是我又跪了下去，扯起嗓子唱起来。刚唱不了几句，就听见或远或近的地方有几个声音同时在说，是的咧，就是他！

我看不见郭丙朝的脸，他可能还坐在那张软椅上，我和他之间站着许多人，这些人被我的演唱煽起了极高的情绪。

当我唱完歌从地上站起来，身边那一帮村民哄地散开，又回到酒席上吃菜。我有点遗憾，刚才的场面如此热烈，在我演唱生涯中可以说是头一次，以致我误以为唱完以后会拥过来几个半大小孩要我签名。虽然我跪着唱，但找我签名的事情偶尔也碰到过。更多的时候，我听见请我跪唱的人微笑地跟我打趣说，歌星，帮我签个名咯，就签在皮鞋上，顺便帮我擦一擦皮鞋。

我坐下来喝水，有人自背后拍拍我。我扭头一看是村会计郭丙昌。他说有人找我，我就知道是郭丙朝。还会是别的谁呢？我并没有马上站起来，他说在郭小唐屋背后草垛那里等我。听他的语气，我是非去不可。于是我就去了。郭丙昌正跟郭丙朝解释些什么，他语气急促，似乎想用一句话就把意思说明白。我挨近了，他俩忽然不作声，齐刷刷地看着我。郭丙朝的脸色绯红。郭丙朝问我，李牛人，我郭某人待你怎么样？我说，很好啊。他继续问，我该给你的钱我是不是拖着不给？我说，没有啊。

那你为什么要给郭小唐那杂种下跪？问到第三个问题，他嘴巴开始喷口水了。这实在不是一个好习惯。我仔细想了一下，觉得这些事没有前因后果的联系。我说，郭村长，跪着唱歌又不犯法。

是呵，又不犯法。他猛吞一口唾沫，说，但你是一个牛人，是全县唱歌唱得最好的人，怎么说跪就跪下来？

这一点倒有必要解释，我说，郭村长，现在光会唱歌也吃不饱饭。我要吃饭，跪着唱，多有两个钱赚。牛人这样的讲法，是你们讲起来的，我又没有拍胸脯说我是牛人。郭会计，你说说我有没有说自己是牛人？我一句问话把郭丙昌打入了沉思状态。郭丙朝喃喃地说，你都是牛人了，怎么能跟郭小唐跪呢？

……说白了，我只是个贱人。此时此刻这样定义自己，竟使我得来些许快感。我又说，郭村长，话讲多了没用。要不然这么的，你拿出一份文件，上面要说我是牛人，而且说牛人不能跪着唱歌，我以后就保证只站着唱。我也吃政策那一套，遵纪守法，并有勤劳致富的打算。

郭丙朝被我几句话杵了回去。我晓得，村长往往最吃政策和文件那一套，同时又能从政策和文件里猛捞油水。郭丙朝又跟郭丙昌说，要不你去跟郭小唐说，别再让李牛人跪着唱了。郭丙昌说，那不行。说不定郭小唐本来就不打算再要他跪唱了，要是我去一说，他会让李牛人继续唱。年轻人脑壳上都长得有反骨。再说，李牛人这号人，只要给他钱，他就肯跪着唱。我补充说，嗯，我就是这号人。郭丙朝翻着眼睛看我，嘴皮嚅了半天，却没有讲出话来。我问他还有什么事吗，如果没有我还要去忙。

郭丙朝忽然语重心长地跟我说，年轻人我还是劝你一句，要自重，不要随便就给别人跪。他脸上挂满恨铁不成钢的样子，还挥了挥手，仿佛在撵我走。

当我扭头要走，心里却觉得有点亏欠郭丙朝。我从兜里掏出精白沙想递过去，郭丙昌掏了一支，但郭丙朝摆摆手说，我一般不抽这种烟，辣得很。

郭小唐说得没错，那次跪出效果以后（出于私心我把郭丙朝找我谈话的事也告诉了郭小唐，以扩大影响宣传自己），锅村果然还有很多人请我唱歌。当然，都是要看我跪唱的。每一次去到锅村，郭丙朝都会阴郁地站在村口盯着我。头两次我也无所谓，跟他打个招呼飞快地往村里钻，去到雇主家里听命。他老是在村口守候我，我就觉得挺窝心。幸好村子没有门，进村道也有好几条，我得安排一个眼线（通常就是雇主）先查出郭丙朝位置所在，然后拨手机告诉我。我找别的道路进到锅村。

阳历十月三号郭丙朝叫我给他妈唱歌祝寿，我总觉得里面有算计我的暗招。但人类已经进入二十一世纪了，即使要摆“鸿门宴”，郭丙朝这个国家干部总不能一刀抟死我吧？还有钱赚，我当然去。

去的那天，郭丙朝家里草草地收拾了一番，门板上贴了两个寿字。我推门走进他家院里，这一家人正乱成一锅稀饭。因为七十九岁的老太太从来没有做过寿，今年郭丙朝突然搞鬼搞神给她置新衣办寿宴，老人家心里没底，怕郭丙朝要玩别的什么鬼花样，所以老早就爬到山上躲起来了。现在郭丙朝正找了一帮人拉网似的去山上搜他妈。过了个把小时，老太太被这帮人搜着了，架着从山上回来。我看见老太太两眼哗哗地流着泪，说我不过寿，我从来都不过寿辰。郭丙朝跟他妈说，今天是你寿日，不能哭。你再哭的话，以后生病了我就不给你吃西药丸子，只安排你去打吊针。老太太一看郭丙朝的样子不像是开玩笑，真就把哭声掐住了。

寿辰酒不能发帖请人，当天来的人只有三四席，照样摆在院子里。饭吃差不多了，郭丙朝就给郭丙昌使眼色，要他去办什么事。郭丙昌捞着一只猪肘离了位，往村东方向走去。过不了多久，村子的大喇叭响起来，郭丙昌用鸭公嗓通知全村人：郭村长的老母今天过寿，城里的李牛人又来啦，等一会李牛人要唱歌。

郭丙朝就坐在我旁边，他在和一个年轻人比吃炖肥肉，各自吃了两碗，正不可开交。听到郭丙昌的声音他就没了心情，不肯比了。他说，这狗日的郭小六，明明叫他一家一家通知，他却学会了偷工减料。

郭丙朝家的院墙外还有很大一块晒谷坪，他叫人把那一套破音箱搬到晒谷坪，先是用碟机播放刘德华唱的歌，锅村人便像苍蝇集膻一样赶了来，很快把晒谷坪堆得七分满。几个年轻后生把两张高靠背的椅子摆放在晒谷坪中间，有一张是让老太太坐的，另一张不晓得坐谁，因为郭丙朝的老子显然已经死了。人都来得差不多了，郭丙朝把他妈安置到左侧的靠背椅上，他自己一屁股坐在另一张椅子上。我觉得这有点不合适，转念一想这事也轮不着我去操心。

那天我穿一身红衣服，讨个吉利。一头长发怕老人看着不顺眼，就盘起来塞进长舌帽里。唱歌时我深情款款，发挥出自己应有水平。郭丙朝的母亲听着听着也支起耳朵，看样子我对曲目的选择还对路。以前喜宴和丧堂，我唱歌容易被各种礼仪打断，比如突然飙来了一伙客人，主家就要放鞭炮去迎接，我的歌声便被强行炸断。这个晚上在晒谷坪不会有这么多横生的枝节，我唱得很投入，锅村人也听得比以往投入，说小话交头接耳的都少了。我感觉非常之好，觉得明星办个唱无非也就这样。我坚信这数月以来，锅村人被我培养成了一流的听众。

当我唱了三首或者四首歌，郭丙昌突然走到我的面前，脸上挤满含义叵测的笑。我很清楚他不会是来献花的，果然，他借握手的动作塞给我五十块钱。又是绿钞票，有时候我很高兴看见钱，但现在我歌唱得正酣，这张绿钞票有点扫我兴致。作为一个酒吧歌手，能有几次见着这种聚足人气的场面？我没把钱接过来。郭丙昌是个执着的人，他向前跨半步，仿佛是要拥抱我，实则咬着耳根狠狠对我说，拿着。我说，为什么给我钱？他威严地说，别装蒜，我晓得你不是白痴。

我退后一步，没有将钱接过来。郭丙昌的脸上很快显出些焦急，他又欺上来一步，手一晃，登时多出一张钞票，却不是绿的。多出来那一张，是十元钞。我心里暗自好笑，想这人真不愧是一个会计。下面就有人喊话了，说郭会计你他妈的闪开一点，让李牛人再唱几首。一开始是一个人喊，接着好些小年轻都起哄。我微笑地看着郭丙昌，向他表明，钱我不会拿。郭丙昌脸色稀烂的，悻悻然走开了。

往下我还唱了两首歌，喉咙有些干。我走过去喝水的时候郭丙朝亲自抓住我的手，把我拽到他家的院门里面。

他问我为什么不把钱拿过去。

……本来老太太过寿辰，不拿钱我也应该跪着唱。人活到那么大年纪是很了不起的事情。可是最近我腿脚不舒服，痛风，还经常性抽筋。也许是长年累月给人下跪，有报应。郭村长，我这碗饭其实也不好吃，三十来岁就有后遗症了。我有什么办法?

他黑着脸对我说，另外找个理由。

我就笑了，说郭村长，我不想跪，你总不能逼着我跪吧。我这人是很贱，宰了还卖不到猪肉价钱，但要是我心里不愿意，有些事情也不会去做的。

说这话时我已经挨近他家大门了，一手抓在门把上。我说，郭村长，我来锅村来得多了，对锅村是非常有感情的。你对我的好处我是念念不忘，今天老太太寿辰，我也没有什么表示，借花献佛，雇我的那三百块钱我也不要了，送给老太太买两身衣服。说完就拉开门往外走，迎面碰见郭丙昌，就大声对他说，天色还早，我赶回城里还有演出。他试图张开满是枯皮的爪子抓住我。我把他轻轻一推，他就闪到一边去了。

我叫郭小毛开车送我回去，车钱我付。但郭小毛这个人当时心情特别不错，他说，牛人，我也要去城里会相好，顺便搭你。我也不推辞，说，那好兄弟，要是等下你那个相好睡觉了不肯出来，我在南部酒城里给你介绍一个就是。郭小毛呵呵哈哈地笑了，说他不要，他要搞搞爱情。

半路上，郭小毛说，牛人哥哥，其实你蛮聪明。我谦虚地说，只是不太笨而已。他说，郭村长会怎么样呢？我说，你们锅村又没有门，我想去就去，他也没有办法。他说，郭村长……他说着又不说了。

我宁愿和他说女人。

我在锅村的生意还在继续，有时淡有时旺，但基本上没断过。每一回还是郭小毛来接我。他把龙马车换成了江铃双排座以后，南部酒城的熟人们都改口叫我“江铃晃晃”。他们都是见风使舵的人。我有什么办法？为了生计，我还得在去锅村的路上一直晃下去。

那年冬天郭丙朝突发脑溢血，被郭小毛用车送到城里，医生们竟然七手八脚地把郭丙朝救活了过来。那以后郭丙朝走路就走不稳了，走一步摇三摇，嘴巴也伊哩乌卢，没法再把话说清楚，而且经常哭。

有一次搭江铃回城，前面的双排座挤了七八个人。现在我都忘了人是怎么严丝合缝地把车头塞满。人一多就热闹，有话说。他们首先说郭小毛。有个人说，小毛，郭丙朝活过来了，第一个感谢的是你，而不是那些医生。……但又不是你，是江铃双排座。

郭小毛说，怎么说?

那个人说，要是你舍不得买新车，继续开龙马，那么郭丙朝没到城里，就会被龙马车晃死。搭帮江铃车头大底盘重，郭丙朝才能留一口气进到医院。

有人点头表示赞同，有人就在叹气。

接着那个人又说到了我。一眼看去，他就是乡村百事通型的人物，一脸皱纹就像密纹唱片的磁道一样，记录着大量信息。我听出来了，他试图把郭丙朝的脑溢血和我联系在一起。因为郭丙朝那次给他母亲过寿辰以后，他脸色就再也没有好起来。我赶紧申辩地说，这跟我一点没有关系。你们要是懂一点医学知识，就知道他有这病，是因为老跟人比吃肥肉。像他那么喜欢吃肥肉的，不得脑溢血，那才叫毫无道理。

我把责任推给郭丙朝自己，有的人听了就点点头，觉得也有道理，但有的人还不肯信，仍微笑地看着我。

那以后我很少碰见郭丙朝，他不会老是站在村口。有一天，我傍晚赶到锅村村口，忽然看见了郭丙朝，他拄着一根拐棍。几个月不见，他看上去老了二十岁有多，仿佛比他妈还老。

在一片薄暮中，郭丙朝竟然认出我来。他想说话，嘴里却是一片咿里哇啦没有实义的发音。一同进村的人拽着我提示我绕另一条路进村，我却在原地站住了，像被噩梦魇住一样。别的人也不肯等我，很快都走光了。我和郭丙朝相距三十公尺，彼此觑向对方。郭丙朝不再用嘴发声音，他手打着哆嗦，抬起拐杖用力往地上顿，想在地里捣出一个洞来。

看着他那神态，我心里不免歉疚。我想告诉他，即使给任何人跪，眼下也不能给他跪。这只是出于经济上的考虑，其实我内心深处，却很想给他老人家跪一次。我身不由已地跪了那么多次，把自己弄贱了以后，很想真诚地、发自内心地给某个人下跪。如果郭丙朝有一天死了，我会买个铝制花圈到他灵前长跪，还会磕几个响头。这种出于本人意愿的下跪，是不要钱的。

打分器

你要是想算一算运程，可到仙门弄找我。我那台电脑比西街算命的十几个瞎子加起来还灵光。因为瞎子们让鸟抓牌，绝对在搞迷信，但我那电脑搞的是科学。科学，科学你懂吗?要是你敢说一台电脑在搞迷信活动，那么明天出门一准会被雷劈的哟。要知道，这是我们佴城第一台投身于算命事业的386电脑。一般来说电脑不屑于干这种事的，是经过我一番苦心劝说，悉心调教，它最终才愿意这么干。

我高中毕业考不起大学，却对科学有着异常坚定，近乎信仰一般的热情，此外对赚钱也不反感，将两者结合起来后，就有了这家电脑算命店。我没有电话，更没有手机，要联系我确实有点难。寻呼机我都还没买，街对面青云酒楼李老板腰里倒是别着一个。他还拿给我看，并摆在桌子上，告诉我说，呶，我这个非但有汉显，而且带振。我问他什么是带振，他就要我等着瞧。他跑回他的酒楼用座机拨号，于是那只汉显就在我的桌面上像青蛙一样跳起来。我看着它一路跳动姿态优美，竟没发现它即将跳出桌面。是李青云关键时刻一个箭步，一个纵跃将它接住，上演了好莱坞式的最后一秒钟救赎，那只汉显才没有断手断脚。

我店门开张那天，不放鞭炮，屁大一个门面也不好意思叫朋友送花篮。当天生意一般，三块钱一卦，到天黑时还没赚足三张十元钞。黄昏时，巷口忽然很热闹，来了几辆警车，十几个警察，有枪的掏枪，没枪的掏出警棍，包围了那幢商住楼。我走到店门口，听卖卤肉的何老五说，是有家人遇到入室抢劫，被劫后户主（一个孕妇）报了警并紧追劫犯，她眼看着劫犯钻进那幢商住楼。警察赶来后，当然就把商住楼围了起来，但商住楼体型庞大，四通八达。眼下，地毯式的搜索正在有条不紊地进行中。

我盯着巷口看热闹，巷口有个警察竟然朝我走来，近了，我才看清是马第。他曾是我初中同学，初中毕业后读的是警校，现在当了警察。

丁小宋，你怎么在这里？哟，当老板做生意了？

稀见啊，马警官。托你的洪福，我这店子今天开张。

他一看是算命店，就走了进来。我还提醒他，这算不算擅离职守。他说，一个小蟊贼，这么多人去捉，有我没我一回事。他又说，哎，人呐，千万不要把自己看得太重要。看得出来，他当了一年警察，对人生以及命运已有颇多体会。见我电脑能算命，马第来了兴趣，要我给他测一卦。我就输入他的名字，马第，一回车，他一生的运势和最近的运程便通过针式打印机“叽嘎叽嘎”地搞成了白纸黑字。他最近的运程是：诸事不顺。

那天，躲进商住楼的那个劫犯，分明已是闷罐中的王八。警察后来还增了一车，颇有几个戴头盔穿了避弹衣，在商住楼里穿来穿去忙活一个多小时，没见着劫犯的人影。

马第第二天跑到我的店上，把电脑拍了一拍，说，你这个玩艺真的是很准咧。他不光是说说，事后还经常带人来，要人家也用我的电脑算一算运气。这一带属于马第他们所的管片，他闲着没事，经常来我店子里坐一坐，算算是否转运，再扯一扯闲谈。读警校时，他的理想是破大案立大功，起码也要成为佴城的福尔摩斯。但分到了派出所以后，他才知道警察无非和所有人一样，大多数时间都要用来忍受生活的平淡。

我用386电脑给人算命，口评一般都还不错，80%以上认为电脑不是瞎胡说，有准头。有的人看看打印出来的结果，摇摇头说不准，但不以为意，扔三块钱走人。但有时也会遇到小麻烦，比如西街苗大，那次给他母亲算命没算准，惹了麻烦。我的电脑前不久测算苗大的母亲能活到九十九，但不到半个月他母亲得了一场小感冒后竟一命呜呼了。苗大认为这跟我的电脑有关联（他母亲因有命相撑腰，就对病情放松了警惕），甚至认为他母亲是被我的电脑放了蛊，算死的。他带人来了以后，倒没有对我下毒手，只是让人砸我那台电脑。我被三个人围起来不能动弹，386很快挨了一家伙，嗡嗡地作响。我痛苦万分，虽然这电脑级别不高，却是我最大的财产。如果我老婆在我眼前被人搞了，差不多也是这么痛苦。马第当时正坐在我店上闲聊，穿着一身制服，他想制止苗大手下的人闹事。苗大只瞪了他一眼，说，你们刘所都不敢管我的事，你是哪旮旯冒出来的？我妈被他这台破电脑算死了，你负得起这个责吗？马第闻言就熄火了，脸上是左右为难的样子，站着岿然不动。我眼睁睁地看着他们还要动手揍我的386，李青云恰到时机地走了进来。他仗义执言地说，苗大，你家老太君仙风道骨身板硬朗，能是一只破机子算死的？说出来丑人哟。你们搞一下解解气也就算了，砸人饭碗可不行。苗大说，老李，不管你什么鸟事。李青云慈祥地微笑着，把手搭在苗大的左侧肩头。苗大愤懑地把他手甩开，结果李青云另一只手又搭在苗大另一侧肩头。于是，苗大就跟着他走出去，小声地打着商量。那一刻，我发现人之所以生着两只手，自有它的道理。李青云把苗大叫了出去，嘀咕一阵，事情就解决了。

有了那次的事，李青云简直令我崇拜。我也幻想着有朝一日在两拨恶狠狠的人中间，长袖善舞、进退裕如、轻描淡写地化解一桩桩江湖恩怨。

我们在仙门弄做生意，虽然还算热闹，但都做得不大，基本是单铺面，惟有李青云的酒楼比较牛逼。我们市政府不知道发了什么神经，竟然在青云酒楼定了点，李青云可以承接政府接待，每月底拿着签单去兑换人民币。生意好起来，他免不了要搞兼并，向左兼并了一家盒饭店一家早粉店，向右兼并了一家铁器铺。

现在，我已有多年没见李青云了，写到他，竟然记不清他的模样，简直是忘恩负义。与此同时，我又把他店子上洗碗的乔妹记得个纤毫毕现，这真是毫无道理。乔妹在青云酒楼专事洗碗，洗碗池子就在我店面的正前方。李青云叫她乔妹，别的人也这么叫她。我跟着他们一起把她叫做乔妹，她却很生气，因为我比她小得多。但我愿意在她面前充大个，整条街，就她能提供我充大的机会。我叫她乔妹，她好几次抓起一只丝瓜瓤朝我扔过来。丝瓜瓤里面富含有洗碗水，汁液横流，我躲得开丝瓜瓤但躲不开洗碗水，身上斑斑点点全是青云酒楼残渣剩菜的气味。但是我不会因此屈服，继续地叫下去。乔妹慢慢地就默认了，因为老扔丝瓜瓤，李青云会批评她，跟她摆道理说，乔妹，你和一个小鸡巴打情骂俏，老脸往哪里摆嘛?

再往后，我时不时冲她喊，乔妹!

她听皮了，便回应，嗯，丁小哥，有么子事?

没得事咧，我说，就看你今天喊不喊得应。

乔妹老相。一般的女人看上去都比实际年轻几岁，人们也宁愿这么夸。但面对乔妹，别人想夸都夸不上嘴。何老五跟乔妹说，乔妹，你只有四十来岁吧? 乔妹脸一扁，冲他说，我属猪的咧。何老五掐了掐指头马上算起数，又说，嘀，都四十九了啊? 看不出来，真是看不出来。

你个死猪头，我刚满三十七。

我的个天，三十七了? 何老五啧啧地摇摇头，又说，死活看不出来。你看上去顶多三十冒头。

乔妹马上伸手去抓丝瓜瓤，何老五躲闪得快，乔妹敢将那东西扔到他的卤肉堆里，不偏不倚，被几只猪拱嘴顶住。然后她就开心地笑了。她头上扎的两只辫子还抖动起来，像是给笑声打着节拍。其实乔妹的头发已经不那么黑，略微地发灰，扎成辫子，硬硬的，仿佛上了浆糊。

她是李青云的亲戚。李青云讲义气，酒楼里缺人，首先想到的是照顾亲戚，这样，乔妹就来给他干活了。乔妹刚来的头几天，不敢吭声，埋头干活。有人发现她新来，跟她打招呼，她嗯地一声把头埋得更低，几乎能吸溜到池子里的洗碗水；等打招呼的人转身走了，她才抬起头飞快地朝别人背影扫去一眼。

我用电脑替人算命已有一年，自从苗大的人把 386 敲了一家伙以后，生意就越来越不好，甚至有三天无人光顾的记录。当然，这也不能怪苗大，就像拉不出屎时，不能怀疑地球失去了引力。现在，越来越多的佴城人知道，电脑里面发生效用的不是科学，而是程序，程序都他妈是人编的。这种商业机密也被人吃饭喝茶时随意谈起，我的生意当然就不好做，开始思考着转行。我不停地低头思考转哪行，头一抬，总是看见乔妹洗碗。

乔妹来了半个月之后，那天，我正看着她，她照样在洗着碗。突然，她清了清嗓子，出其不意地唱起歌来。我抽了自己一个耳光，才听出来是乔妹在唱歌。歌词的确是从她嘴里羊拉屎似的一粒一粒蹦出来，然后连成了串，泻成了一片。幸福的花儿心中开放，爱情的歌儿随风飘荡。我们的心儿飞向远方，憧憬那美好的革命理想。啊……她唱头一遍时我根本没听清楚，老是走神。之后她把洗毕的那堆碗放进收集箱，又开始唱了起来，还是这首歌。这下我听清了，记起来那是一部很老很老电影里的插曲。那电影叫什么来着？我记不起来，但很快就意识到这并不重要。重要的是，这支歌是打乔妹嘴里飙出来的。前半个月她很沉默，此时一旦开了嗓门，就有点收不住。她仿佛只会唱这一首歌，那天反复再三地唱了七至九遍。

何老五跑到我店里，问我，你听一听，是乔妹在唱歌，没错吧？

我说，你耳朵是不是掉进卤锅里煮了？

何老五便嘿嘿地笑，挨近乔妹，侧起一只耳朵异常享受地听着。我走出店面，看着何老五。我知道他是想把乔妹搞得不好意思，然后把嘴闭紧。但乔妹更加来神，把声音又升高了几度。

这时，我听见隔壁蔡师傅猛打了一通喷嚏。

镶牙店紧挨着我的店子，没生意时很安静，有了生意也很安静。虽然他没有那些让人眼花缭乱的设备，但是他技术过硬，一般情况下不会把顾客搞得哭爹叫娘。我听见他打喷嚏，就朝那边喊了几声，蔡师傅蔡师傅……他走出来，脸色苍白地睨了我一眼，问有什么事。我摇摇头说没事，他又进去了。

此后，乔妹把那首歌一天天地唱下去，一洗盘子就唱。这声音千针万线地缝进我耳朵眼里，想不听都不行，于是只得细细品味一番。我从不觉得自己的生活充满阳光，既然乔妹死活要唱这歌，我只好调整心情，试图让自己被阳光充满。于是，我品出来了。乔妹要将这首老歌搞成美声唱法——她主观意图确实是要往美声上面靠。美声唱法在我看来是一把双刃剑，唱好了固然让人思绪飘飞心旷神怡，但功力稍有不逮，尖起嗓子用假声冒充美声，简直搞得死人。比如说拖长的腔，那些大腹便便的男女高音可以操控丹田之气，拖得再长也圆润自如；但乔妹的气息总是不够用，偏要人为地将声音抻长，于是她的假嗓就不停地发抖，哆哆嗦嗦全是颤音。只要乔妹有心情，她可以把每一个字音拖得老长，犹如锯片，架在人脖子上反复地拖拽。

于是我找了一些柔软的东西塞进耳朵，却进一步发现，乔妹的声音纵是有点钝，却充满着穿透力。堵上耳朵眼，音量固然有所下降，但那种隐隐约约的感觉，犹如蠕虫蠕动，反而更过不得日子。

我们听乔妹唱歌，用不了多久，一个个精力涣散，成天提不起神。我们几个把李青云叫过来打商量，要他管一管乔妹，叫她别再成天唱歌。李青云苦笑地说，我可管不了，我这亲戚，天生有点缺心眼，逆反心理超级严重。你们要是叫她不要唱了，她说不定会唱得更来劲。你们不要轻易惹她，到时候要收不了场，你们别怪我事先没有提醒。

何老五问，她也一把年纪了，怎么成天都唱得起劲呢？

……搞不好，她这是想男人了。李青云扑哧一笑，又说，乔妹在家里摆了几十年，缺心眼嘛，哪有人娶她？同样缺心眼的男人，她又看不上。……何老五，你老婆反正不能生孩子。要是你看着顺眼，把婚离了，娶我家乔妹吧。我家乔妹，搞不好还是个处女咧。

马第不知几时来了，他听得有趣，插话说，她还没结婚呐？怪不得，女人想男人时最爱唱歌。

警察同志，你有见识。李青云说，我老姨死活要我把乔妹带到城里来，她说乡下找不到男人，没准城里头有谁会娶乔妹。她妈是我老姨，我有什么办法？……何老五，我家乔妹说不定和你有缘咧。……处女咧！

好的好的。何老五说，要和她过日子，我死都不怕了。

但我忽然想起来，隔壁老蔡大概是光人一条。我就提醒地说，蔡师傅好像是个老光棍嘛……我这么一说，何老五眼珠子又亮起来，说，你看你看，有现成的，你何必盯着我呢？说不定蔡师傅还是个黄花崽咧。李青云有点当真，遂谨慎了起来，问我，能确定吗？我答不上来，只说从没见过有女人来找老蔡。和老蔡说话，问三句他也不答一句，根本不知道他底细。

李青云要我先用 386 算一算，他俩有没有姻缘。

我说，老大，你觉得有就有。一台破 386 敢跟你老人家唱反调？

此时生意正闲，大家都乐得滋事。何老五自告奋勇，去老蔡那里探一探底，问问他到底有没有老婆。去了一阵，何老五碰了一鼻子灰回来。何老五说，这个老蔡太不通人情，我们是想成他的好事，他还摆起架子，问我打听这些搞什么。我还能搞什么？抢他老婆？

马第来我这里来得多了，周围这些人他也认识。他跟何老五说，我估计蔡师傅一直没女人，你提这些，正好杵到他的痛处。接着，他扭过头跟我说，不如，我俩再过去问问。我有办法。

我和马第进到老蔡的店子里，马第直截了当地问，蔡师傅，你到底有没有女人？

老蔡瞟来一眼，说，你们今天怎么搞的？我有没有女人，你们用不着操心。

马第说，你不愿说是吧？也好，我们局里的电脑，全省联网。听你口音是朗山的，你的档案一查就出来了。

老蔡想了一想，把手中捏着的镊子扔在弯盘里，然后说，呃，是没有女人。你们肯帮我找一个？

我和马第就开心地笑起来，扭头看看店外，乔妹正往洗碗池里放水。她喉咙像男人一样动弹起来，看样子，唱歌也是在所难免。我指了指乔妹，跟老蔡说，你知道吗，乔妹还是黄花闺女。

老蔡苦笑了一声，马第则继续推销。乔妹弯下了腰准备洗碗，一对大胸立时凸显了出来。马第说，你看你看，冲人家这种丰满，你也绝对不亏，夏天能消火冬天能暖床。马第这么一推销，老蔡的脸上有了古怪的神情，仿佛迟疑着，又仿佛含有喜悦和期待。我和马第则趁热打铁，拽着老蔡过去，用 386 替他算一卦。出来的结果，当然完全顺着我的意思。

看着我俩把老蔡叫了过来，何老五嘴巴一扁，轻轻地说了声，贱人。

……呃，你这人，天生没得女人缘，前半辈子只能靠打手铳敷衍自己了。马第看着打印在纸上的命相，又说，但是眼下，你的桃花运来了。上面说：遇有仙人指路，即日跨入福门。你现在来仙门弄做生意，仙门仙门，不正应了这句话么？

老蔡接过打印纸看了看，眼里的疑惑更深了。恰这时候，乔妹又在对面开嗓唱歌了：幸福的花儿心中开放，爱情的歌儿随风飘荡。我们的心儿飞向远方，憧憬那美好的革命理想。啊……

老蔡吞着口水，喉头汩汩地抽搐几下，像是误吞了一只老鼠。

老蔡和乔妹几时搞了对象，我也不清楚。应该是某个晚上，老蔡大起胆子约乔妹下了班轧马路，乔妹呢，半推半就地答应了。他俩的事眼看着要变成真的，我却对此没了兴趣。他俩年纪加起来奔八十岁去了，我刚满二十，若是替他俩操心，简直应了“替古人担忧”的说法。

让我担忧的，当然还是生意。那台破 386，没法帮我赚到钱了。佴城用电脑算命的店子越来越多，甚至超市门口都架起几台，既能收银，又能算命，有时候懒得找零，就算一卦抵钱。卡拉 OK 店子的生意越来越好了，我打算转业。但这台电脑，报废了我又有点舍不得。我打算将它废物利用。但怎么利用？我很快想起来，曾经见过一种双卡录音机，带有原始的卡拉 OK 功能，上面还有一个打分器，谁 OK 完了，液晶屏就显示出一个分数。而佴城现在能买到的 VCD，都没有这项功能。于是，我又把老电脑看了看。我知道，一切不过是程序的问题，而程序，都像橡皮泥一样可以任意地捏来捏去。

我去问了懂程序的朋友梁猛，把我的想法跟他讲。梁猛说有点难，但可以试试，不保证成功。他要我把电脑搁到他那里去，短则一周，长则半月，尽量帮我把这件事办成。

梁猛的家就像是个电器修理铺，亲戚都把专业维修店修不好的东西扔给他修，死马当成活马医。如果彻底废了，那么废物就扔在他家里，时日一久，就积攒了不少。他就地取材，从废品里找了一些零件和串线，把电脑和功放机硬生生地串接了起来。K 歌时，音乐和人的嗓音会在电脑屏上以两组跳动曲线表现出来，有点像心电图。一曲唱罢，一个液晶显示器上就会出现两位数。那个液晶显示器很大，通了电以后，上面的数字也很醒目。据他说，是从小学校报废的一台打铃控制器上摘下来的。其实，电脑就可以显示分数，但梁猛非要外接一个液晶屏不可。因为电脑上某些操作，不能让顾客看见。电脑要藏在我的工作区间，而液晶显示屏则放在营业区间。

啵，你要知道，评分当然是可控制的。我在这一头敲电脑键盘上相应的键钮，电脑就知道在哪个分段选择一个分数，比如说，我选择了 80 到 89 这个区间，最终得分是 85 还是 88，真就是电脑的事了。梁猛曾跟我说了一通原理，但我根本没有听懂。我这不是全程暗箱，真要那样我也不愿意。要给每个顾客唱的每支歌曲仔细打分，会累得我小便失禁。

我感谢梁猛帮我弄这个程序，他却抱歉说为不耽误我开业，只能做成这样。他已经有了清晰的思路，知道应该利用程序将人的歌声切分为几种数据，假以时日，他会让程序全自动地给顾客打分，而且会具有相当的公正性和极高的专业水平。当时，还没有申请专利的意识，那几天他就当是帮我忙，整出这组打分器。后来，某号称打工皇帝的老牛逼宣称自己拥有卡拉 OK 评分系统的专利，梁猛才感到后悔，因为他帮我弄这个的时候，那老牛逼还在美国皮包大学里混假文凭。

……搞好了啊！

我的新店面装修妥当之后，邻居们就纷纷过来左瞧右看。

这是仙门弄里第一家卡拉OK店，而且我告诉他们有电脑评分系统。他们进来一看，还是那台386，眼熟，就问它怎么转行了？我说，换瓤不换壳，不要小看它，今非昔比哟！

我的店子重新开业以后，生意只是一般。打分器这玩艺确实吊起了不少顾客的胃口，唱一首歌，看看自己能得多少分。但是，这比我预计的状况要差许多。

又是李青云帮了我一回忙。那天，西街苗大和江洋路的申佬倌各自带了几个人，在青云酒楼上开会，讨论问题。他们的问题，无非是你的小弟无意中搞了我的女人，或者是我小弟不小心冲撞了你家亲戚的生意。这些问题一年到头层出不穷，所以西街苗大随时都要保持着精神抖擞的样子。他们开会时，个个都摆出不可一世的样子，这就很容易打架。

那天，两拨人说着说着，调门越吵越高，眼看着又要搞全武行了。李青云赶紧站在两拨人中间，说，我的个爷（读牙）哎，与时俱进好不咯。我们都是熟人，打架换个地方好不；要是可以不打，也有别的解决方式嘛，我就可以免费给你们出个方案。

两拨人奇怪地看看他。

这么多年，你们打架打来打去，还是不便宜了公安局那一帮废物？你们打架，他们就罚款，两边罚。李青云心疼地说，所以说，换一个办法，斯文点的，才能自己解决问题。

你们说我说得有没有道理?

没有回答。李青云余余嘴皮接着说，我想，卡拉OK你们每个人都会吧?呶，我对面那个卡拉OK店，最新引进意大利技术，你唱歌，电脑里装有超级智能软件，给你打分。你们要比个高低，干脆各出五个人，每人唱一首歌，把分子打起来比一比嘛。

那天，李青云凭他一张巧嘴，就把这股祸水引到了我的店子里。他朝我走来，还丑表功地说，小丁小丁，我给你带一票大生意来了。苗大和申佬倌带着各自的小弟，一下子就把我摆在路边的桌椅全占满了，点了好几件啤酒，开始挑人手。一边各挑五个，两个老大都自我感觉不错，要压轴出场。

苗大说，你这个打分器，不会像以前那个算命电脑一样，不晓得轻重吧?他一边说一边朝我挤一挤眼睛。

我说哪会呢?这是日本进口的打分器，整个佴城只这一台。

刚才老李不是说，采用意大利的技术么?

……对啊，意大利的技术，日本的产品。我说，意大利的评委最专业，日本的产品最有技术含量，两个国家强强联手，为你们两位老大评分。

他们很快确定了人选，经过猜拳，申佬倌的小弟先唱。我有心让苗大的手下得更高的分数，因为西街毕竟离仙门弄近一些。但是，由于是模糊控制，偶尔也要失控。那晚，我给苗大率先出场的两个小弟八十多的得分区间，他们分别只唱到 81 和 81 分，我有什么办法？而申佬倌的小弟确实唱得好一点，他第一个小弟唱出了 87 分，下一个我只好让电脑在七十多的区间打分，他顶多能得 79 分，结果他就得了 78 分。我有什么办法？要是我控制在六十多的得分区间，申佬倌肯定会怀疑我做了手脚。最后，申佬倌唱得很好，电脑给了他 88 分，苗大唱得丑，打分器却给了他 91 分。分子一相加，苗大这边多出了四分。苗大赢了。

他们赢了的高兴输了的晦气，我的心却一直悬着。幸好给了苗大九十多分的区间，要不然，凭我对这台电脑的理解，它能打 91，调低一个区间，它往往就打 81。打分器有点死脑筋，十位数被我控制了，个位数它认得很准。

申佬倌也认输，又要了几件啤酒，喝完后付了所有的酒钱和唱歌的钱，并表示双方和解，以前曾有的误会，任何人不能再提起。申佬倌甚至不允许我给他打 88 折。他搂着苗大的肩膀说，我对兄弟的感情，你他妈敢打折？

我赶紧说，不打，不打。

那以后，我的生意明显好起来，每天晚上，我的桌椅上总会有一些膀子上雕龙画虎的青皮。苗大和申佬倌在我店子上解决纠纷的事，很快在佴城传开了。他俩竟然很有号召力，佴城的青皮自后得来一个良好的习惯：想打架的时候，就相邀着去K一顿歌，谁输谁掏钱认错。我看着那些面相不善的青皮在我店上竞相献嗓，颇有些家伙声情并茂，就很来成就感。我甚至认为，如果谁把打分器推广到每一家卡拉OK店，谁就有资格去打一打诺贝尔和平奖的主意。

我生意好不了几天，又不行了。那个梁猛，现在专事给别的卡拉OK店做打分器，每做一套有几百块赚头。既然打分器成为时髦之物，别的卡拉OK店都不会甘居人后。梁猛家里都成流水线了，他这么一搞，打分器不再成为我店子里的招牌。

生意清淡下来，我的注意力又得以放到别的事物上。我这才发现，老蔡延长了营业时间，总是要等乔妹洗完所有的碗，他才关门，和乔妹并排走出仙门弄。听别人说，老蔡乔妹来得规矩，并不到处乱走。每天晚上，老蔡把乔妹送到洋广铺路的宿舍，这才折回自己的店子。他吃住都在那里面。

现在，乔妹洗碗时唱的歌都跟以前不一样了，时而毛阿敏的《思念》，时而又是老电视剧《昨夜星辰》的主题曲，时而又换成了《明明白白我的心》。看样子，恋爱改变了她的心情，唱起歌来都花样翻新，层出不穷。

我注意到，老蔡和乔妹每一次从我眼前走过，都保持着半公尺左右的距离，不会挨得太近，更不会勾肩搭背。乔妹脸上仍有娇羞。我发现我都好久没和她打招呼了，那晚看见她又和老蔡并着走，就冲她喊，乔妹，哪天吃糖？

要吃，你就去茅坑吃……你自己买糖吃吧！乔妹咯咯地笑了起来，看看老蔡严肃的脸庞，赶紧敛住笑容改了口锋。

那天下午，苗大带着一帮小孩去到青云酒楼吃饭。他的儿子小苗过生日，班上几个同学给他买了礼物。小苗一高兴，一定要苗大请一桌饭菜，回报小兄弟们的盛情。小苗和他的同学很快吃饱了饭走人了，李青云不肯收苗大的钱，苗大拖着李青云，两人对酌起来。喝到晚上八点，他俩互相搂着肩，趺趺撞撞地走到我店子里，要唱歌。我店子上没有生意，一桌客都没有，我正和马第有一搭无一搭地说话。马第本来要去泡一个妹子，约好见面的，结果被人家放了鸽子。所以，他憋一肚子委屈到我这里诉说。

苗大说，凑几个人，分成两组比一比。小丁，你去叫人，今天晚上我请客。

我应了一声，先是把何老五叫了过来。李青云到酒楼里叫来三个伙计，出门时又跟乔妹说，别洗碗了，来唱歌。既然乔妹都来了，我和何老五就把老蔡一起叫来。他说他不会唱歌。

国歌会唱吗？我说。

不会的话，居委会眼下正在抓这事，他们包你会。何老五说。

……呃，会的，国歌我会。

于是，老蔡就逃不脱，被我和何老五一左一右架了过来。我店子里现在有了十个人。大家约定，得分少的一组钻桌；得分最少的那个人，必须把空啤酒瓶串起来，当成草裙围在腰际。李青云和苗大当队长，他俩划拳，李青云赢了，由他先挑队员。他俩各挑了三个队员，还剩下老蔡和乔妹。李青云要从这两人中间先挑一个，不禁皱了皱眉头。乔妹正眼巴巴地看着李青云。前面选了三轮，她竟然被剩了下来，心里肯定想不通的。李青云想了一会，面对着乔妹的眼神，他忽然呲牙一笑，冲老蔡说，蔡师傅，你现在是我的人了。

苗大只好捡起仅剩的乔妹。

两人再次划拳，苗大又输了，苗大的队员先唱。他排兵布阵，把何老五排在第二，把乔妹排第四，他本人压轴。李青云的排法大同小异，马第和我对位，老蔡和乔妹对位。而他自己，等着和苗大来个将帅交面。

我们前六个人唱得都算是中规中矩。我让电脑将分数一直控制在八十多，前六个人唱下来，两边当然是势均力敌。

接下来，按顺序是乔妹出场了。她本来是想唱《我们的生活充满阳光》，但是我说，对不起，这歌没有。于是她把碟片刨了刨，挑出一首《梦醒时分》。她说这歌她会唱。

乔妹拿着话筒蓄势的时候，何老五就拢了过来，压低声音说，小丁，别手软，一定让乔妹晓得，她唱得有多丑。我点点头，何老五的想法和我不谋而合。虽然何老五和乔妹是一边的，但他宁愿钻桌子，也要给乔妹提这醒。我想，我得给乔妹一个“梦醒时分”，让她系着啤酒瓶草裙好好反省一番。我按了 Alt+T 键，这是个不及格的分数，50—59。乔妹唱起了这首歌。不管是哪首歌，她的颤音都是一如既往地锯人，但我们已经皮实了。音箱放大着乔妹的声音，往来的路人会看来一眼，紧一紧身上的衣服，然后匆匆离去。

打分器仿佛善解人意，亮了 52 分。我本以为它只给 50 分，没想到还多有两分。这说明我的 386 同志在谨言慎行与人为善方面有了提高。随着年龄的增长，它懂得了宽容。

乔妹脸色登时大变，这个结果她无法接受。她明明看见前面六个人都是八十多分，为何自己一下子就掉下来 30 分？凭她的脑袋，还不敢怀疑电脑在作弊。而何老五，他最爱干顺水推舟的事，赶紧用尼龙绳串起十来个空酒瓶，在乔妹眼前晃一晃。他说，你要是眼珠子再瞪圆一点，这条裙子其实也蛮好看的。

乔妹哇地一声哭了出来，想跑，但是李青云一把捉住了她，命令她在椅子上坐好。李青云说，乔妹，愿赌服输。再说，还没唱完哩，你怕什么？万一不是你呢？你给我端正坐好，别他妈再出我的丑了。

何老五也安慰地说，乔妹，裙子下面允许穿底裤，你怕什么呢？

乔妹在哭，大家都在笑，包括老蔡也在笑。非但笑，这个平时不苟言笑的家伙一旦笑起来，分明比别人更开心。乔妹狠狠地瞪了老蔡一眼，并且说，你唱，该你唱了。你唱啊。

老蔡说，唱就唱！他见有人垫底了，心态很平稳。老蔡不唱国歌，他说他会唱腾格尔《天堂》。我的碟片买得不多，找不出这首歌。我问他是不是换一曲，老蔡说不换，要清唱。看他模样，似乎对这首歌特别有把握。没把握可唱不了这歌。我妈看了这歌的 MTV，以为这歌手患上了便秘。

一俟老蔡开口，所有人都惊呆了。老蔡口张得很大，但是声音喑哑，像是十里地外随风飘来隐隐约约的狼嗥，风声忽强忽弱，狼嗥时近时远。这声音固然不大，但偶尔某个字节钻进耳朵眼，就像是水银泻地，见着孔隙就一路渗进人心眼子里，又沉又堵。这支歌也抻长了时间，大家好不容易听完了，就狂喝酒，仿佛是在庆祝苦尽甘来，看见曙光。

老蔡说，不好意思，第一次唱歌，看着词才唱得出来。

蛮好蛮好。我们赶紧看向打分器，上面竟然没有马上出现分数，而是出现微弱的闪烁，像是一下子没有反应过来。

其实我已在键盘上按下 Alt 和 U 两个键，这是 70—79 的分数段。

过一会，打分器液晶显示屏上现出大大的阿拉伯数字：23。

所有的人不免一声尖叫，没想到，这么短的时间就有人刷新了乔妹的得分纪录。老蔡脸唰地一下就变了，要扔话筒，被我一个箭步蹿上去，夺了过来。我说，可能是出错了，你再唱一首。老蔡还在犹豫，旁边的人就说，蔡师傅，你喝多了，来，休息一下，暂时别唱了好吗？

我一时诧异，仔细地回忆，仍然觉得我没有摁错键。但是老蔡唱了这首歌，给他二十几分，其实又合情合理呀。我怀疑，刚才电脑忽然睡醒了，平生第一次主动下判断，给出一个中肯的分数。

接下来，李青云和苗大同时感到了莫名的紧张。唱歌前，他们都问我，你这电脑，不会老是出现重大的误差了吧？我压低声音说，应该不会，应该不会，我估计，打分器跟清唱有点过不去。你们有伴奏，不怕的。他俩这才松一口气，各自唱一首歌，都在八十分以上。

按照约定，老蔡有义务把那一串啤酒瓶系在腰上，但此时他脸色极难看，大家也没有强求他系上。只有乔妹不依不饶，她冲他说，你穿呀你穿呀，你怎么当着这么多人耍赖皮？

老蔡黑着脸，不说一个字，反正就是不穿。乔妹嚷了一阵，无限失望地说，老蔡，我没想到，你原来竟然是个男人。

那以后，乔妹似乎有意要和老蔡拉开距离。有两次，老蔡关了店门去等乔妹下班，乔妹把碗不停地洗来洗去，洗了三遍还不过瘾，又开始洗第四遍，把老蔡晾在一边。老蔡耐起性子，抽着烟默默地等。终于，李青云都看不过去了，冲乔妹说，还洗什么洗啊，要把盘子洗成镜子是吧？有人等着你咧！

乔妹说，你用摩托送我回去！

李青云说，有人等着送你，我哪敢抢人家的生意？

我是你表妹！

我觉得老蔡蛮好，你不要太欺负人家。要不然，下次去你家，我把你的表现一五一十告诉你妈。李青云骑着摩托走了，故意把乔妹扔给老蔡。乔妹把老蔡当成鬼躲，老蔡跟着她，她就扬手打的。老蔡想跟上车，乔妹就惊慌地跟司机说，大哥，快开车，有个家伙老是纠缠我，躲都躲不脱。

司机看看乔妹的模样，肯定吃惊不小。这年头，男人们真是胆气十足，什么样的女人都敢非礼。

不过，女人总归是心软，经不住男人的纠缠。老蔡话不多，眼里有股狠劲，身上有把韧劲，白天不多找乔妹说话，怕影响她的工作，晚上看看时间差不多了，就关了店门走到乔妹身边。青云酒楼门口正好有根电线杆子，老蔡等人的时候可以靠在上面，慢慢地嗞着烟，欣赏着乔妹洗碗时的样子。老蔡坚持守候乔妹下班，多有几次，乔妹便不好拒绝人家了。

在我们看来，他俩的关系日趋紧密，李青云也很高兴，有意无意地跟我们念叨，到时候你们都要来啊，就在我店子里办几桌。

但突然有一天，情况似乎不对路。那天一早我就注意到，乔妹花容失色，欲哭无泪，显然受了严重的委屈。早上没有生意，她不洗碗，眼睛直勾勾盯着老蔡的镶牙店。十点多钟，老蔡将门打开，乔妹就冲他走过去。老蔡和乔妹面碰面，乔妹却什么都不说，直愣愣地站在镶牙店门口，仿佛是替老蔡站岗放哨。老蔡也由着她，不说什么，自己钻进里面坐着。

我们都不晓得乔妹要搞什么名堂，正在瞎猜，答案马上就揭晓了。

一会儿，有顾客要找老蔡看牙，朝镶牙店走去。顾客看看乔妹，乔妹也看看他。顾客正要从乔妹身边走过，乔妹忽然伸直双臂拦住他，就像在老鹰捉小鸡的游戏里扮上了老母鸡；同时，乔妹张开嘴唱起歌来。还是那首《我们的生活充满阳光》。她不唱前面的铺垫，直接唱到高潮部分，这样拖长的音就一个接着一个，她把颤音发挥到极致，每一串声音都闪烁着电锯的光芒。

那顾客一开始还憋不住地想笑，他朝里面喊了一声，蔡师傅！他的意思是，要老蔡把这疯女人赶开，否则，老蔡就赚不到这份钱了。没想到，老蔡还真见钱不赚，纹丝不动地坐着，任由乔妹发泼。顾客无奈，只好掉转脑袋往回走。

乔妹在老蔡店门口守了两个多钟头，搞退了三四拨客人，后来是被李青云拖走了。李青云把乔妹拖到店里，盘问好半天，才问出情况来。乔妹说前一天的晚上，老蔡照常送她回家，半路上叫她去一处街心公园坐一坐。以前，两人也在里面坐过的，乔妹没有防备。老蔡带她坐到一处僻静的地方，就想耍流氓。

怎么耍的？

摸我，在我身上摸来摸去。

有什么了不起啊？不勾肩不搭背，哪里能算是谈恋爱？

可是可是……他的手老是要往我衣服里面伸。

乔妹，你要知道……李青云诚恳地告诉她，谈恋爱，无非就是找个借口耍流氓，都是这样。你到底要不要嫁人了？再拖个几年，没一个男人愿意跟你耍流氓，你才晓得厉害哟。

乔妹赶紧摊开手把脸一遮，说，你莫讲了，莫讲了，你再讲我就去问表嫂，看看你们恋爱的时候，你有没有对她耍流氓。

再后来，乔妹和老蔡果真像是吹了。晚上，老蔡早早关了店门睡觉，乔妹下了班也一个人回住处，彼此不相往来。老蔡没生意的时候，偶尔也搬椅子坐到店门口，朝对街的乔妹睃去几眼。也许余情未了，但他不会走过去找她再说些什么。他是个闷人。分手这事，似乎没给乔妹什么影响。她照样每天唱歌，翻来覆去又只有那一首《我们的生活充满阳光》。

有一天下午，乔妹洗完了所有的碗和盘子，无所事事，又唱起了歌。她的心头，随时都充满阳光。

乔妹！老蔡冲那边叫，打断乔妹的歌声。他说，你唱歌有点漏风，可能是牙齿有点松了。你进来，我帮你看看。

我不！

你是不是不敢？弄牙齿很痛，你肯定受不了这个罪。

这点痛有什么受不了的？乔妹愤慨地说，女人更经得往痛，生小孩的事男人都不敢做。

哦，是嘛，那你进来！

那天，乔妹是大步流星地走进镶牙店。过不了几分钟，我们便听见一声尖叫。这叫声着实很怪，本来应该是个拖长的音，按乔妹的脾性，不拖个几秒钟，不引起周围所有人的注意，她不会罢休的。但尖叫达到最高分贝的一刹那，声音硬生生地断掉了。之后，我们没听见第二声尖叫。

乔妹捂着嘴跑出来，瞬间经过我们眼前，钻进青云酒楼。

我和何老五等一干闲人，马上走到弄子中间，看见老蔡正在关店门。

老蔡，你把乔妹怎么啦？

老蔡露齿一笑，什么也不肯回答，把自己关在店子里面。

再过一会，李青云带着几个伙计，操着家伙，气势汹汹走了出来，一看老蔡关了店门，有些发懵。我们告诉李青云，老蔡在里面哩。于是，李青云就指挥着那几个人砸门。李青云一边砸着门，一边大声吼叫着，姓蔡的杂种，你快滚出来！

我们围观的人大是好奇，问李青云，怎么啦，怎么啦，这他妈是怎么啦？李青云抽空扭扭头看看我们，脸上因愤怒而严重变形，特别是下巴颏垂下来好几公分，一张标准的风字脸拉成了申字脸。他看看我们，无可奉告，继续砸门。

他不肯说，我们就猜起来。刚才我们都看得清楚，乔妹跑出来时，是捂着嘴的。于是，我们就分析，是不是老蔡又耍流氓了，找个机会亲了乔妹一口。而乔妹脑子有点不转弯，会不会把亲这一口，当成一次强奸了？

我们猜个没完，青云酒楼的一个伙计听着我们千奇百怪的猜测，扑哧地笑了。他发布权威的消息说，老蔡把乔妹的声带割断了。

那天，老蔡哄乔妹进去看牙，一逮着机会，就把她声带割断了。他第一次做这样的事，先前一天把解剖书看了几遍，把自己的喉头摸了摸，做起来十分没有把握，没想到做得如此顺利。后来，懂医的朋友说，一个游方牙医不靠内窥镜，能够这么精准地找到声带，不啻是个手术天才。

当时，我一听小伙计的说法，知道事情远比我想的严重，赶紧拨了马第的电话，跟他说我们这里有案子。马第一听有案子，就兴奋起来，问我，死没死人啊？我真拿他没办法，只得说，死不死人不知道，反正是血案！

警车很快过来，把老蔡带走了。马第当时有点失望，他跟我说，以后别咋唬我好不好？难道怕我不过来啊？但是，等他们把老蔡带回去一审问，这才发现立大功了。老蔡身上有命案的，他以前在朗山杀过人，杀了人，他才跑出来当牙医，一躲就是十多年。但是他的命案，并没有记录在案。当时，他酒后动怒，失手杀了同村一个鳏夫。当时就他两人喝酒，没别的人知道。他把那人尸体丢进天坑里，一直没被人发现。在他们朗山县，天坑地漏和溶洞多如牛毛，是藏尸匿迹的好地方。那死去的鳏夫，一直被派出所登记为失踪。

但人毕竟是死了，这事情在老蔡心口一憋十几年，其实也蛮难受。趁着这次出事被捕，他舌头一麻溜，把那件旧案主动承认了出来。朗山公安局来人把他带走，要他指认现场，那天坑里果然还找出了一摞灰白长苔的骨架子。

听到老蔡的供述，马第他们当然大是意外。接下来，他们问老蔡，割乔妹声带的动机是什么。

我们分手了。老蔡想了想说，分手也就算了，我不恨她。但她老是唱歌，天天唱，我听得几多烦燥。

就因为她吵了你的耳朵？警察们一听，不满意，他们喝斥老蔡说，别避重就轻，你的理由不够充分。警察想尽快榨取真相，摆开架势要捶他。

老蔡或许是怕挨家伙，遂按他们的意思又沉思了起来，想再找点理由让他们满意。他又说，呃，是了，那天唱卡拉OK，我没想到我比她唱得还丑，得的分还低。我简直，简直……

老蔡不知道用什么样的词描述当时的心态，马第就接话说，你是嫉妒她比你唱得好，对吧？

嫉妒？老蔡垂下脑袋又想了想，说，呃，这个理由充分不？

湿生活

从水溪到箕镇，我喜欢走水路，在潮白河上坐船。箕镇大坝建成以后，总高93.7米，几个村庄沉入水底，潮白河上走起了机帆船。船票便宜，但是多要两个多小时行程。坐船是很烦的事，很慢，像便秘。可是我为什么没完没了地搭乘这趟船？总有个理由吧？稍等一下，我就要想起来了。等一下……噢，是这样，一年前的一天胡胖告诉我说，他下午坐船走潮白河过来，一路上，看见了几个女人在河边裸泳。我以为胡胖在意淫，他有这样的毛病，我不信。胡胖对天发誓他真的看见了，但其中有两个大概不能说是女人。起先他没在意，船靠近一处水湾时，两个孩子在水湾里游来游去。再近一点，两个孩子忽然不游了，去到岸边，背对着船，双手抱胸坐在浅水里，说说笑笑，不时扭一下头看船远了没有。胡胖瞥见孩子头发是盘着的，忽然心里一紧腿肚子一软，他意识到那是两个女孩，马上血红了眼看过去。女孩也注意到有人在看她们，还戏谑地回头朝着胡胖挤眉毛。我不以为意，说，还没发育的吧，嘁。胡胖于是说，也有发育了的。那个女人有一只船，船停在岸边，她在船体后面那一点水凼里洗身子，只露出个头看向这边河面。胡胖说他知道女人脱得精光，胡胖说，我真的想跳进水里泅过去。这是废话，他不会水。我当时不信，我对胡胖所说的有关女人的话均表示怀疑。他三十三岁，失恋十七次以上，你可以想象他说女人的可信度。结果那天晚上胡胖流了很多鼻血，先是液体状，然后是豆腐脑状。于是我知道了他白天讲的是真的。

也不以为然。但这一年来我戒掉坐车的习惯，总是在潮白河上搭船。

我吸一口烟，缓缓神。但这一年里我什么都没有看到，只看到潮白河的水位不断变化。落差显示在两岸山体腰际，通常是两三米宽的一条带状石壁，涂满了泥，在阳光照耀下呈灰白色。高于最高水位线的石头，非常黧黑，有金属一样的光泽。水是深绿的，有一点接近褐色，暗暗的光在其表面走动。你只盯着一小块水面使劲看一会，就会误以为天快黑了。我就看到这些。我从没看见裸泳的女孩，这样我在心里不停暗骂，猪嬲的胡胖！

旁边戴软沿阳帽的女人忽然开口说话了。我以为她建议我不要吸烟，可是她问我，你是做什么的？我其实注意过她的，还算漂亮，身材大概是二甲，和我普通话水平同一级别。她是从马家坨那个码头上的船，崴了一下脚。我记得。她上船显得很紧张，显然不是本地人，不适应船只。我没有找她搭话，我只找本地的看上去未婚的女人搭话。既然她开了口，我就扭过头仔细看她一眼。她原来有些老，大概在三十三岁上下。我告诉她我是个老师。她很惊讶，她说她原以为我是个作家。轮到我奇怪了。就在这趟船上，一年来闲聊的时候，有人以为我是瓦匠，有人以为我是劁猪师傅，有人以为我是工班的，有人以为我是计生干事……仿佛我是小孩手里捏来捏去的变型金刚一样。但她以为我是个作家，这倒蛮有创意。我问她。为什么会这么以为？她说，因为我就是作家，跑到你们这里，想找找感觉。我觉得她理由站不住脚：未必你是作家，你就看谁都是作家？

女作家要我讲一个故事。

我能讲什么故事呢？我搜肠刮肚地想，现在竟然还有要听故事的人？可能真是个作家。我竟然想到那么一个，很想说，但没有说出来。故事是胡胖跟我说的，我再讲给女作家听，那我就成了二道贩子。这是一个有关“有趣”的故事。

说是有一男一女，刚认识，在一间房里聊天。一聊，两人才知道，彼此那一天都很无聊，非常非常无聊，从来没这么无聊过。跳楼又没得勇气，于是女人让男人讲个故事。男人酝酿了一下，他说，我讲一个自己的故事吧，很有趣。男人往下说，你别看我挺老实，我看似挺老实，其实我不停地打算做一些坏事，这样才会有趣起来。比如说，我清早起来，第一眼又看见了老婆那张皲皮褶皱的脸，我真想失望地说，哎，怎么天天看到的都是你？我知道，来这么一句老婆就会吵，最近她内分泌紊乱更年期提前。我顶几句，她就会和我打起来，我一还手，这样，这一天岂不是都会很有趣？实际上我什么都没跟老婆说。吃完早饭我去上班，走到人民路街心花园，我尿憋，我真想站到人潮最汹涌的地方，掏出鸡巴来转着圈撒尿。可是我掏出的是五角币，进了公厕。进了公厕我真想往右边走。我意识到我三十几岁当中，怎么从来没有走错过厕所的门？哪怕一次也好呵。可我仍然鬼使神差走向了左边。在单位，挤电梯时我又看见了小会计站在眼前。我想捏一捏她左边的屁股，而不是右边，因为我左手很痒。这样的想法，从小会计一来上班我就有了，但这天早上灵魂出窍一样强烈。我感觉已经不能自控，手捏在小会计屁股上，而且听见了小会计的一声惨叫。可是回过神来，左手还好好插在裤兜里……反正那一天，男人没完没了讲着诸如此类的事。每一次，女人都盼望着男人会说，终于我这样做了！然后情节从这个突破口往里发展。可是男人每一次都说，那只是他的想法，他到底没这么做。女人实在忍无可忍，她打断男人的讲述，她说，我看出来了，你只是个废物，想做坏事又不敢，有心没胆。你讲的故事一点劲都没有。男人问，你也觉得，不做做坏事就很没趣是吧？女人说是。男人说，那好！于是男人爬到女人身上把女人强奸了一次，一边实施强奸一边还问，坏事我终于做了，现在你有趣了吧？

——你的故事挺有趣的。快下船时，女作家这样评价。我想，我跟女作家讲的肯定不是上述这个故事。一则我脸皮薄讲不出口——我不是胡胖；二则我怕她以为我在勾引着她。刚才，我满脑袋回忆着以上这个故事，却跟女作家讲了另外一个故事。

但我想不起来刚才讲了什么故事，她竟然觉得有趣。

上午没课，下午有两节，我准备讲作文。上午箕镇逢场，我去逛了一下，添置一些东西，顺便把旷课的几个学生揪回去。他们每一次旷课出来都在同一家网吧上黄色网站（箕镇只有这一家网吧），就像是等着我去抓。箕镇有水溪三倍大，但是杂乱无章，像我学生胡纯的头发。胡纯走在我前面，我迫不得已看着他一头乱发，心里很烦，想找一把菜刀把他剃成一个秃瓢。其实我头发也很乱，所以我会这样烦别人不成型的头发。到了山下，我仰看了一下整个箕镇中学。中学建在小山的山顶，像一座监狱。

我回到自己的单间想睡一觉，我很累。我躺在有七条腿的床上，还是感觉床在晃动，像在坐船。床有七条腿，我数了很多遍，不会错。以前有七个年轻的男老师，依次睡过这张床。等到下一个男老师分进来，我也可以告别这张床。我在想，为什么床有七条腿还不能稳当？我想，是不是腿多了反而参差不齐？腿多未必就稳当，就好像，一个人长了三条腿，怎么走路？我脑海里欲罢不能地浮现出一个三条腿的人。我说不清这个是像谁，但很别扭。我觉得自己就快找到问题的所在，这时胡胖走进来，要跟我说话。胡胖是个很爱讲话的人，他的表情里明显有很多讲话的冲动。于是我只有听。他说他不想教语文了，教体育多好。胡胖说，教他妈什么狗屎语文，还不如教体育。放男生去球场玩投分打脑，不用管了，把女生留下来跳羊，谁跳不过就罚她做十个，不，十六个俯卧撑。这多好！我站在前面给她们数数。胡胖陷入了自己假设的情境当中。我表示不屑，但我记起来，这样的想法也曾有过。胡胖又说，你们班倒有几个丰满的，那个许金秀，那个杨小桃，嘿，我叫她小杨桃，还有那个胡……胡胖说话卡壳了。他涎水四溢的时候却突然记不起那个小女生的名字，很难受。我说，胡伊。你们还是本家。——啊对，本家的。但是胡胖连本家也不想放过，又说，那真的是，胸脯叠着屁股，一点其余的地方都不长，全是重点部位。我想睡觉。胡胖讲了一阵没意思，就出去了。

胡伊后脚进来。我觉得她有些欲言又止，可一开口她就把话讲了。我很奇怪，我觉得这样的话不能开口就说，起码要让我问几口，她要矜持一下才说得出口。她说，刚才胡纯说天黑以后要强奸她。我问，他为什么要吓唬你，总有原因的是吧？她嗯了一声。事情是这样，昨天胡伊把练习册收上来后，发现胡纯没有交，就去催交。胡纯叫胡伊借给他一本抄抄，胡伊抽出王红旗的练习册让他抄。王红旗是班上成绩最好的学生。胡纯抄都懒得抄，他把王红旗的名字用涂改液抹去，写上自己的名字，再把自己的空练习册写上王红旗的名字。胡伊发现了问题，出于责任心，又把名字改回来。结果上午胡纯挨骂了。他猜是胡伊干的，下课就威胁胡伊说天黑以后要强奸她。胡伊听了这样的话，先是去吃午饭。吃着吃着，她就吃不下去了，她想到胡纯对自己说过的话，越来越害怕，而且她觉得天很快就会黑了。尽管中午和晚上中间还阻隔了一整个下午，胡伊还是认为天快黑了。胡伊不可避免地想起强奸是怎么回事，不断地在脑子里闪回一些电影里的镜头，挨得不行，赶在下午上课以前向我反映情况。

我看看胡伊，她怕我不信，还弄出一脸要哭的样子。我好像突然来了兴致，因为我发现胡伊流泪并且害羞的样子显得成熟，还有些……妖娆。妖娆？这个词形容一个十几岁正读初中的女孩合适吗？我是教语文的，坦白地说我并不清楚。这是个新问题，我一下子找不到对策。看看表，还有一刻钟就得上课。于是我说：我知道了。你先去上上课，我会处理这件事情。胡伊却问，姚老师，你会怎么处理这件事情？我说不上来，我本来就没有想好。我说，我会处理好。你要相信老师才是。你去吧。——我就坐在这里，行吗？胡伊还是不愿意走，她担心地说，我去教室就怕见到胡纯，我不想去。胡伊做出任性的样子。我觉得这真没道理，未必他还敢在教室里把你怎么样？我想起胡纯，一个村支书的儿子。但是在他们这个年龄阶段，女孩要发育得快一点，胡伊的块头比胡纯大出几圈，高出半头，而且据家长反映胡伊很有力气，在家里挑满挑的水还稳稳当当，走起路来一溜小跑，几乎是全劳力。我认为胡伊只是和所有女孩一样缺乏胆量，否则，完全可以把胡纯饱饱地揍一顿。于是我感到一种滑稽，说，胡伊，这不能成为不上课的理由。胡纯只是吓唬你而已，你作为班干部，一点打击都承受不了那怎么行？胡伊说，他说得很认真。——他开开玩笑的。再说我会批评他。我还是希望胡伊去上课。下午是作文课，我要批评一些抄袭的人，这里面有胡伊。

胡伊说，那姚老师，我请假总可以吧，我就请一下午的假。——你以什么理由请假呢？我好跟考勤老师交代。我认为，怕被同学强奸好像从来都不构成请假理由，不好摆上桌面。我看见胡伊像樱桃小丸子一样没心没肺地说，老师，那我算是请那种事假总行吧？对，就是那种。她还挤了一下眼睛。她的意思是请例假。对此我能说些什么呢？她可以说，她真的来例假了，能把她怎么样？我只好说，那你就坐在里面，别乱走。我正要走出去，胡伊忽然又问，姚老师，我可以看你的书吗？我说，唔，随便吧。她顺手抽出一本《我的奋斗》。我听见她轻轻地念着封皮上的繁体字：我的奋门。

还有十分钟，我站在教室外面，还可以抽一枝烟。学生在教室里面唱一支宋祖英的歌《春天的故事》。班上有五十二个学生，我听见层次分明的五十二个声部。我被这歌唱乱了。我透过玻璃看见胡纯，他唱得很认真，别人快唱完了，他又从头唱起。他肯定不是我喜欢的学生。

胡纯。胡涂的胡纯洁的纯。我发现其实我不是很讨厌他。

去年他给我惹了一件事，把校长吓得不行。去年省教委有领导到这里视察工作，正逢课间，就走进教室找小孩说话。领导下乡视察时候就喜欢这样，表面亲善实际纡尊降贵，问那些非常无聊的话。然后领导就把胡纯这孩子叫起来，问，小朋友，你知道我们中国的全称是什么？——中华人民共和国。胡纯想了想，很肯定地说出来。这是标准答案。领导很兴奋，电视台的摄像师也心领神会把镜头放了过来。领导又问，那我们的领袖是谁？胡纯说，共产党。领导一愣，也许他心目中的答案是某个具体的人名。但小孩说的，也有道理。

领导相当高兴，继续地问，共产党你也清楚？不错嘛。那你说共产党都在哪里？这个问题有些难度，得往抽象里头回答。答案其实挺多的，可以说“在我们心里”，也可以说“在人民最需要的地方”，等等，都算正确。胡纯却被问住了，愣愣地看着领导，说不出话来。校长非常着急，指手划脚，胡纯愈发地懵起来。老半天以后，他好不容易憋出来，眼睛一亮，说，牺牲了。领导又是一愣，他问，哦，谁教你的。领导微笑了一下，胡纯也就很高兴，他估计自己又蒙对了，兴奋地说，是老师。

领导走了出去。校长眼睛都有些发青，赶快跑出去解释，说这不是他们教的，他可以打保证指天发誓诅咒骂娘。领导笑笑，说，也没什么嘛，童言无忌。再说，小家伙一定看了很多革命电影，革命电影里面免不了是要牺牲几个共产党的。不错不错，现在还找得到几个小孩喜欢看革命电影咯？校长还是吓得一头汗，回头把胡纯拉到办公室写了一下午检讨，把我也拉出来批一顿。我觉得这跟我没事，我绝没有教小孩这么说。校长战战兢兢等了很久，到底什么事也没有发生。

胡伊。古月胡伊拉克的伊。

同样，她给我的印象也不是很好。我觉得这个小女孩邪气。我甚至纳闷，在箕镇这地方，怎么老是受不了姓胡的人？尤其是那个胡胖！而胡伊，我记起来有那么回事。第一年我带着这一班的学生上了一趟佴城，就胡伊一个人打扮得很经心，还找来一副墨镜，架在鼻梁上。在同龄人里头她个又高，看上去也是个老师。但是我看得很别扭，我觉得她尤其灰头土脸，越打扮越是昭然若揭。要命的是，那天在楚山公园里面我碰到了好几个老同学，胡伊经常往我身边靠，还指着对方问，姚老师，他（她）是谁啊？我忍不住在心里嘀咕，关你个屁事。在山顶，胡伊竟然跑过来神经兮兮地说，姚老师，那边有个女人好漂亮的，跟你蛮般配。你去追她啰，我们给你加油。这话把全班小屁孩们都惹得直笑。我不随便冲班上小孩子发火，谁都不怕我。我没有作声。胡伊竟还没完，她继续地说，姚老师你看你看，那个美女正在朝你放电。真的咧。我想捂住她嘴，往里面塞袜子，让她发不出声音。但我只能说，我给你们照相，照相。胡伊就老往像机前面挤，摆出许许多多我想都想不出来的古怪姿势，比如拿右手托着脑袋肘子靠着一棵树，左手叉在左腰上，整个身体曲成 S 型；又比如下面摆出压腿式，把手伸在耳朵上做个 V 造型，舌头还吐出半截……

下第一节课，我把胡胖拦住。刚才那节课我精力涣散，老是在想怎么解决胡纯胡伊的这件事，还没有想出来。我该怎样跟胡纯开口？我是不是要告诉他，强奸一个女人触犯了《刑法》第 236 条，量起刑来，从三年以上一直可以量到死刑？我还是要问一下胡胖，他比我多教几年书，经验足一点。胡胖满脸低级趣味的样子，听我讲完了这回事，人兴奋起来，毛茸茸地笑着。胡胖不太肯信，他说，不会的，胡纯毛还没长两寸，强什么奸啊。强奸这事我都不敢他敢？他敢我叫他爸爸。我点点头，又说，可是胡伊被吓得不行，死活不肯上课。胡胖说，她找借口逃课而已。我知道，这家伙就不爱上课。我说，我还是要说一说胡纯。小家伙太口无遮拦了，成天把强奸两字挂在嘴边，出去别人还以为是我教的。胡胖说，这事你别管了，让我替你办。你尽管放心。我推辞几句，就把这事托胡胖去办。我其实就是这个意思。

我虽然经常受不了胡胖，同时我又对他有一种依赖。一开始来箕镇中学，经常请他指教怎么管学生。胡胖总是拍胸脯很义气地说，哥帮你搞掂。然后他就去把学生搞掂。久而久之我会把能解决的事也留给他做。也许我给同事们很蔫的印象，所谓摸冷水怕烫的那一种人。我发现胡胖很憋，想发泄，宁愿做些事和学生过不去。我怀疑这是他的爱好。他自己也说，冇客气啰，有事尽管讲，我精力过剩，不用也浪费。

我是不是，捡了便宜还卖乖？这样似乎不好。

下班以后找不到胡胖。我很快地把箕镇中学筛一遍，没有看见他。我顺便看见了胡伊，她在操场上打半场篮球，屁股一撅把一个苗条的小男孩弹开几个身位，再流利地玩出个三步跨栏，球没进。我看不出她对夜晚的到来有一丝恐惧。走几步我又看见了胡纯，他在洗衣服，像个好孩子。我看不出胡胖找过他了没有。我没看见胡胖。于江说，猪嬲的胡胖又到镇上嗅妹崽去了，那我两个去。于江说要请我吃饭。我说，饭就免了，把钱还我就行。他去年欠我 860 块钱，现在还没有还。他滥赌，以前他妈还批评他，后来他哥呷上了毒，他妈就觉得他赌赌钱还不算太糟。于是他更加变本加厉地赌牌。于江说，我没钱还你，今天晚上也是别人请饭。他们从城里来找我还钱，我会让他们倒贴一顿饭钱。我不信，我说别人要债不得，还会请你吃饭？狗日的于江说，信我不？我不但让他们请，还要让他们请得心甘情愿。我当然不信，但我想看看。未必城里来的债主比我还呆？

于江去镇财政所叫了一个女的。我认识，箕镇的人也都认识。女人姓马，智商天生有些少了，脸特别肥硕像婴儿屁股那样微垂，眼睛细得睁不开，而且鼻子翕动有声，仿佛是肺出了毛病。箕镇人叫她开心马大姐，爱笑，老嫁不出去也不着急。于江介绍说，我未婚妻。马大姐还有些害羞，面泛潮红。我很吃惊，我说我怎么不知道？我们几乎天天在一起，怎么她突然就成了你未婚妻呢？于江偷偷挤了挤眼睛。

于江很漂亮。我觉得他像约翰尼·德普，就是主演《剪刀手爱德华》的那个美国佬。于江也不谦虚，他说，什么我像他妈的德普，明明是德普他妈的像我，纯属跨国盗版——有事的时候我要找美国版权局理论理论。而他身边这时候站了个马大姐。马大姐长相真的是……我还是留点口德。但是他俩摆在一起，鬼都看不出来，竟然有夫妻相。

于江打了个电话，他两个朋友很快地赶到好再来饭庄。他们骑摩托来的，其中一个带着蛮漂亮的妹崽，扎素色碎花头巾下穿短皮裙。于江介绍说带女孩的姓赵，是警察；另一个姓吴，是医生。接着介绍马大姐，于江用大拇指往后一翻指指她，说我未婚妻马小芳。我看见警察和医生都很惊讶，回过神来以后牙缝中打脱些冷笑。接着介绍我。于江说，姚志。箕镇中学三剑客里头，我最漂亮，这毫无争议；有个胡胖最坚韧，三十三岁了还不知道亲妈生出来了没有；姚志最有才华，会写诗，看他的诗我着实惊呆了，那么长并且深刻的一首诗，里面的字我竟然全部都认识。我谦虚地说，卵才华。于江就说，姚志这人低调，其实他以前是有名的诗人。警察就夸奖我说，哈，难得碰到个诗人，你过的可是诗意的生活呀。我回答说，是啊，湿生活，湿透了。

然后我们吃饭。于江叫了扎实一桌，主菜是大份羊蹄，有黄麂肉，还有松子鸽肚，另叫了一瓶金六福。于江一手就撕破了米卢暴发户般的微笑。吃开了以后，于江就跟他们哭穷，说教书待遇太低，工资六百来块从来没发全过，还要承包一个村追缴学费。到村里头磨到一块钱都千辛万苦，完不成追缴任务，又要扣工资。于江一边诉苦一边不停地说，不信你们问问姚志。我不停点头头，不停地说，这是真的。接着于江指了指马大姐，继续说，她工作好，财政所。她父母不大看得起我，嫌我穷，去她家吃饭老被污辱人格。哎。于江沉重地叹一口气。警察就拍拍于江肩膀，说，狗日的，喝。说着晄唧就喝完了一茶缸酒。医生说，两口两口。他喝去一半。于江抿一小口。过一会儿警察说要上厕所，走了出去。于江又朝我挤挤眼。警察再走进来的时候，手里攥着两张定额发票。于江站起来显得很生气，他说，老赵你屌我，屌也不能这么屌啊。警察手一摆，他说，于江，你说我们什么关系？我是不是你哥？难道你敢说我不是你哥？你还好意思跟我计较。吴医生也站起来扯劝，他说，于江，算了算了。

警察还不肯走，他又喝了一瓶金六福，然后讲故事的瘾发了。他怕我们不肯听，就说，你们懒得理我是吧？于江，我很痛苦。你还有一个爱你的女人，可是我很痛苦……

我们只有好好坐下来，听警察讲故事。警察既然要讲故事，我们似乎应该洗耳恭听。警察的故事大概是这样：……我读高一那年，喜欢上了我的班主任。她也刚毕业，二十来岁，长得很好，看上去相当地温柔，长得像刘慧芳那一号，看起来养眼。我就向她求爱。她教语文课，我在作文里写了情书，日他妈我一口气写了半本。她很生气。我还以为这是正常反应——有反应就好，最怕什么动静也没有。可是她不停地生气，二十来岁像进入了更年期。在班上她公然地整我，穿小鞋戴帽子抓辫子夹杠子。同学们都很奇怪，这个我又不好说。我觉得她的反应也太激烈了一点，甚至，我那时还不晓得轻重地想，她是不是也喜欢上我了？是不是女老师爱上她的男学生，都会有这种过激现象？这样一想，我他妈心里还很甜蜜，做死地向她示爱。有一天她叫我去办公室。我不知她竟然要套我笼子，就去了。只有她一个人在里面。她叫我关上门，我傻不拉唧真把门关上了。一关上门，她就疯狂地大喊救命，还扯自己衣服，露出了一只扁得像菜盘子的奶。校保卫进来以后，她说我要强奸她。这样我被开除了……

警察说到这里，又喝了半茶缸白酒，呲着烟雾。他又说，这件事对我打击很大，简直是毁灭性的。我一直没有恋爱，我觉得我还爱她。那个女老师结婚以后生了孩子，女孩，现在长到七八岁。我想我是在等待那个小女孩长大。等她上了高一，我一定把她搞到手，否则誓不为人。

听到这里，我看见警察脸上升起一种疯狂的气质。他忽然问我们说，你们看我帅吗？我们都说帅。于江还讨好地说，我要是个女人，我都会不要脸地缠着你，要嫁给你。警察嫌恶地说，你滥赌，我不要你。这时我重新注意到警察带来的那个女孩。我问，那她又是谁？警察掏粪一样用力地掀着牙齿，瞥了那个女人一眼，说，她年纪太小，只能是小老婆。

警察叫医生也讲讲故事。医生说他不会讲。警察一拍桌子，说，光赚着听是不？别给你脸不要脸。医生勉强地说，那我就学学《正大综艺》吧，讲几个事，你们猜猜是真是假。第一，我们下午骑着摩托过来，路很烂，我们骑得不快。有一只哈巴狗不晓得是看不惯我还是老赵，狂追了我们几里路，想咬我们的脚后跟。老赵起火了，掏出手枪，只六枪就把狗撂死在地上。第二，我今年二十八岁进二十九。我从来没有女朋友，别人给我安排见面了十一次，女人总是看不上我。从来没有人讲她爱我。有一天我收到一封情书，写得很真挚，我差点就感动了，想跟他结婚，可是写信的人也是个男的。第三，我偷偷帮一个十五岁的女孩堕胎，事情做完了她要我便宜一点。她找个理由，说我跟她是老主顾了，前年她就找我堕过一回的。第四，有个三十几岁的男人找我看病。他把那东西……对，就是那根王八东西掏出来让我看。我故作神秘关上门，告诉他是性病——只要谁让我看那东西，我一般都说是性病。我要他晚上单独来找我。他不信，说自己还没结婚，也没搞过女人。我一愣，看他样子像是讲真话。我也是情急生智，问他是不是爱自我安慰。他难为情地点点头。

我就说，那对了。有时候自慰前不洗手，指甲里的真菌感染生殖器，也会引发性病，而且比较严重。——那个蠢宝信了。我硬是敲掉他四千多块钱。

医生讲完了就要我们猜。我认为全都是假的；于江认为一、二是真，三、四是假；警察说，第二个和第三个是真的；警察带来的女孩说，第一和第四是真的；马大姐傻笑着着说我不知道，但我看都是真的。最后医生揭晓正确答案。他说，马小姐的回答最接近标准答案，全都是真的。

饭后警察和医生把车骑回了佴城。我陪于江把马大姐送回家。他跟她要分别的时候，接了一个舌吻，于江很用力，把马大姐花白的舌头扯出来老长老长的一截，看得我心惊肉颤。之后我们返回箕镇中学。我问，你真的在跟她谈恋爱？于江白了我一眼，说，那有什么奇怪。他很得意，说，姚志你看怎么样，我就说他们能心甘情愿花这钱。我们是复读时候认识的。当时，他两个人都想泡班花，结果班花被我三言两语泡到手了。这两个手下败将，今天看见我找了马大姐，肯定非常开心非常安慰，自然也就肯掏钱请我吃饭了。这两头猪。

临睡前我去胡胖的家里。他问我都去哪了，一晚上都找不着。我说了晚上的事，他也非常不可思议，他问我，你觉得于江跟马大姐是真来还假来？我很烦，这个晚上我老被人要求猜猜一些事情是真是假。我说我他妈怎么知道，什么是真什么是假?

我问胡胖有没有把胡纯训斥一通。胡胖说他找过了胡纯。我问，你都是怎么说的? 胡胖嘴巴一歪，说，那小子见我还是蛮老实。我也很温和，去对他说，胡纯同学，下课以后不许强奸女同学，听到了没有? 想强奸就强奸你家老母猪去。胡纯说，好的。我命令他，下个保证。胡纯就说，我保证听老师的话，要不然是狗日的。我就说，那好，你能真正听话，老师发你一朵大红花。我看看胡胖嬉皮笑脸的样子，就踢了他一脚，他还给我一拳头。我刚进来的时候是个挺认真的人，也就是说，刚出学校，仍然学生作派，特别容易相信别人说的话。有一天我拿着饭盒上食堂，路上碰见胡胖，就问他食堂有什么菜。他说今天改善伙食，虎皮扣肉一块钱五大片。我最喜欢吃扣肉，跑到食堂拍出三块钱的菜票，要十五片扣肉。——我有个绰号叫扣肉，这是我众多的绰号之一。都是轻信别的人恶果。现在我当然不会随便就信胡胖的鬼话。

那个星期没有发生什么事。一般来说，每个星期总是会冒出几件事。前面的普九验收，乡政府组织人力，把街上没到十六岁的小青皮小飞女全都搂到学校里来凑人数，交任务。来检查的人往教室里面一看，很多染了白头发金头发的少年。

问这是怎么回事，校长就说，白化病，还营养不良。那一阵风头过后，这些小青皮没事还经常往学校里蹿。自那以后事情不断，每个星期都要惹几桩不大不小的麻烦，让胡胖过足了瘾。没想到这个星期那么风平浪静，我心里有几秒钟的不踏实。惟一的风波就是胡纯威胁了胡伊。他没有强奸胡伊，说说而已。我想，如果胡胖没有做工作，胡纯也不会强奸胡伊——强奸仿佛不是那么轻而易举的事。

我又坐在了回水溪的船上。船暂时还没有要开的迹像，有个小伙子在往船体上喷广告语：吕洞宾牌蚊香，真神了。我想如果我爸爸看见吕洞宾成为蚊香的商标，他一定会气得朝天骂娘。如果他撞见那些人正在喷广告，说不定会冲上去吐唾沫。我爸爸心眼子里真把吕洞宾当成祖师爷了，心中有一份诚挚的敬畏。他是水溪镇上最好的，也是唯一的理发师。

想到水溪镇，我感到一种宁静。我喜欢水溪，很想调过去教书。我讨厌箕镇。

慢慢地上来很多人，有一些是艳妆浓抹的女人。这时我想起来，明天农历初七，是水溪镇的场。我怀疑她们是鸡，乡下的土鸡，不坐店，而是到处赶乡场。我看看她们，她们也看着我，觉得我不像是一个顾客，表情就疲惫起来。她们抽起了烟，抽很好的烟，而我只能抽老大哥。她们那种烟，一包值一条老大哥——她们的收入比我高得多，这使我略微有点心理不平衡，又谈不上羡慕。我不是随便就会羡慕谁的人。但我得说我喜欢看她们怡然自得的表情。她们年纪都不大，但仿佛看穿一切，把天地万物都看得很透彻，像哲学家。

我忽然想问她们，干你们这一行，肯定要碰上很多有趣的事情，能不能跟我说说？如果这么问，她们说不定会抽我一个耳光的。我看看艄公，他用左脚控制舵，同时和女人们调笑。女人们很喜欢和艄公这种男人讲话，他什么话都讲得又粗俗又得体。这时，我忽然想买一条机帆船，也在这潮白河上来回行驶。我会让坐船的人给我讲故事，如果讲得好，或者能让我感到意外，那他（她）可以不买船票。这多好！这样的想法让我很激动。我打算退休以后就这么干。但我还可以为我们的国家奉献几十年的青春，退休暂时还提不上日程。

其后的某一天晚上，我照样睡在七条腿的床上逐渐进入梦境。临睡前我祈祷能有女人在梦中出现，然后我会撕下所有的伪装扑过去……说来有些丢人，到了这样一把年纪，我仍时常被咸湿的梦撕裂，被里面光着身子却并不存在的女人搞得情欲如炽。起初我即使梦见光身子的女人也不敢去碰，晓得要自制，谨遵坐怀不乱的训诲。有一天，胡胖开导我说，梦里的女人是不日白不日，这样的梦，就叫作“白日梦”，而且非常安全，不会感染性病或者艾滋病。

浅睡的时候我听见有女人喊我的名字，很急促。我被喊醒了。我拧亮床头的灯，确认自己醒来。我再打开房门，是胡伊。我头皮开始发麻。胡伊头发零乱，神情惊惶，我差点脱口就要问，你当真被强奸了?

当然不是。

胡伊喘了一阵气，告诉我说，姚老师，不好了，刚才有几个流氓爬到我们寝室里头。我放下心来。我想，看样子只是谁爬进去而已。我说小偷吧?胡伊说，我觉得不是。这个奇特的晚上，我注意到胡伊竟然穿了一件很宽松的睡衣，领口上端那两排扣子没有扣。她皮肤不是很亮白，但是细腻，一眼看得出来的那种细腻。两人距离较近，在两米以内。我冒出个很要命的猜想，胡伊有没有，系乳罩呢?这么想着，我咽了一口唾沫，差点把自己呛着。这时我才注意到自己的处境也很危险。一到箕镇中学的时候，上些年纪的老师就提过醒，说是要注意女学生，她们不好惹，以前有几个老师稀里糊涂地就栽在女学生手里了。我摇了摇藏在床底的那只暖水瓶，里面奇迹般地传来水的响声。也不管是哪年打来的开水，我倒出来一杯，冰凉的，拿给胡伊，说，小胡你喘口气，休息一下，没事。

我说着就往外跑，去到另一栋楼拍响胡胖的门。胡胖显然没有睡，在拍门头一响的时候他就应了。然后胡胖在屋里不停地说就来就来，可是老不来。我有些心急，对里面说，打手枪是不？我说爷（读牙）哎，别射了行不行？胡胖还磨蹭了一阵，才把门打开，憔悴地说，别那么一针见血嘛。我说，急死人了……胡伊现在在我的房里头。胡胖眼睛铿地就亮起来，他还笑，说，姚志，自己拉屎自己擦屁股吧，这忙帮不上。

不和你开玩笑，我跟她没事，你以为。我死活把胡胖拉走。

胡伊把那杯水喝完了，告诉我们，刚才有三个人爬到自己所在的那间寝室，到处乱摸。胡胖听不明白，他问，到处乱摸到底是摸什么嘛？——就是，到处乱摸。胡伊越是想有所掩饰，胡胖就越是来了兴趣，刨根问底。可是胡伊总是很含糊，最后才勉强告诉胡胖说，就是，往女同学身上摸。——耍流氓是不？胡胖算是听明白了，问，都有谁被摸了？胡伊很为难地说，这我怎么好说呢，我说出来，她肯定会恨死我的。胡胖说，你应该告诉老师，这样老师才好去处理问题。再说了，老师也有义务替她保密，保证再不让别的人知道。你放心地讲出来，不要怕。

我觉得胡胖满脑门都闪烁着低级趣味的光芒，一脸都是好奇和窃自欢喜。胡伊还是顾虑重重，巴眨着眼看来看去，很多时候看着我，眼神相当无助。我没有看她，没有用眼神援救她，让她被胡胖追问不止。后来胡伊还是告诉胡胖，是胡小花。——哦，是胡小花啊。胡胖显然有些失望。在他印象里，胡小花根本没有进入发育，满脸菜色。他原还以为是别的谁。这时胡伊又说，他们跳出窗子的时候，我看清楚了，有一个是胡纯。我问，没有看错吧？她说，没看错。但我还是挺怀疑。因为前不久胡伊刚遭受胡纯的威胁，现在正好又检举他。是有些巧合。但胡伊非常肯定，她说她看见那个人跳窗子的动作就知道是胡纯，胡纯跳窗子的动作很独特。她说，我们都看清楚了的，实在不行的话，可以当场对质。

我还在犹豫。胡胖去到男生宿舍，把胡纯揪了出来，揪到一间大办公室。胡纯还装糊涂，睡眼惺忪地跟胡胖说，胡老师，干嘛抓我来啊？胡胖说，你自己说。胡纯说不知道。胡胖就把门拴好，走过去揣胡纯一脚。胡纯还在装糊涂，胡胖又踹，踹在他屁股上。胡纯疼得受不住，这才说，我说我说，我爬到女生寝室里了。——干什么？——就是爬进去，不干什么。胡胖抬起蹄子又要踹，我赶到了门外，说，老胡老胡，不要乱搞。胡胖回答说：没事，这小杂种自己认了。胡胖打开门，让我进去。另有几个老师也被惊动，跑过来，一块钻到大办公室里观看胡胖对胡纯的审问。胡纯把脸藏在阴暗地方，让别的人看不清他的眼神。胡胖看得出来，脑子一亮，就把桌上一盏台灯接了过来，并对胡纯说，胡纯你坐好，你他妈坐好。坐好了吗？胡纯规规矩矩坐了起来，还应和胡胖一声，他说他坐好了。他确实坐得很好，但仍然把自己的脸部搁在阴影里面。胡胖猛然间把台灯拧亮起来，并调节到最亮程度，把光直直照向胡纯。胡纯一时间眼有些晕，他把手拦在眼前，阻挡光的照射。胡胖把胡纯的手拍了下来，继续照。胡纯的脸色变得很快，眼也很难受，几乎被照射出眼泪来。几个年轻点的男老师开心得笑起来。胡胖示意他们其中的某人把门栓上。这一招是从那些破案题材的电视剧里面学来的，警察们就爱用强光灯这么地弄犯罪嫌疑人。没想到真的很有效果。胡胖阴森森地问，爬进去都干了什么？胡纯的表情很难受，脸尽量地向左边撇，胡胖就在他左脸上咣唧抽了一耳光。胡纯苦着脸说，我摸了，女同学的，的那个，衣服。——就只摸衣服？胡胖乘胜追击，声色俱厉。胡纯嘴角嗫嚅了几下，就说，还还还，摸了一个同学的，乳乳乳乳房。我们憋住自己，不让笑出声来。胡纯的回答还是让我意外，我还以为小孩子会说“奶子”这样的俗词，他却文绉绉说出这么个词。箕镇方言里没有“乳房”这说法，偶尔在电视里听到了，还以为电视里的城里女人身上多长了一种部件。

胡胖把台灯扭到一边去，这样，胡纯的表情才得以松弛一点。他表情有些后悔，极力地为自己申辩说，老师，我摸错了，我想摸的不是那个同学，我摸错了。胡胖问你知道你摸着了哪位同学？胡纯说，不知道，真的不知道。我吓坏了，随便摸了一把就把她弄醒了，我就赶快跳窗子。其实我可能没摸着。对，我没有摸到什么，狗骗你。胡胖又问，你摸都没摸着，怎么知道自己摸错了。你说摸错了，那你想摸谁？胡纯说，我我我……胡纯结结巴巴，额角沁出了汗。

胡胖得意地看看我们，一副丑邀功的样子。然后他跟胡纯说，摸了谁性质都一样，谁都不能乱摸。懂吗你这个流氓胚。胡胖继续保持高压态势，又问了几口，胡纯也就没什么不说的了，把另外两个家伙招供出来。那两个家伙全是胡胖班上的，这让我暗自舒了一口气。另两个小家伙的心理素质没有胡纯那么好，一被逮进来就哭成一堆，摊饼似的铺地上。胡胖心里很烦，他走上去一边踹自己班上学生的屁股，一边在嘴上操个没完。

我走回小办公室，胡伊还坐在那里。我把胡伊送到女生宿舍楼，发现女生全醒着，趴窗口上看我。我被那些散乱的目光看得极不自在，仿佛刚才是自己爬到里面。

第二天有我的作文课。我喜欢上作文课，第一节念一念上次交上来的作文里搞笑的地方，然后布置作业，第二节就坐在教室门口吸烟，管住这一帮崽子不溜出去就行，有点像小时候放羊。孩子们最怕的事就是写作文，他们宁愿上山去打两捆猪草，也不愿意写一篇一千字的作文。我抽出一本并念起来。这篇作文开首一段写着：我家住在柳荫街，往北去不远就到了后海……我放慢了速度念这一句，本来期待底下坐着的孩子们能听出里面包含的幽默荒诞的成分，但没有一个孩子听出端倪，没有笑出一声。我只得告诉他们，柳荫街是北京的一条街，后海是北京的一个池塘。这篇作文是人家北京的孩子满怀着优越感写出来的，所以不适合你们抄。这时下面一个孩子问我，是不是天安门那个北京？我说当然是啦，还有哪个别的北京？我又说，作文实在写不出来了，你们实在要抄，我也管不着。但抄也要抄得有水平啊，不能一字不动就照搬。要是你把柳荫街改成狗屎弄，把后海改成猪尿脬凼，那也不失为一篇好作文。

然后我又找出王红旗的作文和胡伊的作文。王红旗的作文有八个自然段，胡伊的作文有七个自然段，其中有四个自然段是完全一样的，包括点错了的标点符号。我问这是怎么回事。胡伊站起来笑吟吟地回答我说，姚老师，我是和王红旗同学一起写出来的。我说，这好像也不对啊，难道你们住在一起吗？台下的孩子们哄地就笑了。王红旗又站起来说，是我参考了胡伊同学的作文。我看见王红旗的脸有点酡红，是羞赧的样子。我示意他坐下来。我很清楚是谁抄了谁的，王红旗是我最好的学生，他很聪明，所以作文即使用左手写，也写得比别的孩子更好。我发现他俩在空中交接了一个心照不宣的眼神。乡下的孩子就是这样，当你还满心以为他们会是淳朴的时候，他们往往会做出让成年人都心惊胆颤的举动。胡伊回过去的眼神是感激的，或者说含情脉脉也未尝不可。别的男孩看在眼里馋在心里，当即就迸发出嗷嗷的声音表示不满。胡纯甚至为此敲起了桌子。我要维持秩序，要他们安静，但胡纯继续拍着桌子，还拿脚顿地。我真有点羡慕他，胡胖晚上捉住他摆弄了许久，他一觉醒来好像又全忘了，根本没那回事似的。所以我怀疑，心理素质太好了未必是好事。像胡纯这号角色，隔几天要是不犯犯错捣蛋一番，就会心里发慌。他被惩罚多了，反而上了瘾似的。

这孩子，天生有点贱。

在教室内的秩序没有完全失控之前，我只得拎起胡纯，把他扔到外面去。我的意思是他在外面站着听课，但他站了一小会，竟然就走了。我追到教室外，大喝一声胡纯你给我站住。他当时正好走到楼梯口，把脖子拧了有九十度朝我呲牙一笑，然后撒开腿往楼下跑。铺满黄沙的操场空空荡荡，他一个人跑过去，像是一只苍蝇掠过一堆新鲜的粪便。有个门卫守在那里，他不让胡纯出校门。但胡纯和门卫打了一番商量，门卫就把脚张开跨成一个拱形，胡纯身子一矮，从他胯下钻了过去。门卫笑得前仰后合，花枝乱颤，像是占了多大的便宜一样。

第一节课上了一半我就布置作文题目要他们写。要把作文作业留到课外，他们又会漫天乱抄。这些农村的孩子家里穷，即便是想抄作文，也仅有几本缺皮少页的作文杂志。有一次我读到一篇抄来的作文，越看越觉着眼熟。我记得，十几年前我读小学的时候就看过这篇作文。现在，该同学抄来的作文，可能也是被别的人抄袭后再次发表的。还有一次我布置要写一篇记人的作文。孩子们手边确实缺少范本，竟然有那么两个，去到家里哪个旮旯拎出毛选，活生生地把《纪念白求恩》给抄了下来。看看这题目，他们估计肯定是记人的作文。这一次我布置的作文是《如果我是乡长……》。他们手里的作文杂志，我基本上有数，这个作文题目他们抄不到的。

我坐在讲台上打盹的时候胡胖把胡纯捉了回来，他拍了拍门，我醒了，看见胡纯垂头丧气的样子，后衣领还拎在胡胖的手里，没法开溜。胡胖问我何事搞，我大度地把手一挥，示意胡纯回到座位上写作文。他最怕写作文，要他写作文就是最好的惩罚。我走过去站在胡纯的身边，俯视他的作文本。他被逼无奈，每写一个字，都像一个孕妇艰难地产下胎盘业已老化的婴儿。在我的督促下他写得越来越快，这让我想起来，他老子是个村长，“如果我是乡长……”这样的问题，他老子肯定想得最多。胡胖也走了进来，帮着我维持秩序。他就是太热心了，却怎么也无法让人觉得他像雷锋。我只好把他请出去，说里面的事我自己搞掂，还请他抽烟。——这个作文题目蛮有意思，可以激发他们的想象力。胡胖一边抽烟，一边这样评价我出的作文题。我说，如果你是乡长，你会怎么搞？胡胖一脸坏笑地说，怎么搞？那还用说嘛，我会天天搞贵乡的第一夫人。

这厮想女人有点想疯了，单人床上都放两个枕头，枕一个抱一个。他走的时候跟我说，姚志，明天有空吗？你陪我去办点事。我没法不答应，以后还得靠他帮忙对付班里的小孩。什么事，胡胖当时没有跟我说。

次日一早我发现胡胖把自己乔装打扮了一番，时新的衣裤和尖头皮鞋，就猜这肯定和一个女人有关。我看见他脸很白，特别地白，贼白，简直白死了。问他是怎么弄的。这也太速成了，昨天还是黑的，今天就嫩白起来，乍一看还以为是冬笋剥了壳。他告诉我说首先用五号砂纸把脸皮打磨一番，然后用洗衣粉洗脸，如果还没达到效果，那就得一口气抽十枝烟，把脸好好地熏一熏，越熏越白。我说，嗯，胡胖，原来是这样啊。刚才我还以为你涂了一层粉笔灰哩。

坐在船上我整个人都慢了下来。坐船是另一种生活方式，一旦到得船上，我的思维方式都改变了，想象一些事，更有实景性。可是马达的声音太过巨大，让人脑袋肿胀如瓮。我浏览了一下，这班船上没有美女，于是两眼微阖，向后仰靠着舱板。胡胖心情好得一塌糊涂，一直看着一侧的岸，嘴里无始无终哼着一支曲子。我宁愿听马达的轰鸣，也不愿听胡胖声情并茂地唱歌。他要老这么唱下去，我身上的鸡皮疙瘩就会凝固，整张皮肤就会变成二号砂纸。我问他这是要去哪里，他半吟半唱地告诉我说，不要急嘛，等一下你就知道了。

那天气温不高，天上时而会掉下来一阵细雨，河岸一带不可能有美女裸泳。

我们在栗塘村的码头下了船。天色太阴沉，我被高天上某几片云朵搞得心里有点堵。胡胖说，好了，就在这里等着。他在码头石阶上坐了下来，我也坐下，看见有一排村姑在捶衣服。我怀疑胡胖的心思放在了其中某个洗衣妇身上，于是加以判断。几个略显年轻的村姑，长相都乏善可陈，惟有最远处突兀的石头上蹲着的那位大嫂，看起来具备几分刘晓庆八十年代初的风韵。我估计胡胖是盯上了那位大嫂，于是进一步估计这大嫂不是死了男人就是刚离了婚，被胡胖精准的鼻头闻见骚味了。一会儿那女的拎着一桶衣服要走，她身材还是蛮惹火的，乳房很大并稍微下垂，但没关系，有的男人就喜欢吊挂金钟型，胡胖没准就这样。我失算了，胡胖没有抬起屁股跟上去。我说，胡胖真有你的，可真沉得住气呀。他奇怪地睃我一眼，说姚志你看出什么状况了？我说那还要看吗？想都想得到，你在这里瞄上一个女人了……

真有你的，他夸我，然后说，今天有点邪，那女的老不见出来。我都摸清楚了，星期六她肯定来码头洗衣服，雷打不动。

我终于得以看见那女孩，一看就吓了一跳，轻声地告诉胡胖，说法律那一套你可要吃准了，在未成年女孩身上出了事，是要重判的；十四岁以下……哎，怎么说呢，胡胖，法律可不会因你是三十几岁的大龄青年，或者一直没开过荤坚守童身，就网开一面。

胡胖说，我都摸清楚了，她十九，谈一阵恋爱，明年正好可以扯结婚证。

我以为他会在码头上看下去，看那姑娘把衣服一件件地洗完。他却打起了麻雀战，拉着我走。他跟我说，我就是要等她出来了，才好去办事。他要办什么事，依然不肯说。胡胖吊不到女人，但吊人胃口有一套，这使得我跟在他屁股后头瞎跑一整天也不感到疲累。栗塘村是个稀稀拉拉的村庄，胡胖早就踩好点了，径直来到一处全木结构的农舍前面。我跟着他走了进去，里面有个素净的小院，有一只狗和若干只鸡。正屋里有个中年妇女在搓玉米粒。她的手搓疼了，就把一只黄胶鞋扣在木桩上，再拿玉米棒子往胶鞋底纹上搓去，效果不错。胡胖走进去说讨口水喝，中年妇女指一指八仙桌，两张遗相正下方有一只弯嘴瓷壶。胡胖这家伙果真不客气，端起瓷壶叼着壶嘴就喝了起来，汩汩的水声不绝如缕。那中年妇女也惊讶地说，呀，你真能喝，那得有多大的一个尿脬来装啊。胡胖得意地说，我身体好，所以水喝得比一般人多。

其实不是这样，我知道，这全是胡胖肾功能有问题，自体排毒能力差，需要大量饮水。

胡胖喝了水以后，十二分自然地坐在地上，拾起一个玉米棒子就搓。他很卖力，两只手像要拧开手电筒的屁股一样，只搓了几下，白棒子上就没有粒了。他夸张地把白棒子在空中扔出一道弧线，接着又抓起另一棒。他的手很快就会掉皮起泡。他嘴也不闲着，和中年妇女拉瓜扯家常，从今年玉米的收成是多少开始。中年妇女情绪很高，她甚至没有问眼前这人是干什么的，就瞎聊开了。胡胖帮她搓玉米，说不定这女人心里暗自欢喜，觉得占了便宜。难道她就没看出来，胡胖这人一脸都是有所预谋的样子吗？胡胖迫不及待地向女人介绍自己的情况，告诉她，自己是箕镇镇中的老师，属于国家干部，业务能力很强，几年以后提升为校长也不是不可能。中年妇女说，呀，你是个老师，真不容易。胡胖打了鸡血针似的愈发来劲了，搓玉米的速度慢下来，但说话却是劈里啪啦语速飞快，让人难以相信他黑洞洞的嘴里只安装了一个舌头。

他又说起了自己的收入。……一个月有一千多，加上各种补贴、年终奖金，算下来一个月少不了一千三。他说得确凿无疑，我心里知道，哪有那么多啊。一个月只有七八百块钱。要说到乡镇中学发年终奖金，除了中年妇女，大概只有鬼才相信。我们基本工资经常发不下来，还要给缴不足学费的学生垫付。中年妇女瞳孔就大了，她喃喃地说，呀，现在当老师这么有钱？我今年收的玉米，搓下来有一千一百斤，卖出去也只有七百多块钱。胡胖趁热打铁地说，还要涨。中央有关部门放话出来的，我们老师工资收入总体偏低，还要涨。中年妇女说，唉，人不能跟人比，你们都这么多钱了，还涨啊？胡胖说，不算多，以后涨起来，最起码也要翻个跟头。妇女嗓子眼里迸出一声，我的妈呀！

我真听不下去了，这胡胖，怎么形容他呢？他应该去大学教吹牛皮专业了，窝在箕镇中学实在是屈才。于是我走出去，看这个村的自然风光，但实在也谈不上好看，农村无非就是这个样子，又不像人家英美法等等一系列外国，农村看起来像是风景区。这也怪不得人家农村，我们的风景区看着能像人家农村就已经不错了。我看见这个村里的狗都是低眉顺眼的样子，不能指望它们互相咬起来给我视觉的娱乐。我把村子逛了几圈，再回到这户人家，走进去，胡胖仍然还在和中年妇女说话。他俩都把玉米棒子放下来了，专心致志地说话，看样子是说到了很重要的问题。

……我家娇娇（姣姣？皎皎？蕉蕉？）毕业考不起学，没有工作。中年妇女不无担忧地说，你以后要是不要她了，她怎么办？

我没想到，就在我出去转这几圈的时候，胡胖和中年妇女已经把话题深入到婚嫁这个地步了。胡胖对此会怎么作答呢？我正这么想着，胡胖已经从椅子上站起来了，忽然一个大马趴，砰地一声跪在地上，右手一根手指笔直地指向天花板，他诅咒发誓说如果谁变了心，五雷轰顶死无全尸……

中年妇女不知如何是好，想把胡胖拽起来。胡胖的身体几乎是她两个大，她能把他拽起来那简直是在玩杂技。中年妇女面露难色，一眼瞥见了我站在门外，赶紧说，这是和你一块的教书先生吧，快快快，进来坐。小胡，去里屋搬一把椅子。胡胖倏地又站起来了，欢天喜地钻到里屋取椅子。中年妇女留我俩在她家里吃饭。她是个做事果断手脚麻利的女人，说着话手里就多出一把菜刀，走到院子里，手起刀落把一只小母鸡给宰了。我不由得佩服胡胖是个角色，既然有这番口舌功夫，何事还把自己憋到三十多岁？我向他翘起一只大拇指，他看着很受用，嘴里却说，唉，没办法了，找个柴火妞凑合着过日子算了。

我倚着她家门板抽烟，眼睛能够看到村口。过不多久那洗衣的女孩回来了，越走越近。我不由得艳羡起来。这哪是凑合？胡胖一双眼睛蛮尖的，专挑长得好的，再说人家乡里农户，对有正式工作的都另眼相看，这事有戏。那个叫皎皎（我找胡胖确认了，是叫皎皎）还不知情，走进来以后一眼看见了我和胡胖，她并不很惊讶，还冲着胡胖微笑。我就奇怪了，未必这女孩心里有感应？这段时间，中年妇女又不出去报信，女孩竟然就晓得和胡胖眉来眼去了？胡胖脚跟子都软了起来。女孩这时喊他，胡老师！胡胖吃了一惊，说你认得我啊？女孩皎皎说，胡老师你不记得了？我以前是初六（7）班的，你教过我们，我成绩不好，老被你批评。

胡胖真是记不住了，他尴尬地说，是吗？我一般都不批评学生的，你是不是记成比我老的那个胡老师了？皎皎坚持地说，胡老师我不会记错的。这个叫皎皎的，看上去十二分清纯以及不解人事的小女孩，这时才觉得有哪个地方不对劲，问，胡老师，今天怎么会在我家里？

我也呼应似的拧过头去，倒要看看胡胖怎么回答。胡胖脸上永远都是游刃有余的样子。他三十三了，如果脸上还浮现出初恋男孩那种青涩，那种毛茸茸的羞怯，活该这一辈子挠墙自欺。他像领导发言那样咳了几声，清清嗓子刚要说，这个这个，嗯……那个中年妇女，也就是皎皎她妈及时跑出来解围了。令我嫉妒的是，且不说胡胖盯上了多么漂亮的女孩，首先这个准丈母娘太尽职尽责了。生了这么漂亮的一个女儿，不但不奇货可居，而且像要处理压仓货一样尽快打发走。只这一顿工夫，她就一心向着八字没一撇的女婿。

她说，呆什么呆啊，去帮我修鸡毛。她又微笑地说，皎皎，他是你老师啊，嗯，那就更好了。女孩莫名其妙，揣着一肚子疑窦走进厨房去修理鸡毛。母女俩在厨房热火朝天地弄一餐饭，堂屋只剩下我们两人。这时胡胖说，真是奇怪，她这么一说，这里我好像来过。我问，你记起她来了？不会是当年你就睨上人家了吧？你真不是人，一肚皮的五年计划十年计划，怪不得老谈不成呢。他说，哪有？我记不起来她当年是什么样子，哎，乡下的妹子就是这样，读初中的时候根本看不出苗头，离开学校后的几年，一年一个样了。当年她肯定长得很一般，要不然我肯定有印象。

那只鸡弄得很不好吃。皎皎在吃饭时说，胡老师，你记性真好，那年来过我家一次，现在还能记着。胡胖正在吃一只鸡肘子，黄色的鸡油满口流溢。他吃力地回忆了半天，问她，我来过你家吗？皎皎说，对啊，那一年你来催学费，我家也欠了二十块钱。那天我爹不在家，我妈身上没钱，你们还吵了一架。胡胖和中年妇女面面相觑，丝毫也想不起来了。中年妇女脑袋转得快一点，她说，哎，哪有这回事？有的话我会记起来，可能不是他！再说了，老师也不容易，大家都不交钱，老师拿什么发工资啊？胡胖解释说，催缴的那叫学杂费，学费免收。我们的工资是靠国家拨，学生家长交来的钱我们得不到。中年妇女说，吃菜吃菜，怎么都那么斯斯文文？她伸长筷子给胡胖挟了一大副鸡架子，这才意识到我的存在，就给我挟了一筷子，竟然是一大块老姜，她错看成鸡肉了。

吃了饭中年妇女把女儿叫到里屋，跟她把事情挑明。我看见胡胖惴惴不安地站在外面抽烟。胡胖慢慢就记起来了，当年这个皎皎成绩实在是很差，脸上一把把的菜色还长着雀斑。对这样的学生，胡胖没法拿出好脸色，经常揪出教室一顿痛批。我晓得胡胖这个人，要是长相漂亮一点的女学生，他还会客气一点，长得越丑，他越凶。胡胖突然又有了新的感叹，说是不是女孩子小时候长的丑，大了反而长得好？要吸取教训呀。

……你还有多少时间可以吸取教训？我扑哧笑了，说，我晓得你对不顺眼的学生是怎么个凶法，说不定，人家皎皎心里面现在都还留得有阴影。他乜斜了我一眼，说，难道这回来，却便宜你了？我狂喷，说胡胖啊胡胖，那是谁说的？乌鸦捡到一只死老鼠，就死死地捂住，怕老鹰和它抢。其实老鹰急不可待地飞走了，它最闻不得死老鼠的气味。我这么说不厚道，皎皎怎么会是死老鼠呢，她身上散发着能令每个男人都蠢蠢欲动的属于早春二月的青涩气味。听着这话，胡胖放下心来，拍拍我的肩，以示信任。

里面的女孩突然哭了，嚎啕痛哭。她的妈把事情讲明以后，她可能从未遇到过这么沉重的打击，一时有些承受不了。胡胖本来轻轻舒展开来的脸纹刹时又变得凝重，但强自挤出笑脸跟我说，没关系，她不同意，她妈可不答应。哎，姚志，你看我和她有一点点夫妻相？一点点？他把头发往脑门顶上抹，把脸最大限度地挖掘出来让我看，焦急地等待着我去恭维。于是我投其所好，说，那还用说，你俩长得特别互补，一个榫头一个榫眼。其实我不看好这回事。我也知道女孩会是被动型的，只要一开始不对男的表现出太多厌恶，剩下的事就是看这男的如何表现了。但若是女孩看见了胡胖就像看见鬼一样，胡胖还有努力奋斗的必要吗？

我去找于江。太多的事促使我去找于江。他跟校长请了假。学校师资欠缺人手紧，一个萝卜几个坑，偏偏于江还能独自拔出身来，去镇上赌钱，去城里勾引女人。他能从女人身上搞到钱。被他搞过的女人，就像吸了鸦片烟一样，离不了这一口。换一个男人，那就只能算是纸烟，根本替代不了。去公共澡堂洗澡时我也偷偷地把于江那玩艺瞟了若干眼（搞得于江自作多情起来，以为我也对他图谋不轨），也看不出有天生异秉，或者别的什么玄妙啊。

马大姐天天来找他。活该我倒霉，那天陪着于江去蹭两个城里人的饭，现在马大姐找不到于江了，满学校里的她就认得我。那天我在上课，作文课——天知道为什么一上作文课就会有状况。我依然在讲台上打瞌睡，听见下面一片零乱的笑声，于是从那美梦中脱身出来。顺着孩子们的眼光，我看向前门。有一个女人含情脉脉地看着我。我定睛一看，却是马大姐。她见我已经醒来，大是高兴，迈步要跨进教室。下面的孩子更为兴奋了，幸灾乐祸地笑起来，大概以为开心马大姐是我的女朋友。我赶紧出去，把她扯到走廊上，问有什么事情。她说一句话脑袋得想好半天，搞得我满以为她一开口就会是一句名人名言。但她说，于江呢？我说我怎么知道？她说，找不见他，我就只有找你。我说，又不是我把他藏起来了。她竟然问，那是谁把他藏起来了？我欲哭无泪地说，小马，我这只是个修辞，并没有谁把他藏起来。我不晓得他在哪里。我觉得我已经说得很明白了，便走进教室维持课堂纪律。马大姐没有走开，依然在走廊上站着，看着我。我有点窘迫，孩子们看见不要紧，要是学校别的老师看见了，会激发他们的想象力。我把马大姐揪到教室后面，从来都会空下桌椅，从来都不会出满勤。但孩子们的脑袋都转向后面，和面色慈蔼的马大姐挤眉弄眼。

第二天她还来，第三天……我发誓三天内帮她找出于江，我指着被云朵粉刷得很白皙的那片天空向马大姐发下重誓，她这才肯信，不再叨扰我。我觉得她不是看上去那么笨。

同时胡胖也要我找于江。过两天他要请一桌客，于江肯定要到。我估摸胡胖有种扬眉吐气的心态，要让于江见识自己的厉害。在以前，在搞女人这一专长方面，胡胖被于江涮得太多了。很多次胡胖失恋，于江就拍着胡胖的肩安慰地说，那有什么好奇怪的嘛，你以为你是我?

胡胖把皎皎搞到手了，这让我始料未及。这个把月时间，胡胖一有空就迫不及待往栗村去，有准丈母娘壮胆，胡胖便流露出有恃无恐的嘴脸，对小姑娘死缠烂打。也不晓得把皎皎恐吓了多少回，慢慢地，这小姑娘吓皮了，渐渐适应了和胡胖单独相处。

一回到学校，胡胖死活要把我找出来，向我汇报他的最新进展。女孩愿意跟他走向村外，走进野地了，那他的机会可说是要多少有多少。胡胖虽说不像于江那样精于此道，但摆平皎皎这种雏儿还是绰绰有余的。没几天，他就告诉我说他已经把毛茸茸的手伸进女孩的胸膛了。我感到一阵说不出的肉麻。他自豪地说，别看年纪不大，皎皎的乳房是吊钟型的，虽说稍稍有点下垂，但他喜欢。我的眼皮跳起来，皎皎跟我毫无关系，但听到这个地方，胃酸就大量分泌起来。过了不久，胡胖果然告诉我说，他已经把该做的事做了。……女孩毕竟还有点小，太单纯了，未必是好事。胡胖得意地跟我说，拽她到了芭茅草窠子里，我就要跟她做那事。她一开始还躲躲闪闪，但我严厉地说，老师教你怎么做，你就怎么做。于是她就不吱声了。看样子，虽然她成绩上不去，却是个听话的学生。对于胡胖的说法，我总是不肯完全相信，这个意淫症患者，谁能保证他所叙述的不是脑子里的胡思乱想呢?

有一天胡胖真就把皎皎带进了学校。那天是月底的周末，学生都回去带钱带粮了，空空操场上就他俩在踱步，像河滩上偶然歇脚的两只鸟。我站在教学楼的顶楼，看见他俩走到自以为别人没有看到的地方时，就做起了亲昵无比的动作。女孩时不时把自己的手插在胡胖的裤袋里——好像村姑都蛮喜欢跟心上人玩这个动作，以示亲昵。胡胖的裤袋是那么巨大，皎皎的手一伸进去就没到了肘部。一旦有人走来，她就很用力地抽回自己的手，摆出矜持的模样。虽然我缺乏经验，也不难看出来，他俩若不是发生了很亲昵的关系，不会是这个样子。于是我自己的身体随之而来一阵寂寞，像过电一样。

于江终于让我找到了，其实也不难，这个镇上赌钱的地方无非那么几个，著名的赌鬼无非那么几人，打听一下，于江就无处躲藏。只怪马大姐脑袋不好用，成天来我们学校守株待兔。于江现在成了庄家，在农贸市场一角支起个摊，大声吆喝四乡八村前来赶集的农民，去他的摊点上玩牛头马面的游戏。其玩法是：搭起一块斜板，板上横着一根铁轴，轴上面放着三个巨大的骰子；骰子都有六个面，每一面分别贴着：牛、马、狗、兔、鱼、象。聚过来的农民可以任意买一种图案，如果你把十块钱押了狗，等骰子落稳以后，出现一只狗，就赔十块；出现两只狗，就赔二十；出现三只狗……于江每隔半分钟就把铁轴转动一次，让那几粒巨骰子唧唧哐哐地砸下来。另有一个女人手里拽着一大把钱，和每一个押赌的人结账。我曾用排列组合的方式算过这三粒骰子隐含的胜率，庄家有百分之七十左右，而押赌的人只有百分之三十多一点。所以，看见这样的场面，我就痛心疾首地想，义务教育是多么重要呵，要是每个人都把数学概率学一点，那于江这号人哪能这么容易就赚到钱呢？

我看见有个长着霜打茄子脸的人在押狗，赌气似的，连押了七把，一只狗也没有出现。他吐着唾沫抽身离去，一脸壮志未酬的落寞。我赶忙占据他空出来的位置，掏了一张老头票去押狗。于江没有看见我。他大声吆喝着，一拉轴杆，骰子滚落下来砸出三只狗。那女的尖叫了一声，抹了三张老头票赔给我。于江这才看见了我。他问我有什么事，我告诉他我是来赌钱的。他就笑了，叫了一个老头替他拉铁轴，把我拽到一边说话。我只告诉他，胡胖要请他吃饭。只要于江回到学校，马大姐自然而然会捉住他，这个我倒不必说出来。于江的眼睛像骰子一样地转了转，就明白了。他问我，是不是胡胖这厮骗得一个漂亮妹子，忍不住要馋我一下？这些年，我并不是有意针对他，但只要他在我身边，就难免活得很压抑。我不得不佩服于江这赌鬼判断力像刀子一样犀利，说，是这样的。

那个下午于江扬着他那张约翰尼·德普的脸姗姗来迟了。他走进胡胖的屋里就作势尖叫一声，因为胡胖的单身汉宿舍忽然不再是他记忆中狗窝的样子，而且扑面而来柠檬型的香味。胡胖买了一瓶空气清新剂，他按压的时候太用力，把瓶嘴按漏了，里面的气体像干粉灭火器一样一泻而尽。现在满屋都是熏人的香气。他桌上摆了几盘菜，吃着都变味了。接着于江看见了皎皎，想尖叫，但那一声闷死在喉管里，冒出的一点点声响类似于吞咽不畅。我能猜想是怎么回事，他估计胡胖骗来的女人应该是漂亮的，但没想到会有这么漂亮。

当天，胡胖拿出差不多一个月的工资投资在皎皎的身上，一大早就搭车去了县城，买衣服买鞋，化了妆做了头发。现在的皎皎身上的泥土气息被滤掉了，看着挺有些洋气。但她挑的衣服质地实在不好，要不然完全就像经常在画报封底游弋的二线明星。于江埋怨似的说，早不知道。早知道，哪还敢马马虎虎就跑来出丑？其实他打扮得也很抢眼，头发从来都梳得仔细，衣服是枪驳领的休闲西装，虽然放在洗衣机里绞了几回，但熨线基本上还是看得见。倒是我和胡胖，像两个陪客，穿着夹克衫，穿着牛仔裤，趿着白跑鞋。

……于老师，没想到你还在教书。皎皎这孩子认出了于江，很兴奋的样子，睁圆了眼睛，身子前倾去找于江说话。她用那甜美的乡音说，于老师，以前你在我们班代了三节课，六（7）班。于江眼都不眨就接话说，对对，我记得，我在六（7）班代了几节课。好几年前的事情了，但我印象非常之深刻。在贵班代课，我一直感到非常之荣幸。皎皎说，唉，可惜你只在我们班代了三节课，要不然，我们班女同学学英语，一定会学得非常好。于老师，你还记得我吗？我问了你一个问题。于江赶忙说，记得记得，你这么漂亮，我哪能不记得呢？但皎皎的脸忽然阴了下去，郁郁不乐地说，但那时我不漂亮，你肯定是记住了张小花。于江跟女人打交道太多了，他随口又说，嗯，皎皎同学，要是你的意见和于老师的意见不一致，那要以于老师的意见为准——我说你漂亮，你肯定是最漂亮。皎皎就皎洁地笑了起来，狠狠地搛了一筷子猪脑拱嘴肉，堆进于江的碗里。卤熟的猪拱嘴买来后被胡胖横着切，看着有点像是藕片。胡胖揪准时机，也搛了一筷子卤肉；说实话我对于江当天的作派也颇有微辞，说不出口，于是也搛了卤肉添进他碗里。这样，那一碗卤猪拱嘴全归于江享受。胡胖还幸灾乐祸地说，吃哪补哪，你嘴巴成天讲话吊女人，要补一补。于江微笑地说，有猪鞭吗?

当天喝的酒又是金六福，米卢的嘴脸再一次被人撕破。胡胖心情很微妙，这都反映在他脸上，他找于江拼酒。他看上去仿佛有两个于江那么胖，按体积算，负担酒精的能力肯定是要强一点，所以拼起酒来于江会吃亏。但于江就是更能喝，这也没什么道理。那一瓶酒被他两人喝去了，我想喝都没份。胡胖刚一喝完的时候还有几分清醒，指着我说，姚志，你不是诗人嘛，现场做一首诗，活跃活气氛。皎皎难得地把美丽的脸庞和脑袋一齐扭过来看了看我，说，哇，原来姚老师还是一个诗人。我蹙着眉头告诉他们，诗人？我是湿人，潮了吧唧湿了吧唧的那个湿。——在箕镇，潮和湿，都用来形容某某人有点白痴。

于江也督促地说，别给你脸不要脸，难得还有人喜欢听你淫湿。我想了想，确实不应该做给脸不要脸的事，于是捏了捏嗓子，告诉他们，我开始淫了啊。

他们连声说，淫吧淫吧。

我念道：生命诚可贵，爱情价更高……

胡胖拱嘴一歪“嘁”地一声，说这首诗是你的吗？现做一首，这首诗是鲁迅大伯写的。别欺负我不是诗人就不知道。

我就说，你看你看，打什么岔？听我念完再发表高见好不好？你这种不懂诗又自以为是的人我见多了。等他们安静下来，我才把这首诗念完：如果没有钱，手往裆里掏。

我以为他们会笑起来。在别的一些场合，特别是在一些饭局上，我念出这首改装诗，总能收到意想不到的效果，会让别的饭客把一嘴饭菜齐刷刷喷向天花板，不知道的还以为是群策群力消灭苍蝇。但今天我失算了，念完以后低头看一看，胡胖已经睡去了，并且鼾声如雷。只这一会的工夫，他就进入了无梦睡眠当中。看样子刚才他就醉得不行了，强撑着要我念诗。而于江和皎皎，他们彼此凑得很近，在小声的讲着话。皎皎的脸非常的细腻，在胡胖屋内昏暗的灯光下也呈现出半透明的质地。我忽然想起那些滥俗的武侠小说家惯用的一个词：吹弹得破。

我没喝酒，却像喝了很多酒一样，很寂寞，想发发人来疯，以引起别人的注意。我说，我再给在座的各位唱唱歌吧，能不能给一点掌声？于江和皎皎一边说着话，一边给了些稀稀拉拉的掌声，像风吹瓦楞草，雨打苦艾叶。这至少说明他俩还留着半只耳朵听我发出来的声音，我就唱了起来。我也不晓得唱了什么，感觉自己不停地串歌，从《南泥湾》串到了《我爱北京天安门》。串这么远，我很快就串累了。胡胖还没有醒来，另两人还没有说完。他俩是相见恨晚的样子。我大概地听了听，现在他们说到了马大姐。于江告诉皎皎，自己的女朋友长得非常难看，但有什么办法呢，他不能因为人家难看就抛弃人家。皎皎不信，她说于老师你说笑话，要是你的女朋友不漂亮，天上落雷都会把她打死。于江微笑地说，小孩的口里有药，狠话可不能乱说哟。皎皎就撒娇似的说，于老师你看你看，人家早就不是小孩了嘛。于江故意把脸一扁，痛心疾首地说，可惜哟。皎皎就得意地笑了，抓起酒瓶往自己嘴里猛灌一口。于江仿佛是去抢瓶子，嘴里还啧啧有声仿佛心痛得不得了，却扶着瓶身把酒继续往皎皎的嘴里倾倒。

胡胖竟然打起了鼾，浑不知事。而于江和皎皎，他们像是把我彻底遗忘了。我坐下来吃了些柠檬味的猪肉、柠檬味的茄子和柠檬味的腊舌炒蒜薹，心里还是不宁静。我悄悄地把脑袋伸到了桌子底下，想看看于江的鞋是不是搭在皎皎的脚上。于江的脚是那么巨大，而皎皎的脚又是那么的细小。他们的脚还有一定距离。于江的脚像是在打拍子，但他太用劲，看上去像疟疾患者在打冷摆子。

马大姐没来。马大姐平时一天来两趟，望眼欲穿的样子使她脸上的女人味一天天多起来。今天怎么偏偏没来？我真希望她从天而降——天上掉下个马大姐，把于江结结实实砸一个。

那天一早，我端着饭碗走出校门去吃饭。雾气蒙蒙，我看见于江像鬼一样从不远处那团雾里闪了过来。他昨晚肯定没睡，眼里布满血丝。同时，我突然看见一辆警车冒了出来，在他身边停下。我正以为来人是抓于江的，却看见下来那个人正是于江的同学。他脸上挤着微笑，于江却已吓得不行。看清了来人，于江才长长地吐了口气。他说，是你呀老曹。警察说，于江，又不是来抓你的，虽然我晓得，抓你也没什么不可以。警察的脸上似笑非笑。于江说，老曹，你长了个狗鼻子，昨晚我刚搞得点钱，今天你就撵脚过来了。警察说，找你还钱也不容易，今天有钱，我也就拿了。于江抹了一沓票子，数数张数把到警察手里。我赶紧挨近于江，说，于江你把我的钱也还了吧，都一年多了。但于江把剩下的钱迅速揣进裤兜，跟我说，姚志你就下次吧，这次的钱不够了，先还老曹。人家从城里老远跑过来，也不容易。警察就分辩说，狗日的于江，我来不是问你要这几个卵钱，是有正经事。于江问，是不是又死人了？警察就点点头。

箕镇这地方，死人也不是什么新鲜事，隔不久就会有一桩命案。警察似乎也没什么急事，他说命案现场是另一车人在处理，他这一车闲着。接着他讲起了案情。我们一边听着警察的讲述，一边止不住地笑出声来。这个时候，他不像一个警察，而像说相声的。

我在箕镇生活了这么些年，得来一个经验：箕镇的时间就是由命案来划分的。命案每年都会发生好几出，等到下一出命案发生了，人们才会停止讨论这一出命案。命案就这样接二连三，延续下去。这地方太容易死人，所以人们好像也不怎么在乎死。一听有新的案情，那表情不止是兴奋，还有掩饰不去的喜悦。

警察讲完案情就上车了。临走时他说，我还要忙事情，不多说了。他好像不是为案情来到箕镇的，也不是为了要于江还钱，而是要给我们讲述这个命案。但他瞎打误撞地讨到了债。于江丝毫没有要还我钱的意思，我只好怨毒地看着他。他已经觉察出来了，说，姚志你不要这么看着我，你那眼神像是要杀人一样。我只欠你几百块钱你就想杀我，讲不过去吧？要是你想杀我，不妨再借我一点钱，借多一点，能让你肉痛。要是我还不出这笔钱，你的杀心才会坚决起来。我看着他自以为是的样子，嘴角打脱一丝冷笑。我不会杀他，当然也再不会把钱借给他。他怎么心存侥幸想着我继续把钱借给他呢？我感到诧异。

次日的早读课轮着我占用。在早餐前有四十分钟的早读课，那个时段是一天中的黄金时段，孩子们刚刚睡醒，精力正充沛着。每个老师都愿意占用早读课卖自己的狗皮膏药，现在轮到我了。我教语文课，校方认为这门课学生总是学得不好也不坏，用不着加课，原则上语文老师是不能占早读课的。于江他很大方，他占到的早读课，总是当顺水人情分给我。钱以外的东西，他仿佛都不是很在乎。

我摆开教案，正要补几个知识点，姓贺的老校长忽然走了进来，他的手短促而有力地一挥。他声若洪钟地说，同学们好。底下的同学们就热烈地呼应起来，他们七嘴八舌地说，老校长好。老校长很开心马上又再问候一句，同学们辛苦了。这一来下面的学生就乱了，有的大喊，老校长辛苦了，有的偏偏要说，为人民服务！我还站在讲台前面，最中央的位置。老校长朝我走过来，他说，小张，你也辛苦了，我有事要跟同学们讲个三五分钟。麻烦你到旁边站一站。我说我姓姚。他说，我是说你姓姚啊，难道我说你姓李了？他朝我微笑，在他的微笑里我看不出他是记性不好还是拿我开涮。我感到很尴尬，更尴尬的是往下我不知道说什么才好，怔立当场。老校长要跟学生们讲校史。他已经七十多了，从这个学校建校以来就在这里当校长，退休后还返聘了八年。他把这所中学看成他自己的，虽然谁都知道学校是国有的，工资是财政拨款。他说只三五分钟，但一俟开口，整节早读都不够的。关于校史，无非也就是那些内容，讲着讲着他还会讲自己跟贺龙沾亲戚，贺龙刚闹革命时挥舞的两把菜刀，其中的一把还是从他爷爷家偷的。我们都听过的。四十分钟的内容，他一遍遍地讲，可以讲得一个字也不差，但他就是记不住自己跟这个班的学生讲几遍了，讲了三遍五遍，还会讲第六遍第八遍。真不知道他的记性是好还是差。

老校长刚讲了两句，忽然对自己有了怀疑。他问下面的学生，呃，我好像在你们班讲过这些事了吧？台下的学生竟然齐声回答，没讲过。但也有一两个不和谐的声音，在说，你都讲无数遍了。但老校长耳朵有些背，他只能听到大一点的声音。他说，那好那好，有必要给你们讲讲。你们想听吗？大多数孩子都说，想听哩。老校长拧过脸看看我，说，小李，你能不能也坐下去，一起听听？我说我听过了，听过好多遍了。老校长说，呃，那你站开一点，我给孩子们讲。我说他们也听过了。老校长说，留级的听过了吧？没留级的，应该还没听过。

这时胡胖刚好从教室门口路过，听见里面热闹，就走了进来，看看老校长然后看看我。他问，什么事？

还能有什么事？老校长要跟学生讲校史。

我看不必了。

为什么不必了？嗯？老校长很惊诧地看着胡胖。

我也看着胡胖，看得出来他心情不好，八成皎皎家又提了什么要求。皎皎家最近老在提要求，要添置各种各样的东西，或者就要现钱，名目繁多，否则的话胡胖就没法顺利地去办结婚证。巧立名目这种事，只要和钱联系在一起，谁都可以操作得风生水起。

……因为，九年制义务教育里没有开设校史课，不要考。胡胖这才笑了笑，他肯定觉得自己这条理由铿锵有力，无可置疑。胡胖又看看我，问，是你用早读课啊？我说，于江让给我上的。胡胖就拿手指指了指老校长，说，你可以走了，不要妨碍正常的教学秩序。胡胖一手指着老校长时，另一手插在裤兜里，脑袋稍微地歪着，嘴角挂着浅浅的微笑。老校长用力睨了胡胖一眼，说，我竟然，妨碍正常教学秩序了？胡胖拿手去拉他，说，唉哟，不要逞强，你这年龄激动不得。我扶你下来，你看你看，这讲台多高啊，多悬啊，应该配一把梯子。

老校长几乎是被胡胖架出去的。这个过程中，他嘴皮一直在哆嗦着，说不出话。当胡胖把他架出了教室，他嘴皮这才麻溜起来，说出一句整话：姓胡的，你欺负老人家，是有报应的。你这么大一把年纪娶不到老婆，我看就是报应。娶不到老婆不是开玩笑的，娶不到老婆，那就意味着断子绝孙哟！

你说什么？

我说你断子绝孙。

那你自己呢？

我差不多要抱重孙了，儿孙满堂。我贺某人从没干过亏心事哟。老校长一边说话一边要挣脱胡胖，想重新溜进教室给学生们痛陈校史。他讲校史很过嘴瘾，隔几天不讲嘴巴怕是都会肿起来。但胡胖跟他来劲了，他拧住老校长的衣襟，轻轻一扯，老校长就几个踉跄，最后索性往地上一躺，不肯起来了。他先是拿手捂着腰子，隔一会把手挪上来捂住胸口。

胡胖因为这件事被乡派出所的人带走了，很快放了出来，但要赔钱。学校跟老校长协商，胡胖也跑去乡卫生所跟老校长道歉，并保证以后一定好好听老校长讲校史，保证百听不厌。谈到赔偿额度的问题，老校长说他感到浑身不舒服，想转省里的大医院里去。胡胖好说歹说，把价钱说到了四千，老校长这才同意不转院，就在乡卫生所里呆着观察几天。胡胖还答应每天给老校长送两餐饭，每天能见到老校长两次，见他还好好呆在乡卫生所，胡胖才会安心一点。

这次的事情，胡胖是为了帮我。他手头正紧，但我也掏不出四千块钱，只掏出两千多。于江变了一个人似的，他不但还了胡胖的钱，还还了我的钱，这样，四千块钱勉强凑齐。胡胖心情当然不好。这件事发生以后，老校长的气焰进一步高涨，有一次他正在上课，老校长公然走了进去抢占课堂，要给学生们讲校史。胡胖现在不敢逞强了，他想走出去，觉得不妥，就找了个空位子坐下来听，听得很认真，还打开本子给皎皎写情书，让校长误以为是在记笔记，误以为整个课堂上就数胡胖听得最认真。

现在马大姐头脑显然是越来越灵活了，于江只要在学校里露面，马大姐就会抓住他。有时候马大姐蹑手蹑脚地从后面跟过去，动作很轻盈，一下子捂住了于江的眼睛，让他猜猜自己是谁。还能是谁？马大姐的声音很有特点，说话伴随着突突的声响，像是哽咽，一天到夜不停地哽咽。有两次，于江正朝着我走过来，我正好看见马大姐突然冒出来，悄悄靠近了于江。马大姐是欢天喜地的，当她捂住于江的眼睛，于江的脸霎时拉长了，不再像德普，倒是有点像葛优。不过于江的脸一旦转过去，拉长的脸又会缩成原有尺寸，跟马大姐说情话。马大姐越来越会打扮自己，人经过打扮总是要好看一些，再说她还在减肥。她瘦了许多。为了于江她大概什么样的苦都能吃。

但是我知道于江在外头有很多女人，有了这样的情况，结婚真是下下之选。于江、胡胖和我都还没结婚，但具体到个人，情况却各不相同。我在想着这些乱七八糟的事，于江在不远处把马大姐吻了一下。只一下，就引来围观，马上有好些学生和老师停住了脚步看这两个人。马大姐脸上有了羞赧的意思。一般的女孩一旦羞赧，脸上只有一层轻薄的红晕，马大姐的脸特别红，有点像流出血来。于江冲着围观的人挥手说，明天再来看吧，今天没有了。

那天晚上下了自习，我和胡胖在我房里聊了一阵。现在他即将有了女人，找的话题不再像以前那样一味地低级趣味，会谈到养家糊口，甚至会谈到理想。他想调城里去，让他的皎皎看看外面的花花世界。我也想调，调水溪镇，我的家在那里。我们都是有理想的人。聊着理想，毕竟没聊女人来劲，但说女人就是理想未免让人认为你低俗。所有男人仿佛都那么心口不一，爱标榜自己事业为重，甚至赌钱为生的。聊得不久他就回到自己房间，我躺到七条腿的床上准备休息。门再次被敲响。我冲门说，胡胖，我们不要再谈理想了，谈多了晚上容易憋尿。但门外的声音对我说，亲爱的快开门，是我，我是于江。是于江的声音。我穿了衣裤打开门，他已经跑到那边踢胡胖的门。

于江将我和胡胖扯到校门口，在一片黑暗中，兀然出现一只吉普车，是那种草绿色帆布蓬的吉普车，如果心情好，可以把帆布蓬解下来，成为一辆敞蓬车。老电影里，国民党的军队最喜欢用这种车，上车的军官不管白天晚上一律戴墨镜。于江就是那么做的，他叫我们上车去，然后把一副墨镜架在鼻梁上。我看见没有司机，问他，这车怎么走？你推吗？他说，你真是的，没看见我把眼镜都戴上了嘛。他坐上驾驶座拧拧钥匙，车一抖，嗡地一声，竟然向前面走了。

你学过车？

这很容易，摸几把就学会了。

又不是摸麻将。

姚志，我开车像用筷子挟扣肉一样稳当，你放心好了。

本来我和胡胖要担心一番，此前可从没听于江说过他会开车，一下子就开着跑了，而且走的是乌漆抹黑凹凸不平的夜路。但他开得很稳，让人没法担心起来。于江有于江的活路，不见得每个赌棍都是废物，他可以泡更多的女人，吃软饭。但这个人，与其吃软饭，他宁愿自食其力地去赌。这也是我佩服他的地方。

我不禁感叹，乡村的夜晚黑得这样纯然一色。车头那两只灯只能映亮很小的一块区域，光区和暗区之间有着钝白的分界，这时节有虫子往车头灯上撞来。我喜欢这种开夜车的感觉，像是持续地在钻一个洞。空气真好。

……他们想把马大姐嫁给我，那我就要开他们的车。于江忽然说话了。见我俩没回应，他继续说，我教过政治，难道你们没教过？

于江思维的跳跃性难免有点大，这可能也是他老赢不了钱的原因之一。我俩问，那又怎么了？在乡村中学，有谁没上过政治呢？很长时间里，几乎没有专门的政治老师，谁有空谁就去代。

是啊，说到马政经的时候，得按书上交代的，告诉学生，资本主义社会的工人人人一辆小轿车，那是为了更好地剥削他们，让他们节约走路的时间。我想，他们的车，资本家用来剥削工人剩余工时和剩余价值的车，起码能抵十辆这种破吉普。

但是这种破吉普，说不定可以摆进他们的博物馆。胡胖说。

是啊，但现在我开这辆破车子，我竟然觉得我的生活高档了一点。主要我现在一手在把方向盘，另一只手在挟烟，没有第三只手了。要不然我想抽自己一耳光，让自己不要这么沾沾自喜，扬扬得意。姚志，你方便的话你给我一边脸上来一下。

胡胖坐在你正后面。

那就胡胖打。

胡胖问，我是轻点打还是重点打？

顺其自然地打，让我知道我在你心目中是什么样的地位。胡胖，给你个机会。我知道，你难免总是有想打我的时候，因为木秀于林风必摧之。

胡胖也不客气，左右开弓地打将过去，一个耳光轻一个耳光重。重的那下打得于江连声咳喘。胡胖就解释说，两个意思，一是敬重你的人品，二是嫉妒你的风华绝代。于江咳完了就笑，说，结婚真是个好东西，要结婚了，胡胖竟然也很会说话了，拍得我舒舒服服的。你们俩，趁着今天晚上月黑风高，也对着抽几耳光吧。很爽的，我既开车又抽烟还挨了耳光，有种脱胎换骨的快感。

在黑暗中，于江的声音具有了某种蛊惑的力量。我和胡胖坐在后排，相互一觑，彼此面目模糊，别说眉毛胡子，简直是眉毛裤裆一把抓。我们为什么要抽对方耳光呢？这难道是个问题？但我们真就动手了，不记得是谁先，开始是试探，后面就一下一下重了起来。

于江提醒，抽耳光的时候你们应该说些什么，就像炒酸菜要下盐。

……理解万岁。我犹犹豫豫，抖抖索索地说。

嗡，理解万岁。

……我真的还想再活五百年。我声音老是控制不住，在抖。

胡胖又还回来一耳光，没重复我的话，他另辟蹊径地说，五百年有点长，只争朝夕。

我又抽过去，说，风声雨声耳光声声声入耳。

皎皎我爱你一万年，胡胖回应，结婚的事最好还是少花钱。

敲起鼓打起锣，阿佤唱新歌。“啪。”

咳啦啦啦啦咳啦啦啦啦，天上铺彩霞呀地上开红花呀。“啪。”

“啪”！你他妈以为你唱得好？

“啪”！就是唱得好，气死你！

……

于江听出不对劲，我们俩像被柴油发动起来的老拖拉机，不动则已，动开的话会越来越来劲。不要打了不要打了，中国人不打中国人。他把车子煞住，一猫腰扑到后座拦到我俩中间，把我们分开。我们的手还在空中无着无落地挥了挥，才被他摁下去。脸上没有任何感觉，甚至在夜风中不觉得热。

我们谈谈理想吧。于江一口叼起三支烟，悉数点上，给每人发一支。我看见他在黑暗中往后捋了捋头发。作为一个帅哥，总是会有几个招牌动作。他首先说，我的理想是赚钱。小时候我觉得女人比钱难弄，现在发现恰恰相反。

胡胖说，我想结了婚调到县城去。

我说，我想回水溪镇。

于江总结地说，我们都年轻有为，理想远大，前程似锦。为了理想今天我请客，我知道前面有个地方，你们知道吗？

我知道前面有个地方叫砂桥。于江点点头，说，就是那里。我们都不说话，车子再次动了起来，车前的灯又亮了起来。不知是不是脸上吃耳光太多的原因，我看着那团光，觉得浑浊，觉得虚渺。胡胖靠近我，张开手臂搂住我的脖子。我也抱住他，我俩抱得很紧，仿佛我是他的皎皎。

我又能把胡胖臆想成谁呢？此时此刻我心中一片苍白，觉得有些亏本。

前面的路段隐隐有了灯光，而且这光微微泛红。车子开得更近一点，我看见了红灯笼，还闻见盘香的气味。车子停下来，于江叫我们进去，那里有小姐。砂桥一带有很多的小姐，短短一截马路上停了各种的车。我和胡胖都没有动。于江说，我请你们，今天晚上，干什么都行。我们仍是不肯下车。胡胖说，去宵夜吧，喝喝酒就行。我要结婚了。于江问，那你呢？我说，我想回去睡觉，我困了。于江叹一口气，重新爬到车子上面来。他说，我没把事情办好，来这里之前，不能跟你们谈理想。一谈理想，你们就化学反应了，就拒腐防变了。唉。

车子往回开，又像是在钻洞。但大家心情突然好了起来，我问于江，你真的会跟马大姐结婚？胡胖的问题总是更能提在节骨眼上，他问，你把她那个了吗？就是，唉，那个哟，像我对皎皎一样，生米要做成熟饭。

于江故作懵懂地说，什么那个？咪细她？

对，咪细咪细，有了吗？

于江再次猛踩煞车，于黑暗中转过脸来，他的脸是一块模糊的灰白。他用挑逗的声音说，你们猜。

那天晚上，于江开车载我们在夜路上跑的事情，回忆起来总有些不真实，最真实的也不过记住车前那一团模糊的光晕。不过，于江就是这样，他身上总有一些事要发生。他给我一贯的印象就是这样。

之后他又不来上班了，老长时间见不着他。马大姐照样徘徊在学校一带，等着能见上于江一面。有时候下了课，全校的师生都趴在栏杆上，看着在操场边缘女贞树围篱旁边，马大姐安静地等待着心上人的样子。有时候她也觉察到无数双眼睛在盯着自己，很快呈现出一脸不知所措的模样，甚至会往厕所里钻。等到上课铃响起，走廊栏杆上晾着的大人小孩瞬间消失，她才会从厕所里走出来，回到原处，绞着手，正绞，反绞，等待下去。

课文早就讲完了，现在我喜欢上作文课和考试，让孩子们有充足的时间调整迎考状态。布置了考试或者作文题目，我就把孩子们扔在教室里面。他们要舞弊我也没办法，我们千百遍地教他们不要自欺欺人，小考中舞弊毫无作用。但我们的苦口婆心总是收效甚微。我越来越怀疑，他们都不是实用主义者，有理想，所以靠舞弊来自欺欺人。而自欺欺人，八成就是人的天性。我琢磨着这些让脑袋发疼的事情，站在走廊上抽烟。要是马大姐在下面操场上，我就尽量借助廊柱掩住自己的身体。我能看见她，她看不见我。她很无助的样子，让我难过。我不知道她为什么要找于江。她固然是可怜，但纠缠于江会得不到别人的同情。那又找谁好呢？我吗？

我在自己脸上抽起了耳光，担心自己想女人想疯了。在这乡村中学，我想，大龄的男老师日子想必都不好过。有时候，我会突然想起自己当年很能写诗，博得过女孩的青睐。青睐我的女孩子，有的很漂亮，还有的更漂亮。她们现在嫁了好人，或者在离婚官司中尽量捞到更多的财产。这都与我无关。我们天各一方。现在，我想写诗，没有优美的字词从脑隙里蹦跶出来，只有一个个标号点号，像石块一样往污水池子里砸，砸出一片浑浊的水花。

再一低头，马大姐在嘤嘤地哭。我眼皮遽然一跳，隐隐会担心有什么事情会发生。当马大姐遇到了于江，这可不是干柴遇到了烈火，而是一颗炸弹磕着了另一颗……地雷。

我的预感不是很准，但愚者千虑必有一得。没想到这一得应验在于江和马大姐身上。那天学校正在照常上课，我也在上，还是作文课。作文课真的好上，第一节课里点评上一次的作文，列出范文。现在我已经懒得耗费自己的口水读这些范文，往点名板上一点，点着谁谁起来读，顺便锻炼他们的普通话水平。他们的普通话大都说得让人胆战心惊，皱巴巴的，磕磕绊绊的，让人恨不得找一个熨斗将这些字音一个个摁倒在板上，然后滋啦滋啦熨平。我让胡伊读王红旗的作文，王红旗总是写得很好，在办公室里我就会告诉别的老师，王红旗的作文总是很好。他们就说，哦，是嘛，他是你的骄傲啊。同事的夸赞让我受用，但又多少有些别扭，这话说的，好像王红旗是我生的。胡伊的感情虽然过于充沛，总的来说普通话还咬得准字音。有时看她口型明明咬不住了，但下巴颏总是及时地抽搐一下，又把字音咬了回来。

外面的声音越来越响，有喝骂声，还有车子开动的声音。我知道台底下的孩子早已是人心涣散。我知道擒贼擒王的道理，用斜光罩住胡纯，留心他的一举一动。他果然已经在活动脚了，突然离位，往后门跑去。我赶紧从前门出去，笔直地往后门跑。他拉开后门的插销，会耽搁稍许时间，我这会儿就已经跑到后门门口了。他打开门看见我的脸。他给我一个歉意的笑容，迅速把门关上，插上插销。教室里面，竟然出现零星的鼓掌声。我迈开方步往前门走去，估计这一举动足以维持整堂课的秩序。往下面看看，下面一片大乱，有好几辆车开了进来，其中的一辆敞蓬吉普车，让我想起了于江。一个多星期没见他了，校长这几天铁了心要对他干点什么，比如开除教职，以儆效尤。校长和几个老师正和冲进学校的人交涉，那伙人气势汹汹，指着校长的鼻头说话。

我看见一个人已经冲上我们这层楼，他面色不善，想必家里遭遇了不幸。我不知道他到底要干什么，反正与我无关。我往教室里走，准备把课继续上下去。刚走进教室，那人从后面跟了进来，我感觉后面有动静，要扭头看看，他已经用手臂挟住了我的脖子。我想动弹一下，全班同学正看着我。按校方的规定，我们是有保护学生的责任的，所以在他们面前我必须体现出有保护他们的能力。但那人训练有素，他弄我的动作充满了技巧和智慧，顺势把我往前推几步，稳稳地摁倒在讲台上。粉笔灰扑腾起来往鼻眼里钻。

你是不是于江？他问我。

你先把手放开。

看样子你是，我看就是你。他声音里浸润了一种古怪的欢乐。

兄弟。我说，你能不能把手松开？

你这个杂种。你认不认？

我很难过。我的脸先是撇向了孩子们一侧，他们大都已经站起来，被这突发状况搞懵了，静默地看着我。我摆脱不了该男子的擒拿术，幸好脖子可以稍稍活动，就把脸撇向了黑板一侧。我再次，小声地说，兄弟，我真不是于江，骗你不是人。下面有两个女同学也用细嫩的声音佐证着我的观点，她们说，他真不是于老师，他是姚老师。稍停一停，其中一个女孩进一步证明说，于老师长得很帅。胡伊感情充沛的声音马上补充说，姚老师长得也还……可以。

扭住我的男人似乎信了，他问我，于江在哪里?

不知道。我坚贞不屈地说。他冷哼一声，说，有种。他把我本来就被别弯了的那只手继续往后脑勺上扳，实在憋不住了，于是，我只有杀猪般地惨叫起来。我真想跟同学们解释，亲爱的同学们，我真不想这么叫唤。有时候，一个人发出怎么样的声音，完全不由自主。紧接着，扭住我的那个男人也惨叫了一声，然后又是另一声。他手一松开，我就挣脱出来往一边闪。是王红旗在用砖敲他。教室墙壁上，好多块砖一抠就抠出来了。王红旗阴着脸，举起砖还要敲他第三下，他反应灵敏，身形一闪，躲过那块砖，反过来踢了王红旗一脚。王红旗身体比较轻，被踢倒在地上。但别的孩子已经反应过来，一哄而上，朝这个男人身上砸东西，男人瞬间挨了几板凳，赶紧往外面退。几个孩子跟了出去，嘴里发出嗷嗷的叫声。我没法制止他们，一心想着的时把王红旗扶起来，看他受伤了没有。王红旗自己爬了起来，告诉我说，老师，我没事。他拍拍手上的灰。

整个学校的形势跟在我们班发生的状况基本一致。那帮突然冲进来扰乱教学的人，叫嚣了一阵。一旦激起师生们的同仇敌忾，他们只能是纸老虎，被密密麻麻的孩子们追逐得仓惶逃窜。

这事跟于江有关，是他惹起来的。马大姐最近不停地犯恶心，干呕。去到医院一检查，真的是有毛毛了。她羞愤难当地说是于江干的。于江说这绝不可能，他告诉马大姐，两个人得发生性关系才可能有毛毛。什么是性关系，于江解释起来就得配合手势了。但马大姐这样的人，脑袋不转弯，她一口咬定肚子里的毛毛是于江的。她的理由也很强有力，她说，不是你的，难道还是我爸爸的？于江发现没法跟她解释清楚，就脚底抹油玩消失。这是他的强项，他可以带着那一套打巨骰子的工具走乡串寨地打游击，反正，只要是开赌局，就总会有人把钱输给他。

校长找了我们几个，说，这几天你们都不要上课了，把于江给我抓回来。

抓不回来怎么办？

继续抓，抓住了为止。

有没有悬赏？

每人先扣两百，谁找到了于江，所有的钱全奖给他。校长想了想又说，我再往里面添一千块钱。把他搞回来，我才好叫他滚蛋。

校长最近一阵很强硬，那天，马大姐的亲戚骚扰学校，校长也挨了两个耳光，之后就变得强硬起来，讲话总是铿锵有力。于是我们几个人停了课，分头去找于江。我被划分了一个区域，两个乡，数百个自然村落。那也是于江打过游击的地方，他带着两个弟兄，其中一个弟兄还是女的，三人搭帮干活支起赌台，引诱村民下注。我们去收学杂费，还有乡干部去收农业税，收上来每一块钱都得颇费唇舌。下去收学杂费时，我甚至想，其实可以把于江那套家什借来，开赌局。骰子一打，那些没学过数学概率的人们会主动把钱交上来，什么废话都不必说。

我每天走在乡村土路上，心里满是若有若无的凄凉。而且，我发现自己并不恨他。他总会制造些事端，把身边的人从按部就班的日常生活中突然拽出来，扔到这乡野的土路上，漫无目标地走。我押了两百块钱，五个人一共是一千块钱，加上校长许诺的就成了两千。一开始我还幻想着能够率先找到于江，老觉得他就在我即将到达的村子里，我将和他撞个满怀。开头几天我觉得于江无处不在，但几天下来，我不抱这样的希望了，巴不得有谁率先把他拎出来。

我在外面找了一个星期，那个星期是我出生以后走路最多的时候。我确信找不到于江的时候，学校打来电话吩咐我撤。胡胖把于江给找到了。胡胖刚打算结婚，这笔钱活该是他拿到手。皎皎在这件事情上表现出令所有人都意外的举动，她叫胡胖把拿到手的那八百块钱还给我们四个人。胡胖不敢不听她的，虽然心痛欲裂，还是乖乖地把钱还了回来。

只这几个月时间，皎皎经历许多事，迅速从懵懂无知变成了有主见的人。我隐约体会得到这种变化。当她有主见的时候，和胡胖结婚的事已经提上日程了。她既有主见，又信守承诺，经常呆在学校里替胡胖洗衣，收拾房间。她还打招呼说要我把衣服送过去，她一起洗。我推迟说，不用了。她还开导我说，一只羊是放一群羊也是放，你哪操得那么多心？我拿到河里去洗，洗得少了不上手，划不来。既然她这样说了，我还能怎么样呢？就把脏衣服打包送给她洗。我打算在他们结婚的时候，除了随份子，再送一个好的汽熨斗和熨衣板。

学校把于江开除之前，他得先结婚。他不承认马大姐肚里的毛毛是她的，可是现在科学飞速发展了，做事要讲证据。有一种东西叫DNA，它铁面无私，严谨公正，说毛毛是谁的，就只能是谁的，不容质疑。马大姐去了省城。那里有非常先进的技术，毛毛怀在肚子里也可以检测出他（她）父亲是谁。一检测，DNA说马大姐肚里的毛毛是于江的。于江必须和马大姐结婚。

又是晚上，于江偷偷地找我和胡胖去喝酒。去到镇上，找个路边摊，随便烤几样东西就喝起酒来。去的时候，我们都准备等他几杯酒下肚倾吐心声。他的脸本来就长，一喝酒，肯定拉得更长。但于江不是那种人，他永远出乎意料。他显得很高兴，拍拍胡胖的肩说，兄弟，你是打算看我哭一场是吧？我很高兴，没想到我造了这么多孽的人，竟然不会断子绝孙。胡胖说，我只是想不到，你竟然抢在我前头结婚。本来我还以为肯定结在你前头了。于江说，有时候缘分来了，挡也挡不住。我在外面浪荡惯了，倒是很想有个家，有一种归宿感。男人嘛，男人的理想大不了就是娶个傻老婆，生个聪明的儿子。

再多喝几杯，他告诉我，抢在 DNA 发言之前，他已经弄明白了自己确实对马大姐做了那种事情。本来他记不起来了，当天他喝多了酒。他本来是去找另外一个女人，阴差阳错钻到了马大姐的房子里。也不开灯，他就摸到了床上。完了事他就走，回学校睡觉。第二天他记日记——他有记日记的习惯，这无疑是个好习惯。在第二天补记的日记里，他记下了另外那个女人的名字。事发以后，他打电话找另外那个女人证实当天的情况，另外那个女人明确地告诉他，当天不是和他在一起。女人没喝醉，她说的话更可靠。于江这才反应过来，原来是去了马大姐那里。于江跟我们感叹，女人的房间，格局总是差不多，房子很小，床很大，好像是故意让人一进门就能摸到床上去一样。还有气味……本来我鼻头很灵敏，虽然我是属牛的，但我一直以为自己属狗。但喝了酒，酒不是个好东西，它让我闻不出女人的气味。即使腋窝子有那种味道，也被酒气盖掉了。

结婚那天，排场很大。乡政府里面有个篮球场，被桌椅摆得满满的，流水席，一席就有三十来桌。椅子不够，部分人必须站着吃饭，站着搛菜。在这些乡镇，免不了会有几个专门给喜筵闹场子增添祥和气氛的人，其中有几个比喝啤酒，有几个比喝白酒，还有几个比吃羊油。结果喝酒的都没醉，吃羊油的那几个三下两下就钻厕所不出来了。大家笑得前仰后合，马大姐更是笑得找不着嘴了。而于江，他也喝得开心，叫他那两个老搭挡又把巨骰子取了出来，现场开局。他不想当庄家，而是抢一个位置押宝。他勾着我的脖子要我坐在他旁边，一起押。这东西看不出门道，全靠碰运气。他连输了几手，跟我咬耳朵说，唉，要是马大姐是钱就好了，我把她押在宝上面，输给人家算了。

你轻点。喝了酒他嗓门大，我提醒他压低声音。我说，如果赌赢了呢？那么就会变成两个马大姐，三个马大姐。

那多好，让她们自己打架好了。

这时马大姐凑了过来。她穿着新娘装，一身红艳艳的，像山丹丹花开。于江勾着指头让马大姐俯下身来，问她，亲爱的，要是有一天我没钱了，把你输给人家，你恨不恨我？马大姐深情地摇摇头，在场的人不由得齐声嘘起来，甚至想给些掌声。于江又反过脸对我说，多好的老婆，你找得着吗?

这届初三就要毕业，省城的银南中学马上又要来摸底，给我们学校一个全免入学的指标，算是对口扶贫。银南中学是省内最好的中学，每年都对口招收我校一名最优秀的初中毕业生。进了银南中学的高中部，只要三年内没被门挤伤脑壳，都会升到不错的大学里面。那是省内学子都向往的地方，但说实话，前几年被弄进去的都不是当届最好的学生。每到最后关口，指标总会落到一个我意想不到的学生头上。

但今年，我觉得应该是王红旗。但这让我隐隐担心起来，因为从来“我觉得”都与事实不符。不过，王红旗他自己争气，几次摸底考试，他总是年级第一，而且高出第二名一大截。

那天周末，我回到水溪镇，王红旗和他父亲来到我家。当时还早，我父亲正打开门面，叫我生炉子烧水。王红旗和他父亲就突然出现在我眼前了，笑吟吟的，各自背着一只蛇皮口袋。我意识到他们有可能是来送礼，突然做贼心虚起来。我当老师这么多年，也有同学及家长请我吃饭，在箕镇的破馆子里。但跑到水溪镇把礼送上门的，这还是第一次。任何第一次难免让人不知所措，我毫无心理准备。父亲提醒我说，快把他们请进来坐。

两只蛇皮口袋软软地贴在地上，有一只在动，显然里面装着活物；另一只不动。我说什么好呢？问了王红旗父亲的名字，他叫王冬生。我心领神会地说，哦，老叔你是冬天生的。他就大声地夸赞我说，你看你看，你们老师就是有学问，只是问了姓名，就知道人家是几时生的。他这么一夸，我就更没话可说了。我父亲把王红旗扯了过去，说，伢崽，我给你剃个头。你看你头发有蛮长了。他把王红旗摁在剃头椅上，动起手来。我和王冬生看着王红旗的头发一点一点地被剪下来，慢慢才多有几句话说。

老叔，你这个崽是个争气的崽。我说。

他能把书读下去？读到省城那个中学里去？

我觉得应该是他，他成绩是最好的。用不着谁帮他，有出息的崽自己帮自己。

姚老师，我不晓得怎么感谢你。他说，我是个没用的人，这么聪明的崽落生在我家里，我总觉得亏欠他的。

不能那么说，父母是孩子最重要的老师。我嚅嚅舌头，搜肠刮肚地说，只有你们以身为范，你们的崽才会有这样的出息。你放心好了。

我有点担心他……他太聪明，心气太高，胆子太大，要是不能把书读上去，留在社会上什么事情都干得出来。

你怎么能这么说自己的孩子呢？他指定会有出息。

我的崽，当然我更清楚。王冬生重重地喘了口气。我看他的模样，那副沉重的样子，又说不上话了。我能说什么？我害怕许诺这样的事，虽然我知道去银南中学的机会眼看着就是王红旗的了，但什么都不能说。只有我教了这么多年书才能体会这份沉重。学生们的命运，太容易系在一次转机上面。面对着王冬生，我喉咙堵得很死。这个时候，我才深深意识到，自己毫无发言权。

我父亲给王红旗剃好了头，留他俩吃饭。他俩执意要走，把蛇皮口袋留了下来，一只口袋里装着猪苗，另一只口袋装着腊肉和糍粑。经过一番打太极拳似的推让，我把死东西留了下来，把活物硬生生地退还到王冬生手上。我和父亲都说我家不养猪，这东西扔下来我们伺候不了。王冬生说，那就吃乳猪。我父亲说，那怎么下得了口，猪苗苗啊，它应该喂大起来。

好人呐。王冬生嘀咕着，终于把猪苗塞进蛇皮口袋，重新背在肩上。

我把他们送到码头，看这对父子上船并离开，蛇皮袋老在王冬生肩头扭动，他不断地调整姿势去适应那只活蹦乱跳的猪苗。艄公把马达发动了起来，嗡地一响，舷侧泛着油光的死水都被搅动，一股子水腥冲进鼻子里，我打着喷嚏看着船晃荡着离开。

胡胖悠闲地等待着结婚那天的来临。他是脸上藏不住的人，一张脸就是晴雨表，现在他也经常把学生撂在教室里考试，自己站在走廊上，倚着栏杆抽烟，闪动的眼光显然是憧憬着未来。他也时常发笑，懒得去抓学生舞弊。以前他很喜欢抓，他把那当成是学生在跟自己捉迷藏。现在不抓了，他乐呵呵地看着学生们你抄抄我我抄抄你，说不定都错成一团了。

他越来越喜欢呆在教学楼三楼的走廊，端着饭盆吃饭，或者抽烟，眺望着学校大门口。皎皎说不定某个时候就来。他们没有约定，但临近新婚，她来学校看他的次数自是越来越频繁。有时候他会强烈要求我站在走廊上陪着他。放学的时候，走廊上空空荡荡，充满尘埃。我俩缓慢地抽烟，为了让烟杆尽可能燃得慢，我们先把烟杆舔湿，有时候湿得难以点燃。他给我描述他和皎皎做爱的情况。他的表情亢奋，有时候竟告诉我，这种事情，回忆起来往往比事发当时能咀嚼出更多的滋味。

有一次他说得特别投入，眼里闪烁着幻觉，说完之后停了数分钟他才还过魂来，问我能不能为他写首诗。结婚的时候，他想把几首诗写在给皎皎的礼物上。——姚志，穷人总得想穷办法。他对我说，给她的东西可以不值钱，但要是写几首诗在包装纸上，会显得礼轻情义重。有时候，这些不要钱的手段很管用。何况，皎皎还小，没见过世面，尚能被这些东西暂时糊弄。

我摇晃着脑袋，晃了半天，一片空白。我脑袋里再也没有诗了。趴在走廊栏杆上，我想起以前诗兴勃发，一天写的诗比小便次数还多时，偶尔也会想如果有一天写不出诗，我该怎么办？而现在，写不出诗的感觉却是如此顺其自然。

这时有个女孩出现在操场上。胡胖当然眼前一亮，随即黯淡下去。那女孩是胡伊，她最近，就是最近，她条子像是又猛抽起一截，凹凸感也严重加强。恋爱中的胡胖现在看别的女孩，能够摆出云淡风轻的从容状态，不再像以前那样随时急不可待。他说，姚志，我给你出个谜语，你猜猜。小胡（他拿手指往下面一指）轧马路，打一国名。

中华人民共和国？

不对。

大不列颠及北爱尔兰联合酋长国？

塔利班不会搭船过去闹事吧？

北爱共和军，他们总有办法的。

我想了一会想不出来，我不知道胡伊轧马路这件事，竟能和境外某个国家扯上联系。问他，他告诉我，伊拉克（客）。我吐吐舌头，说，胡胖，你马上就要结婚生孩子了，留点口德。正说着话，我们都看见一个孩子朝胡伊站立的地方移动。这很明显，我们站在三楼之上，视野开阔。从我们的视角看去，操场上就只有那两个点，一个静止，一个移动。我看见了王红旗，下意识地闪到廊柱后面，而胡胖在笑我。他说，你怕你的学生？我说，我只是不想管。马上毕业了，他们想怎么样就怎么样。再往下看去，两人已经一前一后朝校外走，留给我们的是两具背影。和胡伊相比，王红旗难免显得有些单薄。

再接下来，皎皎又从门洞处出现了。胡胖隔着老远朝她挥手，急匆匆地下楼，把我独自扔在楼上。

晚上，十二点左右，我差不多睡了的时候手机哐啷响了一下。短信的信号音是被谁调过来的，我还不太适应。拿起来打开一看，竟然是胡胖。我估计这会儿工夫他已经正在幸福中了，竟然还有心思给我扔短信，是不是要同我分享他的美妙感受，同时害我嫉妒？他问我睡了没有，并叫我不要打电话，回短信。短信一毛钱一个，打电话一毛五一分钟。一个短信只能写七十字，一分钟时间里彼此的嘴皮可以弹动出两百多个字音。我回，不睡又怎么样，到你那边去坐坐？他又来了一条短信，你过来，不是要进我这里面。我的屋顶上有小孩。他妈的，他们已经发育了，把我和皎皎当成毛片看。他妈的，我又不是生物老师，这些糟狗日的竟然把我当毛片看。我发短信问他，确定是人爬在上面？不是猫撵老鼠？再说，你俩顶多也就三级片，不至于是毛片吧？他回信，帮帮忙，那小孩正在我屋顶上面，抓住你就晓得不是猫了。我和皎皎，我想应该算是毛片，我们很激情四射的哟。

我只有拿脚挂到床下去找鞋，看看外面，月朗星稀。胡胖住的那一栋宿舍楼离我住这边有一定距离。那边越加晦暗，是两层楼，呈人字型耸起的瓦顶，其内部三角型的空间是老鼠活跃的区域，有时候猫嗅到腥，也钻进去捉老鼠，在逼仄的空间里腾跳追逐，搞得屋里住的人都灰头土脸。他们往瓦篷上放过大号鼠夹，恨不得把撞上来的老鼠一下子铡成两截，却铡死了两只猫，老鼠只见增多不见减少。所以我怀疑上面并没有小孩，胡胖享受着姗姗来迟的幸福，心里难免疑神疑鬼，容不得他人饱眼福。我没有再发短信确定，擎着手电筒走了过去。那栋宿舍后面堆满了杂物，从杂物堆里爬到顶篷不费多少气力。拿电筒一照，里面遍是蛛网，影影绰绰，很轻易就让人想到鬼片里的场景。我提起一口气往里爬，顶篷是用檩条和胶合板钉起来的，年头久了，爬上去晃晃悠悠，厚厚的灰尘扑进鼻孔，奇痒难耐，但连喷嚏都不敢打，怕把顶篷震塌，整个人掉下去。里面住的都是同事，两口子的床上突然多了个男人，彼此面子上都不太过得去。果然，前面有个人影。我大喝一声，谁？那家伙干瘪精瘦，三下两下就蹿不见了，砰地一声跳到杂物堆上，飞也似的跑开了。他跳下去时还冲我吼了一句，管你卵事！气焰十分地嚣张。在屋顶上，我活动起来十分不灵便，想动得快点，一脚就踩通了一块胶合板。下面发出一声惨叫，一个女人的声音。接着一个男人问，搞什么的？我正要解释，胡胖已经忙不迭跑了过来，说，没事没事，梁老师，是我叫小姚过来帮帮忙。我担心有小孩爬到顶篷上。我把脚从窟窿中抽了回来，梁老师又问，小孩爬在上面干什么？胡胖说，说出来丑人哟，他们喜欢看两口子干那种事。

我跳了下去，那小孩早已经跑得没了踪影。我折回去，梁老师和胡胖还在那里扯谈，半夜惊醒，一时半会难以入睡。梁老师问顶篷那个窟窿何事处理。胡胖主动应承了下来，答应找人把那整块胶合板都换掉。

胡胖看了看我，问，人呢？

跑掉了。他是小孩，屋顶是让他们钻着玩的，我一爬上去就束手缚脚了。

胡胖点了点头，问我认出小孩是谁。我告诉他，没认出来。他暗示地问，会不会是胡纯？我没有看清楚。刚才那小孩骂了一句丑话，声音听起来也是模糊得厉害。我跟胡胖建议说，你就不晓得把灯关了？把灯关了，小孩什么都看不见，自然而然也不来了。……那怎么行？胡胖说，皎皎那么一身好肉，关了灯我也看不见了，那岂不是……买椟还珠？胡胖又说，总得有几次开着灯做吧？不开灯的时候小孩就不来，见我房里亮了灯，小孩就爬上去看了。我看不止一个，而是有好几个，他们钓鱼似的守着我这间房，哪时亮灯，哪时我房里有了那种动静，他们都像美国中情局一样搞得一清二楚，并且不见兔子不撒鹰。胡胖最后略带痛心疾首地说，这帮糟狗日的，要是肯把看毛片的劲头用在学习上，还有什么样的北大清华上不了呢？

过得几日，又到了晚上那个钟点，胡胖来拍我的门。我说，我不想爬房顶上去，小孩们很灵活，在顶篷上，我始终追不上他们。胡胖说，不是，我打算自己动手。所以麻烦你去我房里，装装样子。我跟皎皎说了，你俩躺在床上，用被子蒙起来，就当是钓鱼下的诱饵。我表示怀疑，问，你舍得？

舍不得婆娘套不到狼啊。再说你又不是于江，要是于江说实话我不太放心。但你的人品和原则性，我还是有把握的。胡胖说这种话，蛮像一个领导，说完还嗡地一声，仿佛一锤定音。

那么，你的意思是，你爬到顶篷上去捉他们。

嗯，有什么办法。既然你捉不住，我自己来。

我担心地看着胡胖，他比我胖三圈。我在顶篷攀着大根的檩子爬动，那种颤悠悠的感觉至今犹在。把记忆中那种场景里的我挖出来，把胡胖填上去，立时感到一种贴皮黏肉的凶险。我说，还是我爬吧，皎皎和我又不熟。

我已经打定主意了，我有我的办法。他掏出一个东西，让我看。我看见一把自制的杀鱼枪。做得很精良，可以射出去的鱼矛有五尺长，用细钢钎磨制而成。

唉，你是要结婚的人了，要想想后果。我提醒说，不要弄出人命来。

不会的，我有分寸。难道我气昏了头脑？即使被人当毛片看了，不至于让人气得想杀另一个人。吓吓这些糟狗日的。枪头我已经磨钝了，还包了橡皮套子。他让我再次看看鱼矛，让我放下心来。

我拿着胡胖递过来的钥匙，悄无声息潜进他的宿舍，头上戴着一顶用于迷惑顶篷看客的软檐帽子。皎皎躺在床上，灯开着，屋里有了女人，就有一种雌性荷尔蒙的气味，它散布在空气里，一切因此变得软耷耷的。我掀开被子，皎皎已经躺在里面，朝我微笑。她脸上有潮红的颜色，很礼貌地冲我说，姚老师您好，麻烦您了。我说，怎么这么客气，现在我可以叫你弟媳了。她说，胡哥不是要比你大一点吗？我说，叫弟媳。要叫嫂子的话，小叔子可以随便动手动脚，不受法律约束啊。皎皎咯咯咯地笑起来，说，姚老师，你真风趣，我还以为你们当老师的都不吃人间烟火。

忽然，她眼皮子一跳，伸过手来抓我衣襟，把我扯得往前扑了一段距离。我靠她很近。她轻声地说，那个糟狗日的，已经爬上顶篷了。我闻见她皮肤腺体分泌出来的气味，喉结哽了起来。她就问，姚老师，是你肚子在叫吗？你饿了吗？她眼里闪烁的略带揶揄的光芒，显然表明她知道声音是从我喉结处发出的。我很尴尬，轻轻地咳喘起来。房顶上又有了响动，胶合板因受的挤压力不均而咯嘣咯嘣响了好几下。皎皎咬着我的耳朵说，这小孩，他大概也憋硬了，开始敲鼓了。说完就咯咯地笑。我吓了一跳，这一阵，胡胖往闷坛里沤酸菜似的给皎皎灌输了太多东西。那一刹，我有些痛心疾首。

胡胖拖着累赘的身躯爬上了顶篷，他悄无声息地朝那小孩靠拢，事先没有亮电筒。在这件事上胡胖表现出心思缜密，白天他就爬上顶篷查看线路，测量檩条的承压能力，晚上摸黑上房也可以轻车熟路。他闻得见前面趴着的小孩散发出的气味，这气味夹杂在厚重的灰尘味中，气若游丝，但胡胖偏偏隔个老远就闻见了。他相信自己与小孩的距离足够近了，忽然拧亮手电筒，大喝一声，扣动杀鱼枪的扳机……（这些，都是事后他跟我详细说起的。）他力度用得不准，忽然把顶篷踩塌掉了下去，就是隔壁的那间房。我和皎皎都明白无误地听见隔壁房里巨大的动静，整栋宿舍的人都糙糙穿好衣服跑出来看热闹。隔壁那间宿舍是一个姓莫的老师住的，他白天上课，晚上消失，不知道每晚都在干些什么。门口挂着明锁，胡胖拔开窗户插销爬了出来。皎皎心痛地迎过去，问胡胖摔伤哪里没有。胡胖又羞又气地推开她说，没事，我知道是谁。他一甩头就往男生宿舍走去。而别的人，都看见我和皎皎从屋里走出来。他们目光飘移地看着我，什么样的表情都有，甚至有人冲我翘起大拇指，一脸淫光。

我意识到了什么，跟上去想把胡胖拽回来，但胡胖像喝多酒一样偏执起来，恶狠狠地推开我说，你别管。我还想着要干预，他很不冷静。后面跟来的几个老师瞎当好人，以为是我和胡胖有了磨擦，拽住我不让我靠近胡胖。我只有眼睁睁看着胡胖走进男生宿舍，把胡纯叫了出来。怎么又是胡纯？我看胡胖的样子，还以为刚才他至少看清了小孩的脸。但我爬上顶篷的那一晚，看见的那小孩应该不是胡纯。我想挣扎，那些好心人把我挟得越来越紧，不断地提醒我说，小姚，遇到这样的事应该冷静。还有人借机泄愤，骂起了工会。他感叹说，唉，李传青（校工会主席）真是他妈的没用，解决不了你们小年轻的个人问题，分明要把你们都逼成强奸犯嘛。

我只好眼睁睁地看着胡胖把胡纯揪了出来，反剪着手，一边走一边用膝盖拱胡纯的屁股。胡纯一瘸一拐，把头尽量地低垂下来，看上去是一派认罪伏法争取宽大处理的态度。难道真的是他？我脑袋里也产生短暂的迷惑，之后我并不感到奇怪，并进一步认为先人们总结出的“江山易改，本性难移”的道理，现在还能够说明问题。

胡胖拽起胡纯瘸着的那条腿问他，怎么搞的?

踩了钉子。

真巧，突然踩了钉子。昨天怎么没踩钉子?

就是昨天踩了钉子，帮学校搬食堂后面那一堆木板子，搬到教师宿舍后面去，一不小心，顺便就踩了钉子。

看样子你还是学雷锋咯?学雷锋竟然会踩钉子?我看你不如学邱少云踩地雷算了。

邱少云好像不是踩地雷，是被火烧焦了硬是没跟旁边的战友讲小话。

那学黄继光堵枪眼，总不会错吧?胡胖气急败坏地说，学董存瑞炸碉堡，他妈的，学罗盛教救了朝鲜的金莹小朋友也不是不可以啊。他把胡纯就近推进教学楼，一间办公室里面。我觉得不妙，冲拽住我的人说，看见了吧，跟我没关系，我怎么可能打他皎皎的主意?他们也意识到了胡胖今晚并不是冲我来的，遂把我放开。我赶紧往那边一溜小跑，想拧开那间办公室的门，但胡胖把插销插得死紧。我只有用力敲门，冲里面说，胡胖，把门打开，快把门打开，你要冷静点。门没有开，里面传来胡纯沉闷的叫声。

我大声地叫，胡胖，你放明白点，胡纯是我班上的学生。

现在借我用用。他妈的，反正你班上学生多，用也用不完。

你对他干了什么？

告诉他，钉子不是随时都可以踩上去的。他正说着，我又听见胡纯发出钝喊。但胡胖说，你以为有人可以救你是不是？我可以告诉你，现在你孤立无援，谁也救不了你。你再叫一声试试看？胡纯审时度势，果然就沉默起来。

当我发动另三名老师合力把办公室的门撞开时，胡胖已经把胡纯的尾骶踢伤了。他怪胡纯死不认账，正巧他脚上穿着刚买来的尖头皮鞋。他打了胡纯几下胡纯作势蜷在地上。他围着胡纯绕了一圈，蜷在地上的胡纯把屁股略微地翘了起来，他不假思索地用鞋尖照着胡纯尾骶踢去。他本来靶子不是很准，我们在箕镇乡场上打过汽枪，他总打不爆近在咫尺的硕大的彩色汽球，但这一脚，却踢得百步穿杨，并伴随碎裂的声响。

胡胖把胡纯尾骶踢伤了，这影响了他后半段的复习迎考，在乡卫生所里住了好一阵的院。他本来可以把院住到县城里，甚至市里，之所以还是落户乡卫生所，得益于校方做了大量工作，跟胡纯的爸爸，那个村支书说了几箩筐的好话。在乡卫生所，花费只是县医院三分之一，市医院的五分之一左右。但这笔钱胡胖也拿不出来，他把钱都花在结婚上面了，周围那圈亲戚都被他借了一遍，再也不好意思去淘第二遍。学校借钱给胡胖，回头每个月从他工资里扣。

胡纯是我学生，我知道他那皮实的性格，肯定也伴之以强健的身体，尾骶的伤不是很重，过得几天我去乡卫生院看他，提着一把香蕉和花生，胡胖也跟在后面，他捧着一把鲜花。捧着一把鲜花去乡卫生院是引人注目的事情，这几乎还没有先例。那花已经摆了一阵，本来是送给皎皎的，但皎皎通情达理地跟胡胖说，你拿去给你踢伤的那个学生吧，他是无辜的。花再摆两天就谢得不成样子了，要送人趁早啊。这个皎皎，满口的大实话。胡胖摆出无奈的样子跟我感叹。但我分明他是赞赏的态度。胡纯是无辜的，他确实是在给学校干活时踩了钉子，班上同学都给他证明。而胡胖，他发射出去的鱼矛，其实插在了一根木椽子上，用力拔了下来。他知道胡纯脚上的伤与己无关。我问他那天晚上为什么要不顾事实行污赖之事。他说，总要找个人。我没看清楚爬在顶篷上的家伙是谁。我当时觉得确实是胡纯，只能是他。

胡纯借机不来学校了，我也拿他没有办法。他难得地有了名正言顺不来上课的理由，当然会好好运用起来。反正，他的成绩也注定只能完成九年制义务教育。

银南中学下来面试那天，王红旗穿了一套整齐的中山装，把头发打理了，一派好学生的模样。我看看他，心想今年只能是他了。还有几个学生也去面试，但他们只能是陪衬。他们也很清楚知道这一点，虽然衣装比平日整齐，但眉眼深处挤不出精神。要不是每个人都有侥幸心理，他们肯定不愿干陪衬的事。

我突然看见了胡纯。多日不见，他已经焕然一新，也是标直的中山装，小分头，黝黑的脸这一段时间里都被弄白了不少。他走过来朝我鞠了一躬，再叫我一声姚老师。我吓了一跳，问他来干什么。校长走了过来，替他解释说，小胡也参加今天的面试。有些情况，回头再跟你解释。你是他的班主任，有些事情需要你配合，这个东西你先看看，背一背，等下脱稿说给银南那帮家伙听。他交给我两张纸，又说，也不强求你一字不漏背下来，大概意思说到了就行。还有，你要调回水溪镇，最近可以办，我已经跟那边学区的校长提这事了。

我怔怔地看着校长，他是个狠角，说要开除于江的教职，真就干成了。幸好于江也不很在乎，他仍然住在学校，不肯搬。马大姐也住进了学校，肚子一天天大起来。学校出于人道主义的考虑，没有收回于江住的那间单身宿舍。

我看看稿纸，猜是教导主任或者工会主席写的，语气有些古怪，不像是老师评价学生，而是像卖东西时打的广告语。其中竟然有这样的话：教书那么多年以来，我以有胡纯这样的优秀学生而倍感骄傲和自豪。我试着默念这句话，齿缝中间立刻泛酸。我看看胡纯，他正谄媚地看着我，低眉顺眼，但掩藏不住一丝得意。王红旗过来了，胡纯就过去跟他打招呼。王红旗一下子发懵了，他看看胡纯又看看我，眼里飙出按捺不住的愤怒。他扭头要走，我赶紧跨了几步追上去，拽住他的手问他干什么去。他说，老师，我上厕所。

胡纯第一个面试。排序有先后，第一个进去就是校方主荐对象。我陪着他进去。他表现得很好。材料上说他因学雷锋做好事，抢救公共财务弄伤了自己，这个学期耽误了课程，对成绩有所影响。银南中学下来负责面试的老师摆着一副纡尊降贵的态度，仿佛洞彻世事明察秋毫。我站在他们前面，脸上发烫，磕磕巴巴地复述校长给我的材料，还背了其中一些原话，包括那句我觉得很别扭的。我背那些原话时，力图使自己更有表情一些，脸皮子一用力，绷得老紧，说话的声音都有点走样。我暗骂自己，怎么像做贼似的？胡纯站在旁边，微笑地看着我，当听出来是在夸他，他就恰到好处地把脑袋勾下去一点，仿佛有些羞赧。接下来银南中学的老师给他提了几个问题，他竟然全都懵对了，而且说话流利，训练有素。银南中学那几个老师开始用正眼看他了。刚才是用偏眼，刚才我介绍情况时他们都爱理不理，现在他们眼睛已经聚得有光了。

这个胡纯，他还找空隙朝我抛开几个调皮的乖巧的眼神，搞得我不知如何应对，不经意间就回过去鼓励的眼神，仿佛我们师徒有多么以对方自豪似的。

后面轮到王红旗了，他的反应让我大为吃惊。他一走进面试的教室，不等对方开口，他就出其不意地说，老师，银南中学来的老师们，我要向你们举报一件丑陋的事情。刚才来面试的那个同学，他叫胡纯，不但不是好学生，而且是我们班上最差的最烂的学生。他不可能去学雷锋……校长还在里面，他怎么能容许王红旗举报下去？他急匆匆地冲了过来，还用眼神示意我制止王红旗继续往下说。我只有配合校长的工作，跑过去拽住王红旗，往外面拖。他挣扎着说，你们不是老师，是法西斯。我一用力，干脆把他拦腰抱了起来往外走。他嘴里大声喊叫着，姚老师，不关你的事，你给老子滚到一边去……校长在银南中学老师面前也极尽卑微之能事，点头哈腰，连连道歉，跟他们解释说，这学生成绩倒是不错，但是太刻苦，搞得他自己有些神经衰弱，有时候会做出出格的事情来。

当天就出了面试结果，银南中学把胡纯招了过去。

我要调离箕镇的的事情，已经进入程序。有一天我在县城教育局里面办事，出门走在街上，撞见了王红旗。王红旗正和几个朋友在县城里遛达，每个人手上都挟着烟，狂喷。我和他隔着马路，突然都站定不走了，奇怪地看着对方。我觉得他非常陌生。他手上挟的烟头还有好一截，但他想了想扔掉了，和那几个朋友嘀咕些什么，便朝我这边走来。他说要请我吃饭。我说，我请你吧。他点头同意。

我和他在路边随便找一家小酒店，胡乱点了几道菜。他撮着响榧子叫来一瓶中档的酒，麻利地撕开包装，撇掉瓶盖，给我倒了一大杯。他给我敬酒，气氛非常之尴尬，我们不晓得说些什么。喝了两三口，他才首先把话说了起来。他说，姚老师，这事不怪你，我知道你事先也不知道。你是个正直的人，嗯。我点点头，他又敬酒。他喝酒的频率很快，不停地找碰，喝起来也是一大口。我的酒消得慢，他也不过分地劝我。他又说，这世道就是这样，我心里明白，胡纯能混上去，那是他有本事。他没有读书的本事，但有混社会的本事，在我看来这一点似乎更重要。我又点点头，惊讶于他的处世态度，也想不到这个好学生对读书抱有这样的成见。

碰了几下，他就喝多了。既然成心找醉，就没有醉不倒的狠人。他搂着我的肩膀，说，姚老师，我其实有好多事情你都不知道。你其实是个单纯善良的人。

我点点头，马上反应过来，又谦虚地说，我也做得不够，真不够。

我真不怪你，怎么可能怪你呢？他又说，姚老师，现在趁着毕业我也口无遮拦了，其实我很想，发自内心地叫你一声哥。

嗯，好的。

哥！

弟弟！

一口干了！

三口，唔，两口好吗？

真是不爽，一口搞掉！

唔，好的。

王红旗酒量竟然很大，那一瓶酒我俩三七开地喝了个精光，他喝得有七两有多。本来已经说胡话了，他问我一句酒是不是喝完了，我说是，他就站起来跟我说，那我们走吧，胡伊还在那里等我哩。他走出店门，很稳当地走到马路中央，打了个车走掉。我去结账，柜台的妹子说王红旗已经结了，还留了一条芙蓉王烟，是送给我的。

我调到水溪镇中学，离家很近，也很方便，过得一年就把婚结了。几年里我都没有再去箕镇，那里没留下值得我牵挂的东西。偶尔和胡胖打打电话，至于于江，他消失得无影无踪，再没有下落。他这个人，早晚都会这样，此外还能哪样？他把皎皎带跑了，也许不是他，但他消失后皎皎也找不见了。这两件事撞在一起，难免让人产生怀疑。

马大姐生了孩子，一直住在学校里面，不肯离开。她守着于江以前住的那间房子，望眼欲穿。而胡胖，皎皎的离去令他饱受打击，变得有点祥林嫂。把别的人都说烦了，他只有去找马大姐说话。马大姐一边奶着孩子一边听他讲话，没有烦恼的时候。两个人越聊越投机，也许是同样的遭遇使得他俩同仇敌忾。马大姐不停地奶孩子，有时候胡胖把话说累了，要歇一歇，眼睛就闲不住，盯着马大姐裸露的胸，时而也把手放上去。马大姐呢，也就装不知道。

校方发现两人的势头有点不对，赶紧把胡胖调走了，调到县城里去。胡胖也算是了结了自己的一桩心愿。而校方，则怕胡胖昏头昏脑地和马大姐发生什么事情，会给学校带来无穷后患。

我这次去箕镇，是因为那个案件。箕镇的命案不断，最近的这一桩，涉案的竟然都是我的熟人，准确地说，都是我的学生。我憋不住想去看看，就坐船去了，虽然知道案件已经过去，案发地点已经没有什么痕迹，顶多见得着残留的几点血污。那又能说明什么呢?

到了地方，箕镇惟一的那条马路，路面仍是铺着沥青，淤黑一片，血迹在上面不容易显现。我来这一趟，什么也没看见，有些不甘心，爬到箕镇大水坝上面撒了一泡尿。坝高 93.7 米，往坝底看去着实有几分壮观以及惊心动魄。我一边撒尿一边想起那备为传颂的诗句：飞流直下三千尺，疑是银河落九天。

返回水溪，还是坐船。船上，一大帮人在讨论前几天发生的凶杀案。他们知之不详，有的说是男人杀老婆的奸夫；有人说是马路上的混混要调戏妇女，一个青年大学生见义勇为拔刀相助。也有人质疑地说，死的人明明是个女的啊。

我旁边坐着一个女的，她问我，你呢，你知道吗？我都听乱了。我点点头，告诉她我知道的。这事情是这样，与案件有关的三个人都是初中同学，分别叫胡纯、胡伊和王红旗。本来胡伊和王红旗谈过恋爱，王红旗初中毕业就没再读书了，在街头上混，而胡纯呢，他去了银南中学，后面还考上了大学。事情总是那么地毫无逻辑，我们都以为胡纯在银南混不了多久就会被开除，但他去了省城以后发奋用功，成绩一天天好了起来，还考上一个二流大学。而胡伊，后来就和胡纯好上了。有一天他俩走在街头，碰见了王红旗。王红旗想找胡伊说几句话，胡伊不肯，胡纯呢作为男友，必须维护胡伊不想跟王红旗说话的权利。结果王红旗摸出一把刀，摆出要杀人的样子。胡纯见势不妙掉头就跑，他跑得很快。而胡伊，她跑得不快，就挨了一刀，刺中股动脉，当场就死掉了。

旁边那女的感觉得到，我口中这个版本应该可靠，就惊讶地说，呀，你怎么知道得那么清楚？你是干什么的？

我是，我是……我怎么回答，难道告诉她我曾是那三个人的班主任？我随口回答道，我是一个诗人。

诗人？我的妈呀，坐这破船也碰到一个诗人。她要和我握手，还问我最近写了什么诗没有。很奇怪，那一刹我突然有了写诗的欲望，脑子里转眼就蹦出一首诗来。我要念给她听，她竟然对诗歌很虔诚，掏出了纸和笔，说要记。

题目叫什么呢？

《我梦想有个地方》。

喔，记下了，你往下说吧。她催促我。

我就念了起来：

在那里
人们平静地，隐秘地
痛苦着，喜悦着
活着，死着
和所有的地方，一样

我念完了随口诌来的诗，女人落笔飞快，看看本子上的字迹，疑惑地问我，这是诗吗？我陷入了尴尬，真不知道怎么回答。许久以后，我告诉她，我觉得是。如果诗就是生活的话，无非也就这样了。

鸽子血

两人手里都捏着矿泉水瓶，里面装白酒。这是为了敷衍老婆和女友，虽然生意冷清，毕竟是工作时间，女人冷不丁会冒出来。两人小心地碰一碰瓶，摆出吹瓶的样子，其实只呷一小口。两人一天到夜就这么喝，时间拖得长，纵是喝下不少，也没现出醉态，来了生意不耽搁。两人同乡，一个卖鸽一个修理鸡鸭鱼，卖鸽的姓边，另一个姓尚，他们那个村叫上边村。下酒菜用不着去别处买，两人轮流坐东。轮到小尚，他就在地上扒一碗鸡鸭鱼杂，小边再添几挂精致的鸽杂。杂碎有时用干椒煸炒，有时用卤汤泡椒煮成一锅，肠子统统煮成了绶带状，取个名叫“海陆空三军仪仗队”。轮到小边，他就在鸽笼里挑拣一只看着孱弱、卖相不佳的，现掐现炒。

爆炒乳鸽的味道袅袅钻进鼻孔。今天女人铁定不会来，两人争吵着说要搞口大的，不能老装嘴细，于是仰着脖灌自己。小边说：“现在鸽子没以前气长，我小时候拧鸽子，要把鸽脖子拧足三圈，鸽子还扑腾。现在只消拧一圈半就断气了，翅膀不抖小脚不扑腾，乖乖受死。”

“美国香鸽，越娇贵越短命。”小尚盯着小边的广告牌说，“戏文里的小姐最容易死，打几个喷嚏感一场小冒就死，演丫环的粗手大脚好装扮，只要晓得怎么哭就能上台……你的鸽子真是美国进口？”

“肉鸽全都进口，是不是美国种，鬼才晓得。现在，三块钱买坨抽纸，也说是意大利工艺。”

“还是喝白酒好，不要挂外国牌子。”

“我俩搞口大的，谁喝得少谁当王八。”

“我喊一二三，预备，起！”

一口喝掉半瓶，挤出两张苦脸，好一会才舒展，像两张捏皱的纸在水里慢慢洇开。然后就说到生意，小尚的生意近来不行，在遥远的地方闹起新型禽流感，死了人。人死几个，鸡鸭屠宰了成千上万还不罢休，波及佴城，活鸡活鸭再掉价也卖不了几只。据说，有些专业户将鸡鸭苗按几分钱一只卖给养蛇人。小边也好不到哪去，佴城的人不爱吃鸽，说是大补，但都说吃鸽造孽。吃鸽造孽，吃鸡鸭鱼难道是修行？小边整理不出其中的逻辑，只晓得在佴城有人开过鸽肉面馆、鸽粥铺、卤鸽店，支撑不了多久纷纷垮掉了。现在佴城只剩小边一人卖鸽子，按说是独门生意，偏偏也没赚几个钱。小边也想过改行卖别的，但人那么多，条条道都爆挤，干哪一行又算阳关大道？

鸽笼里还有四只美国香鸽，白毛红喙黄爪子，米粒大的眼珠转得灵泛。小边想着，要是卖完，今天早点回家。

生意说来就来，那个干瘦的小女孩走过来买鸽子，递出一百块钱。

“全要?”

小边认得小女孩，她来过几回，每回都将笼中鸽子全部买去，今天只剩四只肯定嫌不够。小女孩十六七，个高，瘦得像根橡皮筋。她脸面应是嫩滑的，看上去分明有一层绒毛。小边记得住这大客户，暗自称呼她叫小猴子。小猴子不爱吭声，问话就点头摇头，或者用眼睛，用肢体语言回答别人。她身上每块骨头都突兀崚嶒，肢体语言丰富，嘴皮可以省下。小边不这么看，他认为小猴子不说话，是她知道自己是小猴子，在人群里找不到共同语言。

小猴子在闪神，她脸上总是挂着心不在焉的神情。小边问她：“四只全要是吗?”小猴子点点头。小边把鸽笼里的鸽子一只只往外掏。

一个胖女人走到摊子前面，一看情况有些急，问小边：“鸽子全都卖掉了?”

“刚卖完。”小边指了指小猴子。他也认得这个女人。佴城太小，几个年头呆下来，街上一走，看到的大都是熟脸。女人却不认得他，眼神迅速贴到小猴子脸上，问她：“小妹妹，能不能匀我一只?”

小猴子像是听不懂话，茫然无措地看着女人。女人身子矮圆，费力地将手搭到小猴子肩上，又说：“小妹妹，我刚怀了宝宝，噢，宝宝，要用鸽子补一补。匀我一只好不?”她一边说一边轻轻拍拍肚皮，其实什么状况也显示不出来。她本来就胖。小猴子一扭头，求助似的看着小边。

小边说：“你拿三只，还有一只给这个阿姨。”

“什么阿姨啊，叫我姐姐!”

“呃对，给这个大姐。”

小猴子点点头。小边把四只鸽子放进两个网袋，鸽子咕咕叫几声，就生离死别了。小尚帮人烧刮干净一腿野猪肉，过来又要喝，一看小边的鸽笼空了。他问：“都卖完了?”小边点点头，指了指正要在巷口消失的女人和小猴子。

“又是那个女孩。”

“认识?”

“认识，就租住在我住的那条街，隔了几幢房。她爸妈我都认识，晓得是干什么的?”小边并不关心小猴子父母是干什么的，但小尚摆出吊人胃口的模样，他只好配合着问：“干什么的?”

“鸡头，两口子都是。他们手里控制了几个妹子，十来个，晚上放出去接生意，白天关在房里毒打。她爸下手很毒，带几个马仔经常打得妹子鬼喊鬼叫，她妈也帮着打下手。别看这小女孩一脸老实相，她爸妈都不是东西。”

小边心里闷哼了一下，完全没有想到。但他不想多说，只想早点回去，要给女友弄一桌饭菜。他找小尚碰瓶，又搞一口猛的。碗里的鸽肉所剩不多，几筷子就能搛完。小边说：“总归是做人好，那些妹子顶多挨几顿打，比当鸽子要强吧。你看，我养鸽子，几时想喝酒了就去笼里摸一个当菜。鸽子一家老小，见天就少了一个，心里会怎么想？想也白想，投什么胎认什么命。”

屋子很窄，小猴子看着父亲坐在一张方桌前，桌上摆一盆温水和刀。刀是从药店买来的手术刀，状如柳叶，给人锐利精准之感。父亲戴上了眼镜，小心翼翼拈去鸽脖子上的绒毛。鸽子皮肤柔嫩，极容易撕破。父亲戴上眼镜，小猴子才觉得他有一点人样子，甚至有点像自己的真父亲。真父亲姓刘，眼前这个父亲姓庞，别人都喊他庞老大。大多数时候，庞老大像一只土狼，既凶残又狡诈，她一度怀疑真父亲是被这只父亲吃掉了。小猴子喜欢看《动物世界》，一听见片头电子音乐响起，她心头便闪烁起回家的喜悦。电视屏上奔跑着、游动着、翱翔着的动物，她都觉得亲切，又无比羡慕。她的梦也经常是一片动物世界，她成为它们中的一员，生活在遥远而又美丽的地方，没有父亲母亲，只有朋友和玩伴。白天，她看身边的人，总是忍不住拿来和电视里的动物一一对应。她觉得母亲有时像条蛇，有时像只食蚁兽；死去多年那个真父亲，她依稀记着长得憨态，像一头旱獭。至于住在楼上，经常被父母殴打的那几个姐姐，她觉得有的是孔雀，有的是绵羊，有的是鸽子，有的可能是刺猬——刺猬纵是蜷成一坨，浑身处处都是防御状态，仍然没法保护自己。

庞老大以前吃鸽子，是用手指生生地将鸽子掐死，再放温水里修毛——水稍烫一点，鸽子就被泡脱皮。最近才用手术刀，因为他要找准鸽子纤细的动脉血管，轻轻抹一下，一股鲜红的血水涌出来，突突突喷射一阵，稍停一会，流一阵，再一停，就变成滴漏状了。鸽子这么精巧，一点点血液就能润滑全身。庞老大很小心地将鸽血滴在脱脂棉里，再用镊子夹着脱脂棉放进真空袋，封口后抽空空气。这样一处理，鸽子血既不凝固，也不蒸发。至少，能保证一个晚上的液态。

门被掀开，小猴子看见母亲扭动着走进来。今晚上母亲是条蛇，等会她会扬起自己的身体，就像扬起一根鞭子，驱赶着孔雀、绵羊、鸽子和刺猬出去接生意。母亲往桌上扔了一只大号针筒。她说："蠢猪，可以用针筒抽血。你喜欢把自己装成医生的样子，装作懂得解剖！"

"麻二，我不晓得用针筒？我好几条兄弟死在粉上，我还不晓得用？扎准鸽子的血管有好难你晓得吗？你就喜欢把简单的事搞复杂，还当自己聪明得很。”庞老大已经处理掉两只鸽子，鸽子血浸透了四只棉球。他把两只死鸽递给麻二，并说，“趁热炒香，加点花生，我拿来喝酒。”麻二还是怕庞老大。虽然庞老大教训手下的妹子麻二会卷起袖管帮忙，但有时候庞老大照样会揍麻二。

鸽子剁成螺蛳大小，加上花生米一通爆炒端上桌，那香味很容易勾出酒瘾。庞老大喝起了酒，多喝几杯，抬眼一看，小女孩坐在对面玩手机游戏。她似乎总也长不大，操着手机玩植物大战僵尸，玩了几年，还守着原始版本不肯升级。以前他看这女孩像只猴子，但今天看她竟有点女人味。她穿着短裤，裤一短，腿脚就长。他忽然想摸一摸。

“小颖，你过来。”他冲女孩招呼。小猴子不敢不听，拿着手机走到桌前坐下。庞老大要她吃鸽子肉，她摇摇头。她不爱吃肉，什么肉也不吃，有时不小心吃下一片肉，转身就呣掉。庞老大就觉得这女孩是个兔崽子。

“你几岁？”庞老大晃晃脑袋，记不清了。女孩仿佛是一夜之间抽条长到这么高，就像山间竹笋，水畔芦草。

“十六岁半。”

“别人问就说十七，十多岁了，不能再半岁半岁地算年龄，晓得不？小颖我再问你，你几岁？”

“十七。”

“对的。喝酒不?”

“不喝。”

庞老大的手不知哪时滑到小猴子腿上，还小心地往腿根子爬去。小猴子并不理会，她只觉得那手毛茸茸，有点痒。她平淡地看了父亲一眼，又去看手机屏。一个僵尸艰难地拖着步子走向她的金盏花。庞老大见小猴子没反应，有点索然。他又喝了一杯酒，她还乖乖地坐在身边。

庞老大把手伸向小猴子胸部，她甚至还没有戴胸罩，穿个文胸能盖住肚脐，那个应该算背心。一摸，庞老大只得来遗憾：“他娘的，胸脯怎么还不长出来?”

“不知道。”小猴子随口答着，她攒够了小太阳，可以换一枚樱桃炸弹。

“自己的事，怎么就不知道?这么大的人了，你自己说说，怎么还没长出来?”

“……忘记了。”

“忘记了?你可真够忙。”庞老大嘟囔着，一只手又向下游走，摸到腿根处。小猴子觉得不舒服，想把身体挪一挪。他低吠一声：“听话!”

小猴子身体抽搐几下，肠胃翻腾起来，又想吵。她哇地怪叫一声，什么也没吵出。麻二毕竟有一种敏锐，赶紧冲进来，不管不顾地冲这男人大叫："庞老大，你他妈真是个狗东西。"

"没你什么事!"

"小颖是我的!"麻二用身体护住小猴子，拖着哭腔，但坚定地说，"我什么都让着你，但小颖你不能碰。"

"她已经长大了。"庞老大涎着脸笑起来。

"她长多大都不关你事。你敢动她，除非你不要睡觉。你只要睡着，老娘就阉掉你那根王八东西。"麻二情绪突然爆发，小猴子奇怪地站一边看着。她觉得，这时的母亲既不像蛇，也不像食蚁兽，像只狮子。

"开开玩笑，看你急成那样子。"庞老大攀着麻二肩头希望和解。他又说："阉了我，也亏了你不是?"

小边听见门响，女友陈凤拖着步子走进来。陈凤是医院聘用护士，干了两年，没考上在编护士，只能接受聘用，合同一签三年，伺机再考，争取在合同期内转正。她每天上班都搞得疲累不堪，小边看着她就像看见了万恶的旧社会。小边搞好一桌饭菜，守在桌边看陈凤吃饭的样子。

"又是鸽子肉。"

"补!"小边说，"今天你们科室那个姓阙的……"

"阙金媚。"

“嗯，是她，也来买鸽子。她也知道鸽肉最补身体。”

“她认得你么?”

“她哪认得我？但我认得她。”小边给陈凤挟菜，他有替别人挟菜的习惯，但陈凤批评说，你挟的都是自以为好吃的菜，但别人也许不吃，又不好意思讲出来。小边却说，你喜欢吃什么，我都清楚。

陈凤没考上正编，在科室里头总有低人一头的感觉，她不希望同事知道自己交了男朋友——还是菜市场禽蛋行里卖鸽的小贩。小边也理解，有时去接陈凤下夜班，不让她的同事撞见。告示栏里有工作人员照片，小边认得陈凤科室里所有人，虽然从没打招呼，但一看到她们，总有说不出的亲切。纵有亲切感，见着陈凤和同事一起出来，他不会迎上去，悄悄跟在后面。

“她要补身体？她都肥圆了，减肥是正经事……对的，她天天都说自己在减肥，恨不得去抽脂，又怕疼。”

“她怀孕了你都不晓得？补身体，让肚里的毛毛长个。”

“怀孕了？怎么可能呢，她还没结婚。”

“没结婚？看她样子我还以为结很多年了。”小边已经听出来，一说到阙金媚，陈凤就有种厌恶。

陈凤将小白菜一根一根挑起，垂下来像面条，再从下端吸溜进嘴。一边吧唧嘴，一边说起阙金媚这个人。在科室里，阙金媚是最让人难以忍受的一个。她也是聘用护士，却只与医生和正编护士说话，不屑与别的聘用护士为伍，要是护工和她讲话，她就会把脸板成领导样子，还指使护工给她买盒饭和卫生巾。

小边劝她："哪里都有这种人，不要看不惯。"

"你这种人太没是非观，见人都给笑脸，虽然不结仇，也没有过硬的朋友。你一辈子卖鸽子。"陈凤将鸽腿放进嘴里，抹了一下，就吐出细长的骨头。

"不惹麻烦也好……对的，阙金媚没结婚，怎么要说自己怀孕?"

"这我要问你，她亲口跟你说的?"

"是，也不是。"小边回忆了当时情景，又说，"当时有个小女孩把鸽子全买了，阙金媚想要一只，就跟女孩那么说。"

"她就是这种人，为了要女孩让一只鸽子，她随口就能编。再说她那肚皮，哪时看上去都像里面有货。"

一餐饭吃下来，话题始终绕不开阙金媚。陈凤说别看阙金媚长得不怎么样，但是骚劲管够，媚人有术，白天上班晚上泡吧，经常喷着酒气。去年一年，她配错三次药，科主任和护士长想打发她走，她有本事纠缠院领导，好歹保住工作。陈凤认定，阙金媚肯定让某位院领导用过。虽然长相一般，毕竟算得年轻，院领导搞女人的口味不拘一格，兼收并蓄。

小边说："这话不要乱说，你又没证据。"

"说一说都不行？我跟你说话还要掏证据，这是法院？"

陈凤声音一大，小边赶紧不吭声。他想，陈凤累了一天，发发牢骚也是解乏。陈凤又说阙金媚疯玩了许多年，男友、床友不晓得交了几车皮，一晃就到二十七八岁，心里着慌，正想找个男人嫁出去。据她自己说，最近盯上一个在旅游区卖银器的小老板，正进一步摸对方底细，如果各项指标都达到预期，就尽快把他变成自家男人。

"她什么都跟你们说？"小边觉得不可思议，这些事应是做得说不得。"她看得上，小老板就一定娶她？她当自己是小燕子赵薇，人见人爱？"

"不要小看她，这种人有的是手段。"

小边知道，陈凤嘴有些尖酸，但不编造，好人她就夸，贱货她就骂。正是这一点，让小边心里踏实。他不想和她继续谈阙金媚，想扯一扯带她回家的事。两人认识时间不短，他父母也听说儿子交了个女朋友，打电话叫他带回家看看。正儿八经的事，总让人不知从哪里提起。提起了又能怎样？他猜得出结果，一提带她回家，她就反问你几时买房。虽是小城，房价也响应全国大势，蹿起来老高。

小猴子见那个胖护士面熟，再一想记起是谁。当她过来给母亲换吊瓶，小猴子冲她笑一笑，喊了声阿姨。胖护士奇怪地睃来一眼，问有事吗？小猴子摇摇头，她只是想打个招呼。胖护士扭头走掉，小猴子心想，她肯定记不住我了。小猴子只是奇怪，三个月前胖护士怀了毛毛，肚皮略微鼓胀，三个月过去，怎么还是现样子？她猜想到胖护士可能碰到难过的事，所以记性也变差。

麻二躺床上很平静，刚动了手术还没拆线。她时不时冷哼一声，小猴子就走过去给她擦擦额头的汗。挨得近，小猴子看得清母亲脸上的沟壑皱褶，她觉得，此刻母亲不再是任何动物，只是母亲。麻二半月前挨了别人一顿打，然后就住院，先是住外科，一检查查出子宫肌瘤，转到妇科来做手术。庞老大告诉小猴子，挨打不是好事，但这回因祸得福，要是发现得晚，容易癌变。

“晓得什么是癌变?”

小猴子摇摇头。

“也就是说，以后没有你妈，你只能跟老子过了。”庞老大氽了氽舌头，盯着小猴子。小女孩身上总会发生些不可思议的事，两个月前她胸口还空空荡荡，他只提了一个醒，那以后，她就懂事似的将胸脯撑了起来。乳罩还不晓得系，一路走一路晃。

小猴子设想只有这父亲的生活，吓一跳，扭头看看母亲，才稍稍踏实。坏事变好事，打母亲那个男人，无意中救了母亲。这种戏剧化转折的情节，小猴子当然搞不明白。

那晚麻二带着金秀和二玲去一家宾馆干活，完事之后客人看出来金秀弄在床上的不是人血，说那肯定是别的什么血，拒绝按事先说好的价格付钱。这时候就轮到麻二出面，据理力争。“你说是什么血？要不要去公安局，搞搞 DNA 化验？你怎么这么不要脸，事情干完想赖账，提起裤子不认人？”这是母亲的职责所在，她要保障每次外出都拿到说定的数额，甚至更多。这可是血汗钱，鸽子出血，姐妹出汗，一分都不能少。那客人是条犟货，不肯被对方三言两语说服，扯得不可开交就动起手来，一动手肯定女人吃亏。麻二挨了打，庞老大才从容不迫地从天而降，就像孙猴子。凭孙猴子的能力，可保唐三藏不受一丁点惊吓，但每次他都等到唐三藏被妖怪捉去才动手。

那晚，客人不但付清事先说好的价格，还赔了不少医疗费。庞老大当时觉得医疗费会有多余，没想住院后查出子宫肌瘤。他很后悔，当时应该揪着那杂种不放，手术费都要他出。不过，麻二及时救治过来，庞老大还是松了一口气。他知道，这些年没这女人帮衬，自己的生意也做不下去。虽然两人都不是什么好鸟，他心里确有和麻二一直搭帮过日子的想法。

阙金媚当然认不出小女孩，这些天她正为自己小计得逞而暗自高兴。事情还没彻底办成，她一边顾着高兴，一边愈发小心，生怕别人觉察。以前她什么都不怕讲给人听，最近嘴巴闭得很严。真正的好事，是怕别人知道的，仿佛一走漏风声，就会好景不长，甚至乐极生悲。好长时间，她连酒都不敢喝，怕酒后漏嘴，烟就抽得更凶，上班时间也经常往厕所里钻。

她脑袋里反复记起那晚的事情，本来她没有经验，担心弄砸，好在那小老板赚钱精明，在女人面前还是容易犯糊涂。那天吃晚饭，她提出喝喝酒，小老板就陪着她喝。她看出来他其实还没她有量，但稍喝一点她就装醉。小老板说送她回家，她嗲着声音说不想回去，家里太闷。小老板突然明白是什么意思，不再多说，叫来出租车去郊区，沿路往僻静处找家酒店。事成之后，小老板一骨碌爬起来上了趟卫生间，出来时跟她说朋友又打电话邀K歌，是不是一起去？

“你们男人都不是东西！”她说这话，舌头有些僵硬。她不记得这话讲了多少遍，脸上总要嗔怒，心头滋味各异。

“怎么啦？”

“下半身动物，只顾自己。”她侧一侧身子，床单上洇开的一团血红就显现出来。

小老板迷惑地看了一眼：“不可能吧？”

“你好意思……你是不是人?”她摆出怒不可遏的样子，喉咙一放开，就飙出哭声。哭倒不是装的，事情办到这个地步，她一颗脔心也悬了好久，老在想不要搞砸不要搞砸。心弦绷得太紧，眼下哭一哭既能迷惑对方，又是缓解自身压力。她边哭边看小老板的反应，还好，小老板脸上的疑惑慢慢转化为惊喜。男人各有各的复杂心思，但对待那层膜，总是变得一样的简单。

小老板抱着阙金媚啃起来，喃喃地说：“我的天，我的天，亲爱的，你总是让人意想不到。”他心里说，这年月还撞上处女，简直打牌碰上了单调双大七对的海底胡，简直……瞎猫吃到了死老鼠。

阙金媚想起当时情景，回过神又考虑目前处境。小老板答应过几天就和他去办证，只有几天时间，却最煎熬人。她总担心有横生枝节，将好事弄黄，所以这几天尽量低调，尽量笑对身边任何事，任何人。

她又想，婚一结，老板娘一当，护士这工作就可当成破草鞋扔。以后在街上碰到这批同事，心情好打打招呼，心情不好根本不用搭理。

铃声骤响，又有病人求助，陈凤正准备去应付，阙金媚急急地跑过来，说我去我去，你早点下班吧。陈凤感到诧异，上班时间，阙金媚是最喜欢在椅子上赖着不动的人，和她搭班的人都要自认倒霉。这几天，风向有变，哪家门前的千年矮被刮成钻天杨了？陈凤心里说，我可不是小边，看人看事不晓得转弯。我倒要看看，阙金媚能勤快到几时，背后有什么不可告人的秘密。

一念到小边，他就狗似的闻到味，打来电话。

“下班了吗?”他买了几只卤鹌鹑，要是她还以为是鸽子，他就会快活地指出，呶，这是鹌鹑，不是鸽子。

“又来了病人，要加一会班。你自己吃饭，不要等我，有工作餐。”她挂了电话走向更衣室。

“小颖，你妈住院要好多钱，现在老子都结不了账了，晓得不？要是欠钱不交，你妈就不能出院。”

“我也没钱。”

“不是要你出钱，你也长大了，该帮老子做点事。”

“做什么?”

“你先说，你答不答应？反正是你做得到的。”

小猴子想了想，点了点头。父亲说话这个味道，她知道肯定不是好事，但这几年，楼上那些姐姐吃什么样的苦受什么样的罪，她都看疲了。不知怎地，她不是很怕，她隐隐有种感觉，女人都是这样活过来的。

庞老大欣慰地看着小猴子，想摸摸她脑袋，被她灵活地躲闪开。庞老大又问："晓得鸽子血怎么用么?"小猴子依然点点头，虽然没人告诉她鸽子血拿来做什么用，但她确实知道。鸽子是她买的，怎么用，她通过别人零星的话语拼出了步骤：先放血，再浸棉球，然后带在身上，趁男人闪神时弄在床单上……就能挣到钱，一只鸽子能换来几百只甚至上千只鸽子的钱。庞老大还是不放心，想开口，竟有些难为情，毕竟，继女也是女儿。他朝楼上喊几声，金秀趿着拖鞋跑下楼。庞老大把这个任务交给金秀。金秀听他把事情交代完，用看畜生的眼光看着他。

"你好好教，等下要是小颖做得不对，我连你一起打。"

"庞老大，你真是个畜生。"

庞老大赶紧将金秀扯出门，冲她说："你搞清楚，她又不是我亲生的。"

"那你也是个畜生。你本来就是畜生。"金秀骂着，却又笑了。她被庞老大打习惯了，打皮了，现在骂他几句，是难得的机会。

"你是好人，你是圣母。该干的事你给我干好!"庞老大将金秀推进房里。金秀看看小猴子，她多么希望这女孩是庞老大亲生的。小猴子脸上永远是无辜的神情。金秀说服自己，小颖脑袋有些呆，所以，迟早都会被庞老大这狗杂种弄去干这种事。她跑不脱，这是命。

刚要开口，金秀忽然想到什么，又出去找庞老大说：“你这是脱裤子放屁。”

“你他娘的……又怎么了？”

“小颖要用鸽子血干嘛？她以前没交男朋友，今天又是头一回放出去……”

“你能想到的我想不到？女孩自己不小心弄破的还少？今晚这个客不在乎钱，但一定要处女。处女不处女鬼讲得清？见红是一定的。教她用鸽子血，就是上一份双保险。”

金秀只好点点头。以前她以为庞老大粗鲁愚蠢，要赚钱就靠手脚毒辣管教住一帮女人，现在才发现这狗杂种粗中有细，想事周全。

到了点，庞老大和金秀把小猴子送到君悦达生酒店，那里是市公安局直管单位，绝对安全。小老板已经坐房间里等，抽着烟，烟蒂扔地毯上，等着赔，一个烟洞也就五十块钱。当一个人搭上了终身幸福，就知道钱这东西太不值钱。他心里琢磨着，等下人来了，要和对方再重申一遍，绝对保真，这种事情谁还造假，操他祖宗十八代。人一进来，小老板看了看小女孩，就不吭声了。纵是经验不多，他一眼看出来，这女孩就是阙金媚的反义词。他爽快地掏两刀红钱把到庞老大手上，说明天还会给小女孩小费。庞老大赶紧道谢。

时间还早，看着小女孩一脸懵懂的样子，小老板心里骡然紧了一下。父亲是个老公安，晓得儿子干这种事，会不会大义灭亲，用枪敲他脑袋？当然，他意识到头脑中这些顾虑，只不过想证明自己并不是彻头彻尾的坏人。小女孩纵是惹人心疼，今晚他也不会放过她。他想，谁又肯放过我呢？他又想，我可以把手放在《毛选》上发誓，王八蛋可不是天生的。

“随便坐，想玩什么？”他指了指桌上的电脑，示意她可以上网。

小猴子眼睛盯着床头柜上巨大的手机，小老板就把手机递过去。她找找文件夹，说：“植物大战僵尸，没有。”

“喜欢玩那个？好的，这就给你下。”

小猴子很快进入植物和僵尸的世界，她可以一会儿是豌豆，一会儿是大嘴花。眼前这男人是什么呢？她想他是不是雪人僵尸？是不是跳舞僵尸？是不是僵尸博士？全都不像。男人看上去是个好人。

小猴子玩得投入，小老板却在走神。他马上就要和阙金媚结婚了，婚期定下，朋友都已知道，请柬设计得别出心裁，印着两人的婚纱照，一打开，就播他俩齐声朗诵的邀请辞。这个女人脑袋里很多想法都让他意外，她文化不高，但有白领小资的胃口。他也愿意掏钱实现她的想法，把婚礼办得庄严隆重，让来宾都感受到他俩的幸福。

前几天他请人宵夜，来了几个铁兄弟，举办婚礼时他们都是骨干力量。酒一喝多，他一时痛快，向别人宣告，这老婆虽然年纪不小，却是罕见的处女。

“阙金媚怎么会是处女呢？你这人，早点打听，到处都打听得到真相。”有个朋友当场笑喷了。

“你说什么?”

别人拉扯那个朋友，他借酒劲憋不住地说：“你不早讲，早晓得你娶的是她，我肯定要说真话。我要是乱讲，全家不得好死!”

朋友敢咒死全家，小老板这才醒过神。他想，这么经验十足的女人，怎么可能还是处女？怪不得，阙金媚反复提醒他，还没结婚，不要把两人的事告诉别人，她不想别人知道只属于两人的幸福和隐秘。小老板前后一想，那女人的许多举动，可以构成完整的证据链。但这么长的时间，怎么一直没有觉察？简直像被人下了蛊，简直是被鬼摸了脑壳。

第二天他酒劲未消，拌着怒火找到阙金媚，质问她是不是和赵某钱某孙某李某都发生过恋爱关系。说恋爱关系，还抬举她了。小老板等着看阙金媚方寸大乱手足无措的样子，甚至，把她一下子搞得崩溃，也正合心意。阙金媚只是冷笑，并说：“我俩已经扯证了，你计较这么多，自讨苦吃，要不得。”

“还没办酒。”

“法盲，扯证就是结婚，办不办酒不说明任何问题。”

小老板意识到这女人蓄谋已久，而且已经得逞，就像纱布掺着血结成了疤痂，不揭是块心病，揭开了血肉模糊。小老板顾不上脸面，和女人骂难听的，这反倒碰上了阙金媚的强项，她嘴里脏话一吐一串，骂一刻钟不带重复，小老板占不到半点上风。小老板有些气馁，坐下来想抽根烟缓缓神，阙金媚马上又靠过来，施展媚功，劝他想开一点，又说自己马上考到正编，两口子一个是国家干部，一个做生意赚钱，简直是绝配。

两人斗了几天，小老板权衡利弊，不敢再有离婚的想法，婚期照旧。

但他也不想伸着脖子挨宰，总要有些挣扎。想来想去，便想找个处女妹子，在她身上捞一点血本回来。

小猴子还在玩游戏。小老板没了耐心，嘟哝一句：“别玩了。”小老板扔掉最后一枚烟屁股，缓缓走向女孩，步伐忽然僵硬。小猴子抬头一看，男人一张脸是青的，意识到这是个僵尸。虽然刚才看他像好人，但有时候，好人转眼就会变成僵尸。小猴子想发几发炮弹，却发现自己只是一朵路灯花，根本没有反击的能力。

今年考编陈凤下足了工夫，临考前一个月怕影响发挥，每晚把小边关在客厅睡沙发，不让他碰自己。小边自当全力配合，守在门外像个太监，不听召唤不敢进去。考试时陈凤也发挥了水平，医院一共招六个人，一百多人报考，她考到第四，按说拿一个编制是闷罐里捉王八，笃定的。只是还欠体检一关，陈凤要小心应付。她有大三阳，不过听以前考过的同事说，体检前灵活一点，探听到由谁负责血检，稍微联络一下感情，就能应付过去。医院里不少护士都过了这一关，稳稳地拿到编制。

更令她欣慰的是，一共六个名额，阙金媚考得第七。还有同事编口号：大快人心事，老阙考第七，明年称老二，本院招第一。不过阙金媚也不在乎，这是她最后一次考编，得之我幸，失之我命，心态拿捏得很稳。她月底就要结婚，考上拿财政工资，考不上当老板娘吆喝小伙计。

反正即将离开，阙金媚破罐子破摔，现在把谁都不放在眼里，上班纯粹是磨洋工，把活都留给同一班的护士，嘴上还说："我就要脱离苦海了，你们继续，别跟我这种货一般见识。"

想到要忍也忍不了几天，自己又等着进入正式编制，陈凤自然不会理会阙金媚。从阙金媚身上，陈凤进一步理解到那句老话：狗改不了吃屎。前一阵阙金媚态度忽然变好，原来是小心翼翼等着嫁人，现在目的达到，本来面目更加显露无疑。但想到这里，陈凤又忍不住问自己：你又比她强几分钱？前个月她也搭上了一个小领导，刚进副科，在乡镇挂着，一进城就能扶正。她不敢跟小领导说自己只是聘用护士，这种小领导最在乎身份。等编制搞到手，她就打算找机会从小边那里搬出去。

想到小边，她有些不舍。有时候，自己累得像条狗一样走进小边租住的小屋，一桌热饭热菜马上让她找回做人的感觉。她想这也怨不得我，到铺子里买斤猪肉，一复秤斤两不足还要跑去退，结婚是一锤子买卖，哪能不多做些选择？小边也不是头次恋爱，进城做生意后就和一个乡下妹子撇清了关系。小边跟陈凤解释多次，是那妹子喜欢他，他一直找不到感觉，陈凤不肯信。她想，嘴都长在各自脸上，嘴都是主人的帮凶。

陈凤在医院里到处打听，一直探不准哪个医生负责血检，隐隐感觉事情不妙。那天正上着班，护士长通知她去护理科开会，她走进护理科，前六名都聚齐了。今年医院改变了体检方式，搞突袭，六个妹子被120的急救车拉到相邻的广林县体检。

体检果然卡在血检上，阙金媚作为第七名提上来补位。陈凤觉得命运这东西毫无道理，小时候老人家讲的故事，总是善有善报恶有恶报，按说阙金媚这种女人要吃报应，可是人家双喜临门。这几年，陈凤认得的许多人，碰到的许多事，似乎总是该吃报应的人笑得最欢。

那天，陈凤从广林一回来，就打算躺到小边怀里痛哭一场，小尚却串门过来喝酒。陈凤不停地摆脸色，小尚这人有些麻木，好一阵才发觉自己今晚不受欢迎，赶紧告辞离开。陈凤迫不及待地扑进小边怀里。小边身上总有鸽粪味，以前闻着烦躁，今天使劲吸了一鼻子，却得来一种踏实。小边问她怎么了，她有点语无伦次，好一会才把事情讲清楚。

“不晓得怎么搞的，以前都只是在本院体检，今年突然变了。”

“政策总是要变。”小边也是刚知道陈凤的病情，想安慰几句，竟不知道如何开口。

“她是冲我来的，她就是冲我来的！那个阙金媚，她肯定和领导睡过了，耳边吹风提出这么个毒招。阴险小人！”

“你这么想就是为难你自己了，人家好歹……也不是冤枉你。”

“你有病啊，我是被陷害了！”陈凤摆出要哭的模样。

小边意识到话又说重了，哄孩子似的搂紧陈凤，并说：“你想，现在人都是这样子，好人怎么不吃亏?！要是你从来不上当，从来不被人陷害，你又怎么好意思说自己是个好人?”

陈凤一腔哭声本来压在了嗓子眼，听小边说这话，她又硬生生收住。她吓了一跳，忽然觉得小边其实是个明白人，道理懂得多，事情也看得透，只是平时不愿意多说。

小边忽然不说话了，陈凤头皮就有些发麻，将脑袋往他怀抱的更深处钻。

小边其实是被地方台播出的一则新闻吸引去了。刚才喝酒时，小尚说买鸽子那女孩的父母都被警察抓了。小边忍不住问，那女孩呢？小尚摇摇头，不清楚，说今晚的地方台新闻应该会播。小边有些心神不定，老想那女孩又会怎样。地方台的新闻不紧不慢地播到这一条。

“……在将近一年半的时间里，该犯罪团伙一直在我市进行诈骗活动。女性成员以鸽子血伪装处女，男性成员则在适当的时候出现，动用武力迫使当事人就犯。该犯罪团伙在我市共计做案八十余次，诈取财物折合人民币近三十万……公安局早已摸清该团伙的犯罪事实，对团伙所有成员进行布控，此次收网行动抓捕涉案人员十七人，主犯庞光明、麻银花……”

“干了一年半，十来个妹子，怎么才做案八十余次？十七个人总共才诈骗三十来万，怎么活？”陈凤坐直身子，也在关注电视新闻。小边解释说：“是指用鸽子血装成处女的次数，平时正常的出去做生意不算。”

“正常生意？你们男的都不是好东西。”陈凤在他头上戳了一指头，又说，“鸽子到你那里买的吧？你也是个帮凶，不老实我就揭发你。”

“别乱讲！”

电视画面上，出现了一个小女孩，虽然她脸上蒙着马赛克，小边还是不难辨认，那就是经常来他摊点买鸽子的女孩。买我鸽子原来是干这个的？小边心里一凛，随即又替那小女孩感到难过。小尚不点破她的身份之前，小边以为她是个学生，家人不断地买鸽子给她补身体，等着她考取好大学。那天小边知道了小女孩家里的情况，他也认为她不会干这个。虎毒不食子，她父母祸害多少妹子，也会保护自己的女儿。

电视里解说，在这未成年女孩的裤兜里搜出了主要证物。

那天完事后，小猴子被金秀从君悦达生酒店带回住的地方，就发现自己下面一直在流血。但她不敢跟人说，悄悄地用纸擦去。拖了半天，她走路都摇，摸一摸额头并没有发烧。

“都这样，一开始碰这种事情，都有好一阵不舒服。”庞老大事多，有点照应不过来，对女孩只能敷衍一下，让她躺在床上休息。

“我妈几时回来？”

“快了快了，小颖，你妈知道你也能挣钱，病就好得更快！”

小猴子躺在床上玩手机，还是不断地出血，还是偷偷地擦。她觉得这是件丑事，不好让别人知道。脑袋越来越晕，她躺在床上越来越能睡，有时在夜里睡去，睁眼一看天还没亮，以为自己没睡多久，看看手机发现过去了一整天。

那晚房门忽然被踢开，几个警察走进来，要小猴子穿上衣服一块出去。小猴子想坐起来，浑身依然虚脱。有个女警察指着一张靠背椅问她："这些衣服都是你的?"小猴子点点头。警察从一件裤子的兜里找出用真空袋装着的棉球，浸在里面的血液早已板结凝固。

"这是你的?"

小猴子点点头。那晚从君悦达生回来，衣裤都堆在靠背椅上，自己没力气洗，别人也没空帮她洗。

按照警察的说法，抓这小女孩，其实也是救了这小女孩。小女孩身体孱弱，下体又有挫伤，一直在流血，没被人发现，拖了几天造成严重贫血。如果女孩不是被抓，再拖下去命都难保。在那种人渣堆里，死个人也不算什么大事。

小猴子被送到医院妇科治疗，所有人都知道这女孩就是那晚电视上报道过的犯罪团伙成员。

陈凤这天和阙金媚一个班。阙金媚顺利通过体检，成为医院正式职工，在聘用护士面前也摆得出领导模样了。奇怪的是，现在这帮姐妹对阙金媚的嘴脸很适应，仿佛她本来就是个领导。以前编顺口溜的那妹子，现在成天阙姐长阙姐短，把自己搞成个小跟班。陈凤现在晓得要缩着脑袋挟紧尾巴做人，体检结束，自己的病情已经藏不住，别的人有意无意躲着她。虽然她们都知道，这病并不会通过常规途径传染。医院没有给她编制，但按照相关规定，在合同期内不能解除聘用关系。现在，陈凤才觉得聘用岗位也是难能可贵，在医院干活累是累，收入在这小城不算低。她学了五年护士，不干这个，还能干什么？

陈凤处理完一个意外流产的老女人，听了一耳朵牢骚，终于抽身离开，正往护士站走。铃声又在响，按说下面这个病人应该由阙金媚去护理，但她坐着嗑瓜籽。看一看灯号，正是公安局送来的那个小女孩。

“你怎么不去？”陈凤压不住火，杵了阙金媚一句。虽然阙金媚装得像个领导，好歹要说她一句。

“我怎么能护理那种贱货？我过几天就结婚了，打死也不沾她身上的霉气。还是你去合适。”阙金媚把瓜籽壳一吐，歪着嘴笑。

陈凤不敢和阙金媚纠缠，扭头又往医房赶去，心想，那女孩要是还啰嗦，别怪我不客气。换药时，小猴子不停地问护士，阿姨，我什么时候出院？护士们要么敷衍一声快了，要么懒得吭声。

要是小女孩还问……陈凤琢磨着，自己应该这么回答：你急什么急，出了院也是蹲班房！